LA LISTA DE INVITADOS

LUCY FOLEY

LA LISTA DE INVITADOS

Editado por HarperCollins Ibérica, S.A.
Núñez de Balboa, 56
28001 Madrid

La lista de invitados
Título original: The Guest List
© 2020 by Lost and Found Books Ltd
© 2021, para esta edición HarperCollins Ibérica, S.A.
© De la traducción del inglés, Victoria Horrillo Ledesma

Diseño de cubierta: CalderónStudio
Imágenes de cubierta: Shutterstock

ISBN: 978-84-9139-635-2
Depósito legal: M-8610-2021

Para Kate y Robbie, los hermanos más cariñosos que una pueda soñar.
¡Nada que ver, por suerte, con los de este libro!

AHORA

La noche de bodas

Se va la luz.

En un instante, se queda todo a oscuras. La orquesta deja de tocar. Dentro de la carpa, los invitados chillan y se agarran unos a otros. Las velas de las mesas solo aumentan la confusión; su luz proyecta sombras que trepan a la carrera por las paredes de lona. Es imposible saber dónde están los demás o escuchar lo que dicen: el viento se alza, frenético, sobre las voces de los invitados.

Fuera arrecia la tormenta. Brama a su alrededor, sacude la carpa. A cada embate del viento, la armazón entera parece doblarse y temblar con un estruendoso gemido metálico; los invitados se encogen, asustados. Las puertas de plástico ondean, libres de sus amarras. Las llamas de las antorchas de parafina que alumbran la entrada se ríen con disimulo.

Parece una revancha, esta tormenta: da la impresión de haber reservado toda su furia para desatarla contra ellos.

No es el primer apagón, ya ha habido otro antes, pero la primera vez la luz volvió enseguida. Los invitados siguieron bebiendo, bailando, tomando pastillas, follando, comiendo y riendo, y se olvidaron del asunto.

¿Cuánto tiempo ha pasado ya desde que se fue la luz? A oscuras, es difícil saberlo. ¿Cinco minutos? ¿Quince? ¿Veinte?

Empiezan a tener miedo. Esta oscuridad tiene algo de amenazador, de alevoso. Como si bajo su manto pudiera estar pasando cualquier cosa.

* * *

Por fin, las bombillas vuelven a encenderse parpadeando. Vítores y hurras de los invitados, avergonzados ahora por la postura en que los sorprende la luz: agazapados, como dispuestos a defenderse de una agresión. Se ríen para quitarle importancia. Casi logran convencerse de que no tenían miedo.

El panorama que muestran las luces en las tres tiendas contiguas de la carpa debería ser festivo, pero es más bien de desolación. En la tienda principal, la del comedor, el suelo laminado está salpicado de goterones de vino y manchas carmesíes se extienden sobre manteles blancos. Las botellas de champán vacías —vestigio de una noche de brindis y festejos— se apiñan en cada superficie. Dos sandalias plateadas asoman, olvidadas, debajo de un mantel.

En la tienda del baile, la orquesta, una banda irlandesa, comienza a tocar otra vez: una cancioncilla animada para restablecer el espíritu festivo. Muchos de los invitados se apresuran en esa dirección, necesitados de un ligero desahogo. Si miraran atentamente dónde pisan, podrían ver el lugar donde un invitado descalzo ha pisado cristales rotos dejando en las láminas del suelo huellas ensangrentadas que al secarse han adquirido un tono herrumbroso. Nadie lo nota.

Otros invitados deambulan sin rumbo y se juntan en los rincones de la tienda principal, envueltos en una nebulosa de humo residual de tabaco, reacios a quedarse, pero también a abandonar el refugio de la carpa mientras siga arreciando la tormenta. Y nadie puede salir de la isla. Aún no. Los barcos no llegarán hasta que amaine el viento.

En el centro de todo se alza la enorme tarta. Ha permanecido casi todo el día erguida ante ellos, entera y perfecta, con su ribete de verdes hojas de azúcar reluciendo bajo las luces, hasta que, unos minutos antes del apagón, los invitados se congregaron a su alrededor para asistir a su destripamiento ritual. Ahora el grueso bizcocho rojo yace abierto en canal.

Llega un nuevo sonido del exterior. Casi podría confundirse con el viento, pero va creciendo en intensidad y volumen hasta hacerse inconfundible.

Los invitados se quedan helados. Se miran entre sí. De pronto tienen miedo otra vez. Más miedo aún que cuando se fue la luz. Saben lo que están oyendo. Es un grito de terror.

El día anterior

AOIFE

La organizadora de bodas

Casi todo el cortejo nupcial está ya aquí. Esto está a punto de arrancar: esta noche es el ensayo de la cena con los invitados escogidos, de modo que la boda empieza de verdad hoy.

Tengo el champán puesto en hielo, listo para el cóctel previo a la cena. Es un Bollinger añejo: ocho botellas, más el vino para la cena y un par de cajas de Guinness, como quería la novia. No soy quién para opinar, pero me parece un exceso. Claro que son todos adultos. Seguro que sabrán moderarse. O puede que no. El padrino parece un poco pelmazo; como todos los acompañantes, la verdad. Y a la dama de honor, la hermana de la novia, la he visto en sus paseos solitarios por la isla, encorvada y caminando a toda prisa, como si huyera de algo.

En este trabajo, te enteras de todos los secretos. Ves cosas que nadie más tiene el privilegio de ver. De infinidad de cotilleos que los invitados matarían por saber. Si te dedicas a organizar bodas, no puedes permitirte el lujo de pasar nada por alto. Tienes que estar atenta a cada detalle, a todos esos pequeños remolinos que se forman bajo la superficie. Si no vigilo continuamente, una de esas corrientes podría crecer hasta convertirse en una marea inmensa que arruinase por completo mi cuidadosa planificación. Pero otra cosa que he aprendido es que a veces las corrientes más suaves son las más poderosas.

Recorro las habitaciones de la planta baja del Torreón prendiendo los bloques de turba de las chimeneas para que esta noche ardan bien.

12

Freddy y yo hemos empezado a cortar y secar nuestra propia turba, como se ha hecho durante siglos. El olor acre y terroso del fuego dará un ambiente más lugareño. Seguro que a los invitados les gusta. Aunque estemos en pleno verano, en la isla refresca por las noches. Las paredes de piedra del Torreón impiden que entre el calor, pero casi no lo retienen.

Hoy ha hecho un calor sorprendente, al menos para esta zona, pero no parece que mañana vaya a repetirse. He oído el final del parte meteorológico en la radio y han dicho que va a hacer viento. El tiempo siempre se ensaña con la isla: las tormentas suelen ser mucho más fuertes aquí de lo que acaban siendo en la península; es como si se agotaran con nosotros y luego perdieran fuelle. Ahora todavía hace sol, pero esta tarde la aguja del viejo barómetro del pasillo pasó de ESTABLE a CAMBIANTE. He descolgado el barómetro. No quiero que la novia lo vea. Aunque dudo que sea de las que se ponen histéricas. Parece más bien de las que se enfadan y buscan a alguien a quien echar la culpa. Y sé perfectamente con quién la tomará si eso pasa.

—Freddy, ¿vas a ponerte pronto con la cena? —pregunto asomándome a la cocina.

—Sí —contesta—, está todo controlado.

Esta noche cenan una sopa de pescado parecida a la caldereta tradicional de los pescadores de Connemara: pescado ahumado con un montón de nata. Yo la comí la primera vez que visité este sitio, cuando todavía venía poca gente por aquí. La receta de esta noche es más refinada que la de toda la vida, porque nuestros huéspedes también lo son. O por lo menos eso les gusta creer a ellos, imagino. Veremos qué pasa cuando corra la bebida.

—Habrá que empezar a preparar los canapés para mañana —digo mientras repaso la lista mentalmente.

—Estoy en ello.

—Y la tarta. Habrá que montarla con tiempo.

La tarta da gusto verla. O debería, con lo que ha costado. La novia ni siquiera pestañeó cuando le dije el precio. Me parece que está acostumbrada a tener lo mejor de lo mejor. Cuatro pisos de bizcocho de terciopelo rojo, envueltos en una capa de crema de un blanco inmaculado y festoneados con hojas de azúcar a juego con las ramas que adornan la carpa y la capilla. Es ultradelicada. La han hecho siguiendo las instrucciones exactas de la novia en una de las pastelerías más exclusivas de Dublín y ha viajado desde allí; nos ha costado horrores que hiciera la travesía de una pieza. Mañana la destrozarán, cómo no. Pero en una boda lo importante es el momento. El día. Eso es lo que importa de verdad, no el matrimonio, por más que diga la gente.

Mi profesión, claro, consiste en planificar la felicidad. Por eso me hice organizadora de bodas. La vida es un desastre, eso lo sabemos todos. Pasan cosas atroces, yo eso lo aprendí siendo todavía muy niña. Pero, pase lo que pase, la vida solo es una sucesión de días. No se puede controlar lo que pasa más allá de una jornada, pero un solo día sí se puede controlar. Veinticuatro horas pueden supervisarse. Una boda es un paquetito de tiempo hecho con mucho mimo en el que puedo crear algo redondo y perfecto que guardar como un tesoro toda la vida. Como una perla de un collar roto.

Freddy sale de la cocina con el delantal de carnicero manchado.

—¿Qué tal estás?

Me encojo de hombros.

—Un poco nerviosa, la verdad.

—Tú tranquila, amor. Acuérdate de cuántas veces lo has hecho ya.

—Pero esto es distinto, por quienes son ellos.

Fue un verdadero golpe de suerte que Will Slater y Julia Keegan quisieran celebrar su boda aquí. Yo antes trabajaba como organizadora de eventos en Dublín. Lo de venirnos aquí fue cosa mía: restaurar el torreón de la isla, que estaba casi en ruinas, y convertirlo en un elegante hotel de diez habitaciones, con comedor, salón y cocina. Freddy y yo vivimos aquí todo el año, pero cuando estamos solos usamos una parte mínima del edificio.

—Calla, anda.

Se acerca y me abraza. Yo me noto un poco tensa al principio. Estoy tan concentrada en las cosas que aún tengo que hacer que me parece una distracción para la que no tenemos tiempo. Luego me doy permiso a mí misma para relajarme y sentir el calorcillo reconfortante y familiar de su abrazo. Freddy da unos abrazos de lujo. Es muy «estrujable», digamos. Le encanta la comida: es su trabajo. En Dublín, antes de que nos mudáramos aquí, llevaba un restaurante.

—Va a salir todo bien. Ya verás. Estará todo perfecto —dice, y me besa en la coronilla.

Tengo mucha experiencia en esta profesión, pero nunca he organizado un evento al que haya dedicado tantas energías. Y la novia es muy quisquillosa, aunque seguramente es lógico teniendo en cuenta que dirige una revista; debe de ir con el oficio. Otra en mi lugar se habría vuelto loca con tanta exigencia, pero yo he disfrutado. Me gustan los retos.

En fin, ya está bien de hablar de mí. A fin de cuentas, este fin de semana los protagonistas son ellos, los novios. Por lo visto, no llevan mucho tiempo juntos. Como nuestro dormitorio está en el Torreón, igual que todos los demás, anoche los oímos. «Madre mía», dijo Freddy cuando estábamos ya en la cama. «Esto no hay quien lo aguante». Le entiendo perfectamente. Es curioso que cuando alguien está en los estertores del placer, haga unos ruidos como si estuviera sufriendo. Parecen muy enamorados, aunque alguien un poco cínico diría que por eso no se quitan las manos de encima: porque llevan poco tiempo juntos. Quizá sería más exacto decir que están muy encoñados.

Freddy y yo llevamos casi dos décadas juntos y todavía hay cosas que le oculto, y estoy segura de que a él le pasa lo mismo. Por eso me pregunto qué saben el uno del otro esos dos.

Y si de verdad conocen los secretos más turbios del otro.

HANNAH

La acompañante

Las olas se alzan delante de nosotros, rematadas de espuma blanca. En tierra hace un día de verano espléndido, pero aquí fuera el mar está muy picado. En cuanto hemos salido del puerto, hace solo unos minutos, el agua se ha oscurecido de pronto y las olas han crecido casi un metro.

Es la víspera de la boda y vamos rumbo a la isla. Como somos «invitados especiales», esta noche dormimos allí. Me hace mucha ilusión. Por lo menos, eso creo. Y, en todo caso, ahora mismo necesito algo que me distraiga un poco.

—¡Agarraos! —grita el piloto desde la cabina, detrás de nosotros. Mattie, se llama.

Pero antes de que nos dé tiempo a reaccionar, el barquito se arroja desde lo alto de una ola y cae de lleno en la cresta de otra. El agua pasa por encima de nosotros formando un arco inmenso.

—¡Joder! —grita Charlie, y veo que tiene un lado empapado. Yo, milagrosamente, solo me he mojado un poco.

—¿Os habéis calado? —grita Mattie.

Me río, aunque me cuesta un poco, porque nos hemos llevado un buen susto. Con el zarandeo del barco, que se mueve al mismo tiempo adelante y atrás y a los lados, el estómago me da saltos mortales.

—Uf —digo, notando una náusea.

De pronto, pienso en el té con bollos que hemos merendado antes de subir al barco y me dan ganas de vomitar.

Charlie me mira, me pone una mano en la rodilla y me la aprieta un poco.

—Ay, Dios. ¿Ya estás?

Me mareo mucho con el movimiento. Con el movimiento y con cualquier cosa, la verdad. Sobre todo, cuando estaba embarazada; eso fue horrible.

—Pues sí. Me he tomado un par de pastillas para el mareo, pero no me han hecho mucho efecto.

—Vale —dice Charlie enseguida—. Voy a leerte algo sobre este sitio para que te distraigas.

Se pone a buscar en su teléfono. Se ha descargado una guía. No puede evitarlo: mi marido es profesor y se le nota. El barco vuelve a sacudirse y el iPhone casi sale volando. Charlie suelta una palabrota y lo agarra con las dos manos; no podemos permitirnos comprar otro.

—Aquí no pone gran cosa —dice como disculpándose cuando por fin se carga la página—. Sobre Connemara hay muchísimo, claro, pero sobre la isla… Imagino que como es tan pequeña… —Se queda mirando la pantalla como si esperara un parto—. Ah, sí, he encontrado algo. —Carraspea y empieza a leer, seguramente en el mismo tono que usa en clase—. «Inis an Amplóra, o Cormorant Island, como se la conoce en lengua inglesa, tiene tres mil doscientos metros de punta a punta, y es más larga que ancha. La isla, formada por una masa de granito que emerge majestuosa del océano Atlántico, se encuentra situada a varios kilómetros de la península de Connemara y está cubierta en gran parte por un enorme pantano rico en turba, es decir, en carbón vegetal. El mejor —y el único— modo de ver la isla es desde una embarcación privada. Las aguas del canal que separa la isla de la península pueden ser muy turbulentas…».

—En eso tienen razón —masculло agarrándome a la barandilla cuando nos columpiamos sobre otra ola y volvemos a caer. Otra vez se me ha revuelto el estómago.

—Yo puedo contaros más cosas —dice Mattie desde la cabina.

No me había dado cuenta de que podía oírnos desde ahí.

17

—En una guía de viajes no vais a encontrar casi nada sobre Inis an Amplóra.

Charlie y yo nos acercamos arrastrando los pies a la cabina para oírle mejor. Tiene un acento precioso, este Mattie.

—Los primeros habitantes de la isla, que se sepa —nos cuenta—, eran de una secta religiosa. Vinieron aquí porque en la península los perseguían.

—Ah, sí. —Charlie mira otra vez su guía—. Creo que algo he visto sobre eso…

—Ahí no vas a encontrarlo todo. —Mattie frunce el ceño, molesto por la interrupción—. Yo llevo aquí toda la vida, ¿sabéis? Y mi familia vive aquí desde hace siglos. Puedo contaros más cosas que esa mamarrachada de Internet.

Charlie se pone colorado.

—Perdón —dice.

—El caso es —continúa Mattie— que, hace unos veinte años, los arqueólogos los encontraron. Estaban todos enterrados juntos, bien apretaditos, en la turbera. —Algo me dice que se está divirtiendo a nuestra costa—. Dicen que se habían conservado perfectamente porque ahí abajo no hay aire. Fue una masacre. Los mataron a machetazos, a todos.

—Uy —dice Charlie echándome una mirada—, no sé yo si…

Demasiado tarde, ya tengo esa idea plantada en la cabeza: cadáveres enterrados hace mucho tiempo, emergiendo de la tierra negra. Intento no pensar en ello, pero la imagen se repite en bucle, como un vídeo atascado. Casi es un alivio que se me revuelva otra vez el estómago al remontar otra ola, porque tengo que concentrarme por completo en no vomitar.

—¿Y ahora no vive nadie allí? —pregunta Charlie jovialmente, intentando cambiar de tema—. ¿Aparte de los nuevos propietarios?

—No —contesta Mattie—. Solo fantasmas.

Charlie da unos toques a su pantalla.

—Aquí dice que la isla estuvo habitada hasta los años noventa, cuando los últimos pobladores decidieron regresar a la península para disfrutar del agua corriente, la electricidad y la vida moderna.

—Conque eso dice, ¿eh? —contesta Mattie, burlón.

—¿Por qué? ¿Es que no se marcharon por eso? —pregunto cuando consigo que me salga la voz.

Mattie parece estar a punto de contestar, pero luego cambia de expresión.

—¡Cuidado! —grita.

Charlie y yo conseguimos agarrarnos a la barandilla un segundo antes de que el suelo parezca venirse abajo y nos precipitemos por el costado de una ola para ir a caer en otra. Santo Dios.

Se supone que cuando estás mareada, tienes que mantener la vista fija en un punto. Yo clavo la mirada en la isla. La hemos tenido a la vista desde que salimos de la península: un borrón azulado en el horizonte con la forma de un yunque aplanado. Jules, cómo no, tenía que escoger un sitio espectacular para su boda, pero no puedo evitar sentir que la isla, oscura y agazapada, tiene un aire un poco lúgubre comparada con el día radiante.

—Bonito, ¿eh? —dice Charlie.

—Mmm —contesto ambiguamente—. En fin, esperemos que ahora sí haya agua corriente y electricidad, porque después de esto voy a necesitar un baño.

Charlie sonríe.

—Conociendo a Jules, si antes no había luz ni agua corriente, ahora las habrá. Ya sabes cómo es. Siempre tan eficiente.

Estoy segura de que no es lo que pretende Charlie, pero esto me suena a comparación. No soy la persona más eficiente del mundo. Parece que no puedo entrar en una habitación sin armar un lío, y desde que tenemos a los niños nuestra casa está siempre hecha una leonera. Las pocas veces que viene alguna visita, acabo metiéndolo todo a presión en los armarios y parece que la casa entera está conteniendo la respiración para no explotar. La primera vez que Jules nos invitó a cenar, su casa —una casa victoriana muy elegante, en Islington— me pareció como sacada de una revista; de la suya, concretamente, una revista *online* que se llama *The Download*. No paraba de pensar que a lo mejor

Jules me escondía en un rincón para que no le afeara el decorado, porque yo sabía que allí no pegaba ni con cola, con mis raíces oscuras de varios centímetros y mi ropa barata. Incluso me sorprendí intentando poner un acento más fino, para que no se me notara tanto que soy de Manchester.

No podríamos ser más distintas, Jules y yo. Las dos mujeres de la vida de mi marido. Me inclino sobre la barandilla y respiro a bocanadas el aire del mar.

—He leído una cosa interesante sobre la isla en ese artículo —comenta Charlie—. Por lo visto tiene unas playas de arena blanca que son famosas en esta parte de Irlanda. Y el color de la arena hace que en las calas el agua tenga un color turquesa precioso.

—Ah. Bueno, eso pinta mejor que una turbera —contesto.

—Sí. A lo mejor podemos ir a bañarnos —dice sonriéndome.

Yo miro el agua, que aquí tiene un color más verde pizarra que turquesa, y me estremezco. Pero en Brighton me baño en la playa y es el canal de la Mancha, ¿no? Aun así, qué sé yo… Aquello parece mucho más apacible que este mar salvaje y turbulento.

—Nos va a venir bien distraernos este fin de semana, ¿verdad? —dice Charlie.

—Sí —contesto—. Eso espero.

Va a ser lo más parecido a unas vacaciones que hemos tenido en mucho tiempo. Y ahora mismo me hace muchísima falta un descanso.

—Sigo sin entender por qué ha elegido Jules un islote perdido en la costa de Irlanda —añado, aunque parece muy propio de ella escoger un sitio tan exclusivo que sus invitados podrían ahogarse intentando llegar a su boda—. Podría haberse permitido celebrarlo en cualquier otro sitio.

Charlie frunce el ceño. No le gusta hablar de dinero, le da vergüenza. Por eso lo quiero, entre otras cosas. Es solo que a veces, muy de cuando en cuando, no puedo evitar preguntarme cómo sería tener un poco más de pasta. Nos costó mucho elegir un regalo de la lista de bodas, y hasta tuvimos una pequeña bronca por eso. Normalmente nos gastamos cincuenta libras como máximo, pero Charlie se empeñó en que esta vez teníamos que hacer un esfuerzo porque Jules y él se conocen desde hace siglos. Y como todo lo de la lista era de Liberty's, con las ciento cincuenta libras que quedamos en gastarnos, solo nos dio para comprar una fuente de cerámica de lo más normalita. ¡Pero es que había una vela perfumada que costaba doscientas libras!

—Ya conoces a Jules —dice ahora mientras el barco vuelve a caer en picado, choca con algo que parece mucho más duro que el agua y rebota otra vez hacia arriba, meneándose un par de veces de costado, de propina—. Le gusta hacer las cosas a su manera. Y quizá tenga que ver con que su padre es irlandés.

—Pero yo creía que no se llevaba bien con su padre.

—Es un tema complicado. Él nunca estaba en casa y es un poco capullo, pero creo que Jules siempre lo ha tenido en un pedestal. Por eso hace años quería que le enseñara a pilotar un barco. Él tenía un yate y Jules quería impresionarlo.

Cuesta imaginarse a Jules ocupando una posición de inferioridad y queriendo impresionar a alguien. Sé que su padre es un pez gordo del sector de la construcción, un hombre hecho a sí mismo. A mí, que soy hija de un conductor de tren y una enfermera y me crie con muchas estrecheces, me fascina la gente que ha amasado millones, y desconfío un poco de ella. Para mí son como de otra especie: una raza de felinos distinguidos y peligrosos.

—O puede que lo haya elegido Will —digo—. Parece muy propio de él, un sitio tan agreste y remoto.

Noto un pequeño sobresalto de emoción en el estómago al pensar que voy a conocer a alguien famoso. Me cuesta pensar en el novio de Jules como en una persona de carne y hueso.

He estado viendo su programa a escondidas. Está bastante bien, aunque no sé si soy muy objetiva. Me fascina la idea de que Jules esté con ese hombre; que lo toque, lo bese y se acueste con él. Que esté a punto de convertirse en su mujer.

El planteamiento de *Sobrevivir a la noche*, el programa, es que dejan a Will en algún sitio, atado y con los ojos vendados, en plena noche.

En un bosque, por ejemplo, o en medio de la tundra del Ártico, con la ropa que lleva puesta y un cuchillo en el cinto, como mucho. Él tiene que desatarse y llegar al punto de encuentro utilizando únicamente su ingenio y su sentido de la orientación. Hay momentos muy emocionantes: en un episodio, tuvo que cruzar una catarata a oscuras; en otro, le persiguieron unos lobos. A veces te acuerdas de repente de que el equipo de rodaje está allí, con él, viéndolo y filmándolo todo. Seguro que si las cosas se pusieran feas de verdad intervendrían, ¿no? Pero, desde luego, te hacen sentir el peligro como si estuvieras allí; eso lo hacen de maravilla.

Charlie ha puesto mala cara cuando he mencionado a Will.

—Todavía no me explico por qué va a casarse con él, llevando tan poco tiempo juntos —dice—. Pero supongo que así es Jules. Cuando toma una decisión, no pierde el tiempo. Pero acuérdate de lo que te digo, Han: ese oculta algo. No sé, me da mala espina.

Por eso he estado viendo el programa a escondidas, porque sé que a Charlie le molestaría. A veces tengo la sensación, no puedo evitarlo, de que le cae mal Will porque está un poco celoso. Espero de verdad que no sea eso, porque ¿qué significaría?

Puede que también tenga que ver con la despedida de soltero de Will. Charlie estuvo en la despedida —lo que me pareció un error, porque es amigo de Jules— y volvió un poco raro de aquel fin de semana en Suecia. Cada vez que se lo mencionaba, se ponía tenso y reaccionaba de una forma muy extraña, así que dejé de hablarle del tema. Porque, total, había vuelto de una pieza, ¿no?

El mar parece cada vez más revuelto. El viejo barco de pesca se menea y da bandazos en todas direcciones, como un toro mecánico; cualquiera diría que intenta arrojarnos por la borda.

—¿No es peligroso que sigamos? —le pregunto a Mattie, levantando la voz.

—¡No! —grita para que le oigamos entre el estruendo de las olas y el chillido del viento—. La verdad es que hace buen día, para esta zona. Y queda poco para llegar a Inis an Amplóra.

Noto que tengo unos mechones pegados a la frente y que el resto del pelo se me ha levantado y forma una enorme nube enmarañada alrededor de mi cabeza. Ya me imagino lo que pensarán Jules, Will y los demás cuando lleguemos por fin.

—¡Un cormorán! —grita Charlie señalando con el dedo.

Sé que intenta distraerme para que no me maree. Me siento como una niña a la que llevan al médico para ponerle una inyección, pero aun así miro hacia donde me indica y veo una cabeza oscura y estilizada que surge de entre las olas como el periscopio de un submarino en miniatura. Luego se sumerge en picado, como una centella negra. Imagínate, sentirte así de a gusto en medio de este oleaje…

—He leído algo en el artículo sobre los cormoranes —me cuenta Charlie, y vuelve a sacar el teléfono—. Ah, aquí está. Al parecer son especialmente numerosos en esta franja de la costa. «El cormorán es un ave con muy mala fama en el folklore local» —añade, poniendo su voz de maestro—. «Históricamente, se la ha considerado símbolo de avaricia, mala suerte y perversidad».

Miramos los dos a la vez cuando el cormorán vuelve a salir a la superficie. Lleva un pececito en el pico afilado, un destello de plata; abre el gaznate y se lo traga entero.

A mí se me revuelve el estómago. Es como si me hubiera tragado yo el pez, veloz y resbaladizo, y ahora me nadara en la tripa. Cuando el barco empieza a virar, me echo bruscamente a un lado y vomito la merienda.

JULES

La novia

Estoy delante del espejo de nuestra habitación, la más grande y elegante de las diez que tiene el Torreón, por supuesto. Desde aquí solo tengo que girar un poco la cabeza para ver el mar por las ventanas. Hoy hace un tiempo perfecto, el sol brilla tanto en las olas que casi hace daño a la vista. Más le vale seguir así mañana.

Nuestra habitación está en el lado oeste del edificio y esta es la isla más occidental de esta parte de la costa, así que no hay nada ni nadie en miles de kilómetros, de aquí a América, lo que tiene un punto dramático que me gusta. El Torreón es un edificio del siglo xv restaurado con un gusto exquisito, a caballo entre el lujo y lo intemporal, entre la magnificencia y el confort: alfombras antiguas sobre suelos de baldosas, bañeras con patas y chimeneas alimentadas con turba de combustión lenta. Es lo bastante grande como para alojar a todos los invitados y lo bastante pequeño como para que el ambiente sea íntimo. O sea, perfecto. Todo va a ser perfecto.

«No pienses en la nota, Jules».

No voy a pensar en la nota.

Joder. ¡Joder! No sé por qué me ha afectado tanto. Yo nunca me agobio, no soy de esas personas que se despiertan a las tres de la mañana y se comen la cabeza. Hasta hace poco, por lo menos.

La nota me la dejaron en el buzón de casa hace tres semanas. Decía que no me casara con Will. Que anulara la boda.

Y no sé por qué esa idea ejerce sobre mí una especie de poder siniestro. Cada vez que lo pienso, noto como una acidez en la boca del estómago. Como un mal presentimiento.

Lo cual es absurdo. Normalmente, no le daría ninguna importancia a una cosa así.

Me miro al espejo. Ahora mismo llevo puesto el vestido. *El* vestido. Me parecía importante probármelo una última vez, la víspera de la boda, para comprobar que está todo en orden. Me hicieron una prueba la semana pasada, pero yo nunca dejo nada al azar. Como esperaba, me queda perfecto. Parece como si me hubieran vertido por encima una capa espesa de seda de color blanco roto, y la ropa interior que llevo debajo me hace la típica silueta de reloj de arena. Nada de encajes ni de perifollos, no me van esas cosas. La lanilla de la seda es tan fina que solo se puede tocar con unos guantes blancos especiales que, evidentemente, llevo puestos ahora mismo. Cuesta un riñón, pero merece la pena. No me interesa la moda por la moda, pero respeto el poder de la ropa, su capacidad para crear una imagen concreta. Y supe enseguida que este vestido estaba hecho para una reina.

Seguramente, mañana por la noche acabará hecho un asco; eso ni yo puedo evitarlo. Pero haré que lo corten justo por debajo de la rodilla y que lo tiñan de un color más oscuro. Soy una persona muy práctica. Y siempre, *siempre* tengo un plan; desde que era pequeña.

Me acerco al plan de mesas que he clavado en la pared. Will dice que soy como un general con sus mapas de campaña. Pero es importante, ¿no? Que los invitados disfruten o no de la boda depende en gran medida de dónde estén sentados. Estoy segura de que lo tengo todo organizado a la perfección para mañana. El secreto está en la planificación; así es como conseguí en un par de años que *The Download* pasara de ser un blog a ser una revista *online* con treinta personas en nómina.

La mayoría de los invitados vienen mañana para la boda y después volverán a sus hoteles en la península. Me encantó poner «barcos a medianoche» en las invitaciones, en vez del típico «coches». Pero los invitados más importantes van a dormir esta noche y mañana en el Torreón, con nosotros. Es una lista de invitados muy escogida. Will tiene tantos amigos que le ha costado elegir a sus caballeros de honor para la boda. Yo lo he tenido más fácil, porque solo tengo una dama de honor, mi hermanastra Olivia, y tengo pocas amigas. No tengo tiempo para cotillear, y cada vez que veo a un grupo de mujeres juntas me acuerdo de esas zorras de la pandilla del colegio, que nunca me aceptaron. Me sorprendió ver a tanta gente en mi despedida de soltera; claro que eran casi todas empleadas de la revista —que lo organizaron, un poco chapuceramente, como una fiesta sorpresa—, o las parejas de los amigos de Will. Mi mejor amigo es un hombre, Charlie. De hecho, este fin de semana va a ser mi padrino.

Charlie y Hannah vienen de camino, van a ser los últimos invitados en llegar hoy. Me apetece mucho ver a Charlie. Tengo la sensación de que hace siglos que no nos juntamos solo nosotros, los adultos, sin que estén sus niños por ahí. Antes nos veíamos a todas horas, incluso después de que empezara a salir con Hannah. Siempre sacaba tiempo para mí. Pero cuando se convirtió en padre, pareció como si pasara a otra esfera: una esfera en la que como muy tarde te acuestas a las once y hay que planear cuidadosamente cada salida sin niños. Fue entonces cuando empecé a echar de menos tenerlo para mí sola.

—Estás espectacular.

—¡Qué! —Doy un brinco y entonces lo veo en el espejo: Will. Está apoyado en la puerta, mirándome—. ¡Will! —siseo—. ¡Llevo el vestido puesto! ¡Largo de aquí! Se supone que no tienes que ver...

Pero no se mueve.

—¿No puedo ver un anticipo? Qué más da, ya no es una sorpresa. —Empieza a acercarse—. Y lo hecho, hecho está. Estás... Dios mío... Estoy deseando verte recorrer el pasillo de la iglesia con ese vestido. —Se coloca detrás de mí y me agarra los hombros desnudos.

Debería ponerme furiosa. Y lo estoy. Pero noto que mi furia se desinfla, porque me está tocando, me acaricia los brazos y empiezo a sentir ese primer estremecimiento de deseo. Me recuerdo a mí misma, además, que no soy nada supersticiosa en cuanto a eso de que el novio no pueda ver el vestido de la novia antes de la boda. Nunca he creído en esas cosas.

—No deberías estar aquí —digo, enfadada, aunque con poca convicción.

—Míranos. —Nuestros ojos se encuentran en el espejo mientras me desliza el dedo por la mejilla—. ¿Verdad que hacemos buena pareja?

Sí, es cierto, hacemos muy buena pareja. Yo, tan blanca de piel y con el pelo tan negro, y él tan rubio y bronceado. Allá donde vamos, somos siempre la pareja más atractiva. No voy a fingir que no me hace ilusión imaginarme lo que deben de pensar los demás de nosotros, y lo que pensarán nuestros invitados cuando nos vean mañana. Me acuerdo de las chicas del colegio que se burlaban de mí por ser empollona y gordita (tardé un poco en desarrollarme) y pienso: «Jorobaos, mirad quién ha salido ganando al final».

Will me muerde el hombro desnudo. Noto un tirón de deseo en el vientre, como el chasquido de una goma tirante al destensarse de golpe, y se acabó, no puedo resistirme más.

—¿Aún no has terminado con eso? —Will está mirando el plan de mesas, por encima de mi hombro.

—Todavía no he decidido dónde voy a sentar a todo el mundo.

Se hace el silencio mientras mira el plan de mesas. Noto el calor de su aliento a un lado del cuello, bajándome por la clavícula, y el olor de su loción de afeitar, a cedro y a musgo.

—¿Hemos invitado a Piers? —pregunta tranquilamente—. No recuerdo que estuviera en la lista.

Consigo no poner cara de fastidio. *Yo* hice todas las invitaciones. Hice la criba de posibles invitados, elegí las tarjetas y los sobres, recopilé las direcciones, compré los sellos y mandé todas las invitaciones por correo, *yo* sola. Él estaba casi siempre fuera, rodando la nueva temporada del programa. De vez en cuando proponía un nombre, alguien a quien se le había olvidado mencionar, aunque me parece que sí miró detenidamente la lista de invitados al final, porque dijo que quería asegurarse de que no se olvidaba de nadie. Piers fue un añadido de última hora.

—No estaba en la lista —le digo—, pero me encontré con su mujer cuando estuvimos tomando una copa en el Groucho. Me preguntó por la boda y me pareció absurdo que no vinieran. Porque ¿por qué no íbamos a invitarlos?

Piers es el productor del programa. Es majo y parece que Will y él siempre se han llevado bien. No me pensé dos veces lo de invitarlos.

—Ya —dice Will—. Sí, claro, es lógico.

Aun así, noto un pero en su voz. Por la razón que sea, le ha molestado.

—Cariño —digo pasándole el brazo por el cuello—, pensé que estarías encantado de que vinieran. A ellos, desde luego, pareció gustarles que los invitara.

—No es que me importe —contesta con cautela—, es solo que me ha sorprendido, nada más. —Quita la mano de mi cintura—. No me molesta en absoluto. De hecho, es una sorpresa en el buen sentido. Estará bien que vengan.

—Vale. Bueno, entonces, voy a poner a los matrimonios juntos. ¿Qué te parece?

—El eterno dilema —contesta, burlón.

—Ay, Dios, ya lo sé… Pero a la gente le importan muchísimo estas cosas.

—Bueno, si tú y yo estuviéramos invitados a una boda, sé perfectamente dónde querría sentarme.

—Ah, ¿sí?

—Justo enfrente de ti, para poder hacer esto. —Baja la mano y empieza a subirme la falda de seda.

—Will, la seda…

Sus dedos han tropezado con el borde de encaje de mis bragas.

—¡Will! —digo, medio enfadada—. ¿Se puede saber qué…?

Me mete los dedos debajo de las bragas y empieza a tocarme, y yo me olvido de la seda y apoyo la cabeza en su pecho.

Esto no es nada propio de mí. No soy de esas personas que se comprometen a los pocos meses de conocer a alguien… o que se casan poco después. Pero puedo argumentar en mi defensa que no es una decisión precipitada ni impulsiva, como creo que sospechan algunos. Más bien todo lo contrario. Si te conoces a ti misma y sabes lo que quieres, vas a por ello y ya está.

—Podríamos hacerlo ahora mismo —me susurra Will cálidamente junto al cuello—. Tenemos tiempo, ¿no?

Yo intento responder que no, pero, como sigue tocándome, se me escapa un largo gemido.

Con otras parejas me aburría en cuestión de semanas; el sexo se convertía enseguida en algo vulgar y prosaico, en una tarea más. Con Will siento que nunca estoy saciada, aunque, en el sentido más elemental del término, lo estoy mucho más que con cualquier otro amante de los que he tenido. Y no es solo porque sea tan guapo (que lo es, por supuesto, objetivamente). Esta insaciabilidad es mucho más honda. Soy consciente de que tengo la necesidad de poseerlo. De que cada encuentro sexual es un intento de posesión que nunca se satisface del todo porque una parte esencial de su ser siempre se me escapa y se escabulle.

¿Es posible que sea por su fama? ¿Por el hecho de que cuando te haces famoso te conviertes, en cierto sentido, en propiedad pública? ¿O se trata de otra cosa, de algo más fundamental? ¿De algo secreto y misterioso que permanece oculto a la vista?

Cómo no, vuelvo a pensar en la nota. «No voy a pensar en eso», me digo.

Los dedos de Will siguen a lo suyo.

—Will —digo débilmente—, podría entrar alguien.

—Ahí está la emoción, ¿no? —susurra.

Sí, supongo que sí. De lo que no hay duda es de que Will ha ampliado mis horizontes sexuales. Me ha iniciado en la práctica del sexo en sitios públicos. Lo hemos hecho en un aparcamiento y en la última fila de un cine casi vacío. Cuando me acuerdo, casi no doy crédito: no me puedo creer que yo haya hecho esas cosas. Julia Keegan no infringe la ley.

También es el único hombre al que le he permitido que me grabe desnuda. Una vez, incluso haciendo el amor. Solo accedí cuando ya estábamos comprometidos, claro. No soy tan idiota. Pero a Will le encanta y, desde que hemos empezado a hacerlo, aunque no es que me guste exactamente, porque supone una pérdida de control, y en todas las relaciones que he tenido siempre he sido yo la que controlaba, al mismo tiempo es embriagador abandonarse de ese modo. Oigo que se desabrocha el cinturón y solo con oír ese sonido noto que me recorre una descarga. Me empuja hacia delante, hacia la cómoda, un poco bruscamente. Me agarro al mueble y siento la punta de su polla ahí, lista para penetrarme.

—¡Hola! ¡Hola! ¿Hay alguien? —La puerta chirría al abrirse.

¡Mierda!

Will se aparta de mí, le oigo subirse a toda prisa los pantalones y abrocharse el cinturón. Noto caer mi falda. Casi no me atrevo a darme la vuelta.

Parado en la puerta está Johnno, el padrino de Will. ¿Qué ha visto? ¿Todo? Noto que me arden las mejillas y me enfado conmigo misma. Y con él. Yo *nunca* me sonrojo.

—Perdón, chicos —dice—. ¿Interrumpo algo? ¿Eso que veo es una sonrisilla? Uy… —dice al fijarse en lo que llevo puesto—. ¿Es el…? ¿No se supone que trae mala suerte?

Me dan ganas de coger un objeto pesado y lanzárselo, y gritarle que salga de aquí. Pero tengo que portarme civilizadamente.

—¡Por favor…! —digo, y espero que por mi tono se entienda que estoy diciendo: «¿Tengo pinta de ser una cretina que cree en esas cosas?».

Lo miro levantando una ceja, con los brazos cruzados. En lo de levantar la ceja soy una experta; en el trabajo lo uso y siempre me da buen resultado. Reto con la mirada a Johnno a decir algo. A pesar de lo bruto que es, creo que me tiene un poco de miedo. Suelo asustar a la gente, en general.

—Estábamos repasando el plan de mesas —le digo—. Eso es lo que has interrumpido.

—Bueno, pues… —dice—. Soy un idiota. —Veo que está un poco acobardado. Mejor—. Acabo de darme cuenta de que se me ha olvidado una cosa muy importante.

Noto que se me acelera el corazón. Por favor, que no sean los anillos. Le dije a Will que no le diera los anillos hasta el último momento. Si ha olvidado los anillos, no respondo de mis actos.

—El traje —dice—. Lo tenía preparado, en el perchero, y luego, en el último momento… En fin, no sé qué pasó. Debe de estar colgado en mi puerta, en Inglaterra, imagino.

Aparto la mirada de los dos mientras salen de la habitación. Me concentro con todas mis fuerzas en no decir nada de lo que pueda arrepentirme. Este fin de semana tengo que controlar mi mal genio. A veces no puedo dominarme. No es que me sienta orgullosa de ello, pero la verdad es que nunca he podido controlarme del todo, aunque en ese aspecto estoy mejorando. La ira no es algo que le siente bien a una novia.

No entiendo por qué Will sigue siendo amigo de Johnno, cómo es que no ha cortado ya con él. Por su conversación chispeante no será, desde luego. Es inofensivo, supongo. Eso creo, por lo menos. Pero son tan distintos… Will es tan enérgico, tiene tanto éxito y es tan elegante, tan cuidadoso con su aspecto… Johnno, en cambio, es un guarro. Un desecho social. Cuando fuimos a recogerlo a la estación de tren, en la península, apestaba a maría y parecía que había dormido en la calle. Yo esperaba que por lo menos se afeitara y se cortara el pelo antes de venir. No es mucho pedir que el padrino del novio no parezca un cavernícola, ¿no? Luego le diré a Will que vaya a su habitación y le lleve una maquinilla de afeitar.

Will se porta demasiado bien con él. Por lo visto, hasta consiguió que le hicieran una prueba para *Sobrevivir a la noche*, aunque, claro, la cosa no pasó de ahí. Cuando le pregunté por qué seguía teniendo relación con Johnno, me contestó que su amistad «venía de muy atrás». «Ahora ya casi no tenemos nada en común», me dijo, «pero nos conocemos desde hace muchísimo tiempo».

De todos modos, Will puede ser implacable. Si soy sincera, esa fue seguramente una de las cosas que más me atrajo de él cuando nos conocimos, una de las cosas que enseguida me di cuenta que teníamos en común. Casi tanto como su físico o su sonrisa irresistible, lo que me atrajo fue la ambición que olfateé en él por debajo de su encanto.

Eso es justamente lo que me inquieta. No entiendo por qué sigue siendo amigo del tal Johnno simplemente porque tienen un pasado común. A no ser, claro, que haya algo en ese pasado que le impide cortar con él.

JOHNNO

El padrino del novio

Will sale por la trampilla con un paquete de Guinness. Estamos en las almenas del Torreón, mirando por los huecos entre los bloques de piedra. El suelo queda muy abajo y algunas piedras están bastante sueltas. Si te dan miedo las alturas, mejor no subas aquí, porque acojona. Desde aquí arriba se ve hasta la península. Me siento como un rey, con el sol en la cara.

Will saca una lata del paquete.

—Ten.

—Ah, cerveza de la buena. Gracias, tío. Y perdona por lo de antes. —Le guiño un ojo—. Aunque pensaba que había que reservarse para después de la boda.

Sube una ceja, haciéndose el inocente.

—No sé de qué me hablas. Jules y yo estábamos repasando la colocación de las mesas.

—Ah, ¿sí? ¿Así se le llama ahora? Siento lo del traje, tío, de verdad. Soy un imbécil por habérmelo dejado en casa.

Quiero que sepa que me siento fatal; que me tomo muy en serio lo de ser su padrino. De verdad, quiero que esté orgulloso de mí.

—No te preocupes —me dice—. No sé si te servirá el que he traído de repuesto, pero te lo presto encantado.

—¿Seguro que a Jules no le importa? No parecía muy contenta.

—Sí —contesta moviendo una mano—, ya se le pasará.

Lo que significa que está enfadada y que tendrá que convencerla.

—Vale. Gracias, tío.

Bebe un trago de su Guinness y se apoya contra la pared de piedra que tenemos detrás. Entonces parece acordarse de algo.

—Ah, por cierto, no habrás visto a Olivia, ¿verdad? ¿La hermana de Jules? No para de desaparecer. Está un poco... sensible —dice, aunque por el gesto que ha hecho se nota que lo que quiere decir es que está un poco pirada.

La he visto antes. Es alta y morena de pelo, con la boca grande y cara de asco, y unas piernas kilométricas.

—Pues es una pena —digo—, porque... Venga, no me digas que no te has fijado.

—Johnno, por favor, tiene diecinueve años. No seas cerdo. Y además da la casualidad de que es la hermana de mi novia.

—Diecinueve. Entonces, es legal —digo para pincharle un poco—. Además, es tradición, ¿no? El padrino puede elegir entre las damas de honor. Y como solo hay una, no tengo elección...

Will tuerce la boca como si hubiera probado algo asqueroso.

—No creo que esa norma se aplique cuando tienen quince años menos que tú, idiota.

Ahora se hace el formal, pero siempre le han ido mucho las tías. Y ligaba un montón, el cabronazo, tenía una suerte...

—Esa está prohibida, ¿vale? Métetelo en esa cabeza hueca que tienes. —Me da unos golpecitos en la cabeza con los nudillos.

Lo de «cabeza hueca» no me gusta ni un pelo. Es verdad que no soy ningún cerebrito, pero no me gusta que me traten como si fuera retrasado. Will lo sabe. Era una de las cosas que más me fastidiaban en el colegio. Aun así me río. Sé que no lo ha dicho con mala intención.

—Mira —me dice—, no quiero que metas la pata intentando ligar con mi cuñada. Jules me mataría. Y a ti también.

—Vale, vale.

—Además —dice, bajando la voz—, está, ya sabes... —Vuelve a hacer ese gesto: «pirada»—. Debe de haberlo sacado de su madre.

Menos mal que Jules no ha heredado ese gen. En fin, que las manos quietas, ¿vale?

—Que sí, tranquilo. —Le doy un trago a mi Guinness y suelto un eructo.

—¿Has ido a escalar últimamente? —me pregunta. Está claro que quiere cambiar de tema.

—No, qué va. Por eso estoy así. —Me toco la barriga—. Cuesta sacar tiempo para escalar cuando no te pagan por hacerlo, como a ti.

Lo curioso es que siempre he sido yo quien más metido estaba en ese tema. En todo tipo de deportes al aire libre. Hasta hace poco, yo también me ganaba la vida así; trabajaba en un centro de deportes de aventura en el Distrito de los Lagos.

—Sí, ya me imagino —dice—. Es curioso. La verdad es que no es tan divertido como parece.

—Lo dudo, tío. Te pagan por hacer el mejor trabajo del mundo.

—Bueno, ya sabes... Así no es tan auténtico. Hay mucho montaje.

Me juego la cabeza a que para las cosas más chungas usa un doble. Nunca le ha gustado mancharse las manos. Dice que entrena un montón para el programa, pero aun así.

—Y luego está la peluquería, y el maquillaje... —dice—. Que es una ridiculez cuando estás rodando un programa de supervivencia.

—Seguro que te encanta todo eso —le digo con un guiño—. A mí no me engañas.

Siempre ha sido muy presumido. Lo digo con cariño, claro, pero la verdad es que me encanta meterme con él. Es un tío muy guapo y lo sabe. Se nota que toda la ropa que lleva hoy, hasta los vaqueros, es buena, de la que cuesta una pasta. Puede que sea por influencia de Jules, que es una tía elegante y seguro que le lleva de compras. Claro que seguro que a él tampoco le importa.

—Bueno —digo dándole una palmada en el hombro—, ¿listo para casarte?

Sonríe y dice que sí con la cabeza.

—Sí. ¿Qué quieres que te diga? Estoy loco por ella.

No voy a mentir, me llevé una sorpresa cuando me dijo que iba a casarse. Siempre me había parecido de los que no sientan cabeza. No hay mujer que se resista a su encanto y a su físico. En la despedida de soltero me estuvo contando con cuántas tías se liaba antes de conocer a Jules. «Era una locura», me dijo. «Nunca había follado tanto como cuando me apunté a una de esas aplicaciones, ni siquiera cuando estaba en la universidad. ¡Tenía que hacerme pruebas cada dos semanas! Pero hay mucha loca por ahí suelta, ¿sabes? Mucha tía que se te pega como una lapa. Ahora ya no tengo tiempo para esas cosas. Y luego apareció Jules, y era… perfecta. Tan segura de sí misma, de lo que quiere en la vida… Somos iguales».

«Seguro que tampoco te pareció mal que tenga una casa en Islington», pensé yo, pero no lo dije. Ni que su padre esté forrado. Eso no me atrevo a decírselo, porque la gente se cabrea si le hablas de dinero. Pero si hay algo que a Will siempre le ha gustado, puede que hasta más que las mujeres, es el dinero. Puede que sea por su infancia, por no haber tenido tanta pasta como el resto de la gente del colegio. Yo eso lo entiendo. Él estaba allí porque su padre era el director, y yo porque me dieron una beca deportiva. Mi familia tampoco es nada pija. A mí me vieron jugar al *rugby* en un torneo escolar en Croydon cuando tenía once años y hablaron con mi padre. Era algo normal en el Trevs: le daban mucha importancia a tener un buen equipo.

Llegan voces de abajo.

—¡Eh, eh! ¡Hola! ¿Qué hacéis ahí arriba?

—¡Chicos! —dice Will—. ¡Subid, que hay sitio!

Qué putada. Con lo a gusto que estaba aquí, solo con Will.

Están llegando por la trampilla, los cuatro amigos que van a hacer de caballeros de honor en la boda. Me aparto para dejarles sitio y los saludo con un gesto cuando van apareciendo: primero Femi y luego Angus, Duncan y Peter.

—Joder, qué alto está esto —dice Femi al asomarse al borde.

Duncan agarra a Angus de los hombros y hace como que lo empuja.

—¡Uy! ¡Te he salvado por los pelos!

Angus suelta un gritito agudo y todos nos reímos.

—¡No hagas eso! —dice, cabreado, cuando se recupera del susto—. Es muy peligroso, joder, ¡hostia! —Se agarra a las piedras con todas sus fuerzas y avanza despacio para sentarse a nuestro lado.

Angus siempre fue un poco pringado para ser de nuestra pandilla, pero en el colegio tenía mucha fama porque, al empezar el curso, llegaba siempre en el helicóptero de su padre y eso le daba puntos.

Will reparte las latas de Guinness que llevo mirando unos segundos.

—Hombre, gracias. —Femi mira la lata—. Allá donde fueres, ¿eh?

Pete señala con la cabeza hacia el suelo, allá abajo.

—Vas a tener que tomarte un par de estas para que se te pase el susto, Angus, tío.

—Sí, pero tampoco te pases —dice Duncan—, a ver si se te va a ir la olla.

—Callaos ya —dice Angus, enfadado. Se ha puesto rojo, pero sigue estando un poco pálido y me parece que procura no mirar mucho por encima del borde.

—Me he traído un material para el fin de semana —dice Pete en voz baja— que cuando lo probéis, vais a flipar, vais a creeros que podéis volar.

—No cambias, ¿eh, Pete? —dice Femi—. ¿Has vuelto a saquearle el armario de las pastillas a tu madre? Me acuerdo de cómo sonaba tu neceser cuando volvías de vacaciones, como si estuviera lleno de canicas.

—Sí —dice Angus—. Estamos todos en deuda con tu madre.

—Yo, desde luego, le haría un homenaje —dice Duncan—. Siempre me acuerdo de lo buena que estaba, Pete.

—Pues a ver si mañana te enrollas, chaval —dice Femi.

Pete le guiña un ojo.

—Ya me conocéis. Yo siempre comparto con mis amiguitos.

—¿Y por qué no ahora? —pregunto. De pronto siento que necesito algo que me relaje, y ya se me ha pasado el efecto del porro que me fumé antes.

—Bien dicho, Jota, tío —dice Pete—. Pero no os podéis pasar.

—Más vale que os portéis bien mañana —dice Will, medio en serio—. No quiero que mi séquito me ponga en ridículo.

—Nos vamos a portar bien. —Pete le pasa un brazo por el hombro—. Solo queremos asegurarnos de que tu boda sea una ocasión para el recuerdo.

Will siempre ha sido el centro de todo, el eje del grupo; todos giramos a su alrededor. Se le daban bien los deportes, sacaba buenas notas, con un poco de ayuda extra de vez en cuando… Le caía bien a todo el mundo. Y además parecía que todo le salía de manera natural, como si no tuviera que hacer ningún esfuerzo. Eso parecía, por lo menos, si uno no lo conocía como lo conozco yo, claro.

Bebemos en silencio un rato, sentados al sol.

—Esto es como estar otra vez en el Trevs —dice Angus, el historiador del grupo—. ¿Os acordáis de cómo colábamos las cervezas en el colegio? ¿Y de cuando nos subíamos a la azotea del pabellón a bebérnoslas?

—Sí —dice Duncan—. Y también me acuerdo de que tú te cagabas de miedo.

Angus pone mala cara.

—Vete a tomar por culo.

—El que traía las cervezas era Johnno, en realidad —dice Femi—, de esa tienda del pueblo.

—Sí —dice Duncan—, porque hasta cuando tenía quince años era alto, feo y peludo, el cabrón, ¿a que sí, chaval? —Se inclina y me da un puñetazo en el hombro.

—Y nos las bebíamos en la lata, calientes y todo —dice Angus—, porque no teníamos cómo enfriarlas. Lo mejor que he bebido en mi vida, seguramente, incluso ahora, y eso que ahora podríamos beber, yo qué sé, Dom Pérignon helado todos los putos días de la semana, si quisiéramos.

—Como hicimos hace un par de meses en el RAC —contesta Duncan.

—¿Cuándo fue eso? —pregunto.

—Eh… —dice Will—. Perdona, Johnno. Sabía que no podrías venir, porque estabas en Cumbria y eso…

—Ah —digo—. Sí, ya, claro.

Me los imagino comiendo juntos con champán del bueno en el Royal Automobile Club, uno de esos sitios pijos solo para socios. Cómo no. Le doy un buen trago a mi Guinness. La verdad es que me sentaría de puta madre fumarme un porro.

—Lo mejor de todo era la emoción, cuando estábamos en el Trevs —dice Femi—. Saber que podían pillarnos.

—Venga ya —dice Will—, ¿en serio tenemos que hablar del Trevs? Bastante tengo ya con que mi padre no pare de hablar de ese sitio.

Lo dice con una sonrisa, pero noto que ha puesto mala cara, como si la Guinness se le hubiera atravesado. Siempre me ha dado pena Will por tener un padre así. No me extraña que tuviera esa necesidad de demostrar su valía. Yo sé que preferiría olvidarse del tiempo que pasó allí. Igual que yo.

—Qué grises parecían esos años en el colegio, en aquel entonces —dice Angus—. Ahora, en cambio, cuando lo pienso, y a saber lo que dice eso de mí, creo que en ciertos aspectos fueron los años más importantes de mi vida. Bueno, ni loco mandaría allí a mis hijos, claro, sin ánimo de ofender a tu padre, Will… Pero no estuvo nada mal, ¿verdad?

—No sé —dice Femi, dudoso—. A mí los profes me tenían mucha manía. Putos racistas. —Lo dice como sin darle importancia, pero yo sé que no siempre fue fácil ser uno de los pocos chavales negros que había en el colegio.

—A mí me encantaba —dice Duncan y, cuando lo miramos, añade—: ¡De verdad! Cuando lo pienso ahora, me doy cuenta de lo importante que fue, ¿sabéis? No lo cambiaría por nada. Aquello nos unió.

—Bueno —dice Will—, volviendo al presente, yo diría que nos ha ido bastante bien, ¿no?

A él sí, desde luego. Y a los demás también. Femi es cirujano; Angus trabaja en la constructora de su padre; Duncan es inversor de capital de

39

riesgo —que a saber lo que quiere decir eso—; y Pete se dedica a la publicidad, lo que seguramente no ayuda a que deje la cocaína.

—¿Qué andas haciendo ahora, Johnno? —pregunta Pete, mirándome—. ¿No trabajabas de profe de escalada?

Digo que sí con la cabeza.

—En un centro de deportes de aventura. Pero no es solo escalada. También vivacs de supervivencia, acampadas y…

—Sí —me corta Duncan—. ¿Sabes?, estaba pensando en organizar una excursión de esas con mi gente del trabajo, iba a hablarte de ello. ¿Me harías un precio de amigo?

—Me encantaría —digo, aunque no entiendo por qué alguien que está tan forrado como Duncan necesita que le haga una rebaja—. Pero ya no me dedico a eso.

—Ah, ¿no?

—No, qué va. Estoy montando una fábrica de *whisky*. Empezaré a venderlo dentro de poco. Dentro de seis meses o así.

—¿Y ya tienes distribuidores? —pregunta Angus. Parece un poco mosqueado. Supongo que eso no encaja con la idea que tiene del idiota de Johnno, el grandullón. Le fastidia que me las haya apañado para no tener un trabajo de oficina aburrido y que además me vayan bien las cosas.

—Sí, los tengo —digo asintiendo con la cabeza.

—¿Waitrose? —pregunta Duncan—. ¿Sainsbury's?

—Y el resto de los grandes supermercados.

—Hay mucha competencia en ese campo —dice Angus.

—Pues sí —digo—. Muchos grandes nombres y marcas de prestigio. Hasta ese luchador, Connor MacGregor. Pero nosotros buscábamos, no sé, un planteamiento más artesanal. Como esas ginebras que hay ahora.

—Tenemos la suerte de ir a servirlo mañana —dice Will—. Johnno ha traído una caja. Y habrá que probarlo esta noche, además. ¿Cómo se llamaba? Sé que sonaba muy bien.

—Hellraiser.

La verdad es que estoy bastante orgulloso del nombre. No se parece a esas marcas rancias que se dan tantos aires. Pero también me molesta un poco que a Will se le haya olvidado: lo pone en las etiquetas de las botellas que le di ayer. Claro que se casa mañana. Tiene otras cosas en la cabeza.

—¿Quién lo iba a decir? —dice Femi—. Todos convertidos en adultos respetables. Y, además, habiendo salido de ese sitio. Insisto, no te ofendas, Will, pero ese colegio parecía como de otro siglo. Tenemos suerte de haber salido vivos de allí. Que yo recuerde, todos los años se marchaban cuatro alumnos, por lo menos.

Yo no podría haberme marchado. Mis padres estaban emocionadísimos porque me habían dado una beca de *rugby* e iba a ir a un colegio pijo, ¡a un internado, nada menos! Eso me abriría un montón de puertas, o eso creían ellos.

—Sí —dice Pete—. ¿Os acordáis de ese chaval que bebió etanol en el laboratorio de ciencias por un reto y tuvieron que llevarlo al hospital? Y luego estaban los que tenían ataques de ansiedad…

—Sí, joder —dice Duncan, emocionado—, y aquel chavalín que era tan poca cosa, el que murió. ¡Solo los fuertes sobrevivían! —Nos mira a todos sonriendo—. Los más cañeros, ¿eh, chicos? ¡Otra vez juntos este fin de semana!

—Sí —dice Femi—. Pero mirad esto. —Se inclina y se señala la coronilla, donde se le empieza a ver el cartón—. Nos estamos volviendo viejos y aburridos, ¿no?

—¡Habla por ti, tío! —dice Duncan—. Yo creo que todavía podemos liar una buena si la ocasión lo exige.

—No, en mi boda, no —contesta Will, pero sonriendo.

—En tu boda, sobre todo —dice Duncan.

—Sabía que serías el primero en casarte, tío —le dice Femi a Will—. Siendo tan ligón…

—Pues yo pensaba que no te casarías nunca —dice Angus, tan pelota como siempre—. Si ligas tanto, ¿para qué vas a casarte?

—¿Te acuerdas de esa tía a la que te tiraste? —pregunta Pete—.

¿La del instituto del pueblo? ¿La Polaroid que tenías de ella en toples? ¡Hostia!

—¡Cuántas pajas me habré hecho con ella! —dice Angus—. Todavía pienso en esa foto a veces.

—Sí, porque tú sigues sin mojar —contesta Duncan.

Will guiña un ojo.

—En fin… Que estemos todos aquí juntos otra vez, aunque más viejos y aburridos, como Femi ha dicho tan amablemente… Creo que eso merece un brindis.

—¡Brindo por eso! —Duncan levanta su lata.

—Yo también —dice Pete.

—¡Por los supervivientes! —dice Will.

—¡Por los supervivientes! —repetimos todos.

Y por un momento, cuando los miro, los veo distintos, más jóvenes. Es como si el sol los hubiera rejuvenecido. Desde donde estoy no veo la calva de Femi, ni la barriga de Angus, y Pete no tiene tanta pinta de salir solo por las noches. Will está todavía más guapo, si eso es posible; más radiante. Tengo de repente la sensación de que estamos otra vez allí, sentados en la azotea del pabellón del colegio, como si nada hubiera pasado aún. No sé qué daría por volver a esa época.

—Bueno —dice Will después de beberse el último trago de Guinness—. Tengo que irme. Charlie y Hannah están a punto de llegar, y Jules quiere que vayamos a recibirlos al muelle.

Supongo que, en cuanto estemos todos aquí, el fin de semana empezará en serio, pero por un momento desearía que estuviéramos otra vez solos Will y yo, charlando tranquilamente, como antes de que llegaran los demás. Últimamente casi no nos vemos. Y aun así él es la persona que más sabe de mí. Y yo de él.

OLIVIA

La dama de honor

Parece que la habitación que me ha tocado era antes la de la sirvienta. Enseguida me di cuenta de que estoy justo debajo de la habitación de Jules y Will. Anoche lo oí todo. Intenté no oírlo, claro. Pero, cuanto más lo intentaba, más oía cada ruidito, cada gemido y cada jadeo. Era casi como si quisieran que los oyéramos.

Esta mañana han vuelto a hacerlo, pero por lo menos he podido escaparme, he salido del Torreón. Nos han dicho que no andemos por la isla después de que anochezca, pero, si esta noche vuelve a pasar, yo aquí no me quedo. Prefiero arriesgarme a salir al pantano o a los acantilados.

Pongo el móvil en modo avión y lo quito otra vez para ver si cambia el mensajito de SIN CONEXIÓN, pero nada. De todos modos, no creo que tenga mensajes. He perdido el contacto con todos mis amigos. No es que nos hayamos peleado, ni nada de eso. Es que desde que dejé la uni, ya no tengo nada que ver con su mundo. Al principio me mandaban mensajes:

Espero que estés bien guapa
Llama si necesitas hablar Livs
Nos vemos pronto, no?
Te echamos de menos! ♥
Qué ha pasado???

43

De pronto siento que no puedo respirar. Acerco la mano a la mesita de noche. La cuchilla está ahí: tan pequeña y afilada. Me bajo los vaqueros y aprieto el filo contra la parte interior del muslo, cerca de las bragas; me lo clavo en la carne hasta que sale sangre. Tiene un color rojo tan oscuro comparado con el blanco azulado de la piel... No es un corte muy grande; me los he hecho mayores. Pero el dolor hace que todo se concentre en un punto, en la sensación del metal penetrando en la piel, y durante un momento no existe nada más.

Ya me cuesta un poco menos respirar. A lo mejor, si me hago otro...

Llaman a la puerta. Suelto la cuchilla y me abrocho rápidamente los pantalones.

—¿Quién es?

—Yo. —Jules abre la puerta antes de que le diga que puede pasar, cómo no, así es ella. Menos mal que reacciono rápido—. Necesito verte con tu vestido de dama de honor. Tenemos un rato hasta que lleguen Hannah y Charlie. Al idiota de Johnno se le ha olvidado el traje, así que quiero asegurarme de que por lo menos una persona del cortejo nupcial estará presentable.

—Ya me lo he probado —le digo—. Me queda perfecto.

Mentira. No tengo ni idea de cómo me queda. Tenía que haber ido a la tienda a probármelo, pero cada vez que Jules intentaba llevarme me buscaba una excusa para no ir; al final, se dio por vencida y lo compró, con la condición de que me lo probara y le dijera enseguida si me quedaba bien. Le dije que sí, pero ni me lo puse, no me apetecía. Lleva en su caja de cartón rígido desde que Jules pidió que me lo mandaran.

—Ya, tú te lo habrás probado —dice—, pero yo quiero verlo. —Me sonríe de repente como si acabara de acordarse de que tiene que hacerlo—. Puedes probártelo en nuestra habitación, si quieres. —Lo dice como si fuera todo un honor.

—No, gracias —contesto—. Prefiero quedarme aquí.

—Venga —insiste—. Tenemos un espejo enorme.

44

O sea, que no es opcional. Me acerco al armario y saco la caja de color azul verdoso. Jules pone mala cara. Le cabrea que no lo haya colgado aún.

Criarse con Jules era a veces como tener una segunda madre, o como tener una madre como las demás: mandona, estricta y todo eso. Mamá en realidad nunca fue así, pero Jules sí.

La sigo arriba, a su habitación. Aunque Jules es superlimpia y hay una ventana abierta para que entre el aire, aquí dentro huele a humanidad y a loción de afeitar, y creo (aunque no quiero pensarlo) que también a sexo. Me da mal rollo estar aquí, en su espacio privado.

Jules cierra la puerta y me mira con los brazos cruzados.

—Venga, vamos —dice.

Me parece que no tengo elección. A Jules se le da genial hacerte sentir así. Me quedo en ropa interior y procuro tener las piernas juntas por si acaso me sigue sangrando el muslo. Si lo ve, tendré que decirle que estoy con la regla. Se me pone la piel de gallina por la brisa que entra por la ventana. Noto que me está mirando; ojalá me dejara un poco de intimidad.

—Estás más delgada —dice, muy seria. Su tono es cariñoso, pero suena a falso.

Seguramente está celosa. Una vez que se emborrachó, me contó que en el colegio las otras niñas se metían con ella porque estaba «gordita». Siempre está haciendo comentarios sobre mi peso, como si no supiera que siempre he sido muy flaca, hasta de pequeña. Pero una puede odiar su cuerpo aunque esté delgada. Sentir que te guarda secretos. Que te ha dejado tirada.

Pero Jules tiene razón. Estoy más delgada. Ahora mismo solo puedo ponerme los vaqueros más pequeños que tengo, y se me caen. No es que haya intentado adelgazar, ni nada de eso. Pero esa sensación de vacío que me entra cuando casi no como se parece mucho a lo que siento. Va conmigo.

Jules está sacando el vestido de la caja.

—¡Olivia! —dice enfadada—. ¿No lo habías sacado nunca? ¡Mira qué arrugas! Con lo delicada que es la seda… Creía que ibas a cuidarlo mejor.

Lo dice como si estuviera hablando con una cría. Supongo que es lo que cree. Pero yo ya no soy una niña.

—Perdón —digo—. Se me olvidó.

Mentira.

—Bueno, menos mal que he traído una vaporeta. Aunque vas a tardar un siglo en quitar todas estas arrugas. Tendrás que hacerlo luego. Bueno, pruébatelo como está.

Me hace extender los brazos como si fuera una niña y me pasa el vestido por la cabeza. Al hacerlo, veo que tiene una marca roja, de un par de centímetros de largo, en la parte de dentro de la muñeca. Es una quemadura, creo. Parece fresca y me pregunto cómo se la habrá hecho; ella, que tiene siempre tanto cuidado y normalmente no se quema, no es tan torpe. Pero no me da tiempo a verla bien, porque me agarra de los brazos y hace que me gire hacia el espejo para que veamos las dos el vestido. Es de color rosa palo, un color que yo no me pongo nunca porque me hace todavía más pálida de lo que soy. Como la manicura pija que me obligó a hacerme la semana pasada en Londres. No le gustaban mis uñas: le dijo a la chica que me hizo la manicura que «hiciera lo que pudiera». Ahora, cuando me miro las uñas, me da la risa: ese esmalte rosita de princesa cursi, al lado de mis cutículas mordidas y manchadas de sangre.

Jules se echa para atrás, cruza los brazos y entrecierra los ojos.

—Te queda bastante ancho. Dios, seguro que era la talla más pequeña que tenían. Olivia, por favor… Ojalá me hubieras dicho que no te quedaba bien. Habría hecho que te lo metieran. Aunque… —Frunce el ceño y da una vuelta a mi alrededor, muy despacio. Vuelvo a notar la brisa que entra por la puerta, y me da un escalofrío—. No sé, a lo mejor queda bien así, un poco suelto. Tiene cierto estilo, supongo.

Me miro al espejo. El vestido en sí no es muy feo: tiene un corte muy noventero, en plan combinación, con tirantes finos. Hasta podría haberlo elegido yo si fuera de otro color. Jules tiene razón; no me queda del todo mal. Pero se me ven las bragas negras y los pezones a través de la tela.

—No te preocupes —dice como si me hubiera leído la mente—, te he traído un sujetador de silicona y te he comprado un tanga de color carne. Me imaginaba que no tendrías ninguno.

Joder, qué bien, así seguro que me siento mucho menos desnuda.

Es raro, estar juntas delante del espejo, Jules detrás de mí, mirando las dos mi reflejo. Hay diferencias obvias entre nosotras. Tenemos una figura completamente distinta, para empezar, y yo tengo la nariz más fina —la nariz de mamá—; Jules, en cambio, tiene mejor pelo, más abundante y con más brillo. Pero cuando estamos así, juntas, como ahora, me doy cuenta de que nos parecemos más de lo que cree la gente. Nuestra cara tiene la misma forma, como la de mamá. Se nota que somos hermanas, o medio hermanas, por lo menos.

Me pregunto si Jules lo ve también, el parecido entre las dos. Tiene una expresión rara, como si fuera a llorar.

—Ay, Olivia —dice.

Y entonces veo en el espejo, delante de nosotras, lo veo antes de sentirlo, que alarga el brazo y me coge de la mano. Me quedo paralizada. Esto es muy raro: Jules no es nada de contacto físico, ni de afecto.

—Mira, sé que no siempre nos hemos llevado bien —me dice—. Pero estoy muy orgullosa de que seas mi dama de honor. Lo sabes, ¿verdad?

—Sí —digo. La voz me sale un poco ronca.

Me aprieta la mano, lo que para ella es como dar un abrazo muy fuerte.

—Mamá me ha dicho que has cortado con ese chico. ¿Sabes, Olivia?, a tu edad puede parecer que es el fin del mundo, pero más adelante conoces a alguien con quien de verdad encajas y te das cuenta de la diferencia. Es como lo que nos ha pasado a Will y a mí…

—Estoy bien —digo—. En serio.

Mentira. No quiero hablar de eso. Y menos aún con Jules. Ella me entendería menos que nadie si le cuento que ya no recuerdo por qué antes me molestaba en maquillarme, o en ponerme lencería bonita, o en comprarme ropa, o en ir a cortarme el pelo. Parece como si todas esas cosas las hubiera hecho otra persona.

De pronto me siento muy rara. Como mareada y con ganas de vomitar. Me tambaleo un poco y Jules me agarra, me coge con fuerza de los brazos.

—Estoy bien —digo sin darle tiempo a que me pregunte qué pasa.

Me agacho y me desabrocho los zapatos de seda grises que me ha elegido Jules, con sus hebillas de pedrería, que tardo un siglo en desabrochar porque se me han quedado las manos rígidas y las tengo como dormidas. Luego me estiro y me saco el vestido por la cabeza, tan fuerte que Jules da un gritito, como si creyera que va a romperse. No me he apoyado en ella.

—¡Olivia! —dice—. Pero ¿qué haces?

—Perdón —digo. Pero solo muevo los labios; no sale ningún sonido.

—Mira, aunque solo sea estos días, me gustaría que intentaras esforzarte un poco. ¿Vale? Es mi boda, Livvy. He trabajado mucho para que todo sea perfecto. Te he comprado este vestido y me gustaría que te lo pusieras porque quiero que seas mi dama de honor. Es importante para mí. Y también debería serlo para ti. ¿No?

Digo que sí con la cabeza.

—Sí. Sí, claro. —Y, como parece que espera que diga algo más, añado—: Estoy bien. No sé qué… qué me ha pasado. Pero ya estoy bien.

Mentira.

JULES

La novia

Abro la puerta de la habitación de mi madre y me encuentro con una nube de perfume Shalimar y, seguramente, de humo de tabaco. Espero que no haya fumado aquí dentro. Está sentada delante del espejo con su kimono de seda, perfilándose los labios con su carmín de siempre.

—Por Dios, qué cara de querer matar a alguien. ¿Qué quieres, cariño?

«Cariño».

La extraña crueldad de esa palabra.

Procuro poner un tono de voz calmado y razonable. Tengo que mostrar mi lado más amable.

—Olivia va a portarse como es debido mañana, ¿verdad?

Mi madre suelta un suspiro cansino. Bebe un sorbo de la copa que tiene al lado. Se parece sospechosamente a un martini. Estupendo. O sea, que ya ha empezado a beber.

—Le pedí a ella que fuera mi dama de honor —digo—. Podría haber elegido a otras veinte personas. —No es verdad—. Pero se comporta como si fuera un fastidio total. No le he pedido que haga nada, prácticamente. No vino a la despedida de soltera aunque había una habitación libre en el chalé. Y quedó fatal…

—Podría haber ido yo en su lugar, cariño.

Me quedo mirándola. No se me ocurrió que quizá quisiera venir. Pero en todo caso jamás habría invitado a mi madre a mi despedida de soltera, ni loca. Se habría convertido en el *show* de Araminta Jones.

—Mira, eso me da igual, en realidad —contesto—. Es agua pasada, supongo. Pero ¿va a intentar por lo menos fingir que se alegra por mí?

—Está pasando un momento difícil —dice.

—¿Lo dices porque su novio o lo que fuera ha cortado con ella? Solo llevaban saliendo un par de meses, por lo que he visto en Instagram. ¡Era una historia de amor extraordinaria, es evidente! —Se me ha colado una nota de sarcasmo, a pesar de mis esfuerzos.

Mi madre está concentrada pintándose el arco del labio, que requiere más precisión.

—Pero, cariño —dice cuando acaba—, si lo piensas, tú y el guapo de Will tampoco lleváis juntos tanto tiempo, ¿no?

—Eso es distinto —contesto, molesta—. Olivia tiene diecinueve años. Todavía es una adolescente. Los adolescentes tienen las hormonas a tope y se creen que eso es amor. Yo también creía que estaba enamorada cuando tenía más o menos su edad.

Pienso en Charlie con dieciocho años: su piel morena, de color marrón galleta, y la línea blanca que a veces se le veía debajo de las bermudas. Ahora caigo en que mi madre nunca se enteró —ni quiso saber nada— de mis amores adolescentes. Estaba demasiado enfrascada en su propia vida amorosa. Y menos mal, porque no estoy nada segura de que una adolescente quiera que la vigilen en ese aspecto. Aun así, no puedo evitar sentir que esto demuestra que Olivia y ella están mucho más unidas de lo que estábamos nosotras.

—Acuérdate —dice— de que cuando tu padre me dejó, yo tenía más o menos esa edad. Y tenía un bebé recién nacido...

—Lo sé, mamá —digo con toda la paciencia de que soy capaz. He oído mil veces, muchas más de las necesarias, cómo mi nacimiento puso fin a lo que sin duda, seguramente, *quizá* habría sido la exitosa carrera de mi madre.

—¿Sabes cómo me sentí? —pregunta. Uf, ya empezamos otra vez. El mismo rollo de siempre—. ¿Sabes lo que es intentar tener una carrera y cuidar de un bebé? ¿Tratar de ganarte el sustento y ser algo en la vida, solo para llevar algo de comida a la mesa?

«No hacía falta que siguieras intentando encontrar trabajo como actriz», pienso. «Si de verdad lo que querías era ganarte el sustento, seguramente no era la forma más sensata de hacerlo. Y tampoco hacía falta que te gastaras el poco dinero que ganabas en tener un piso en la avenida Shaftesbury, en pleno centro, si a cambio no teníamos ni para comer. No es culpa mía que cometieras un error siendo una adolescente y que te quedaras preñada».

Pero, como siempre, no digo nada de esto.

—Estábamos hablando de Olivia —contesto.

—Bueno, digamos que lo que le pasa a Olivia no es solo que haya cortado con su novio.

Se mira el esmalte de uñas, del mismo color rojo de su carmín, como si hubiera hundido los dedos en sangre.

Claro, pienso, cómo no. Es Olivia, así que tiene que haber algo de especial y de distinto. «Cuidado, Jules. No te amargues. Pórtate bien».

—¿Qué es, entonces? —pregunto—. ¿Qué le pasa?

—Yo no soy quién para contártelo. —Me extraña tanta discreción, viniendo de ella—. Y, además —añade—, Olivia en eso es como yo: todo nos afecta. No podemos… sofocar nuestras emociones sin más y poner al mal tiempo buena cara, como hacen otras personas.

Sé que, en cierto modo, es verdad. Sé que Olivia se toma las cosas muy a pecho, demasiado a pecho, y que le afectan más de la cuenta. Es una soñadora. Siempre volvía del colegio con arañazos y moratones porque no paraba de tropezarse con las cosas. Se muerde las uñas, se obsesiona con las cosas, les da mil vueltas. Es frágil, pero también es una niña mimada.

Además, no puedo evitar darme por aludida por eso que ha dicho mi madre de «otras personas». El que los demás no vayamos por ahí a

51

pecho descubierto, el que hayamos encontrado la forma de gestionar nuestras emociones, no significa que no las tengamos.

«Respira, Jules».

Pienso en la cara tan rara que ha puesto Olivia cuando le he dicho que me alegraba mucho de que fuera mi dama de honor. He sentido un poco de envidia cuando se ha quitado la ropa para probarse el vestido y he visto su cuerpo esbelto y sin estrías. Sé que ha notado que la miraba. Está demasiado flaca y pálida, desde luego. Y aun así está guapísima, eso no hay quien lo niegue. Como una de esas modelos de los noventa, que parecían yonquis pero con un punto elegante: Kate Moss tumbada en un cuartucho de alquiler, con una sarta de lucecitas detrás. Mientras la miraba, me he sentido atrapada entre esas dos emociones que siempre me asaltan cuando pienso en Olivia: una ternura profunda, casi dolorosa, y una envidia secreta y bochornosa.

Supongo que no siempre he sido con ella todo lo cariñosa que debería ser. Ahora es más mayor, ha espabilado un poco y… Últimamente, sobre todo desde la fiesta de compromiso, ha estado muy fría conmigo, pero cuando era más pequeña, solía seguirme como un perrillo. Casi me acostumbré a sus muestras de cariño no correspondido. A pesar de que la envidiaba.

Mamá se vuelve en la silla. De pronto tiene una expresión muy sombría, extraña en ella.

—Mira, Jules, tu hermana ha pasado una mala época. Tú no sabes ni la mitad. Esa pobre niña ha sufrido mucho.

Esa pobre niña. De pronto vuelvo a sentirlo. Creía que ahora ya sería inmune a ese sentimiento y me avergüenza descubrir que no: ese pinchazo de envidia debajo de las costillas.

Respiro hondo. Me recuerdo que aquí estoy, a punto de casarme. Si Will y yo tenemos hijos, su infancia no será en absoluto como la mía: mamá con su sucesión de novios, todos ellos actores, siempre «a punto de convertirse en estrellas», y las inevitables fiestas del Soho hasta las tantas de la madrugada, cuando alguien me buscaba un sitio para dormir entre los abrigos porque yo tenía seis años y a esas horas mis compañeros de clase llevaban ya mucho rato durmiendo bien arropados en sus camas.

Mamá se vuelve hacia el espejo. Se mira achicando los ojos, se echa el pelo a un lado y luego al otro, se lo retuerce detrás de la cabeza.

—Tengo que estar guapa para los recién llegados —dice—. ¿Verdad que son guapos los amigos de Will?

Ay, Dios…

Olivia no sabe lo fácil que lo ha tenido, lo afortunada que es. Su vida fue normal. Cuando estaba con Rob, el padre de Olivia, mamá se convirtió en una madre como es debido: cocinaba, se empeñaba en que nos acostáramos a las ocho y en casa había una habitación llena de juguetes. Al final se cansó de jugar a la familia feliz, pero para entonces Olivia ya había tenido una infancia normal, satisfactoria. Y a mí ya se me había atragantado un poco aquella niñita que ni siquiera se daba cuenta de todo lo que tenía.

Me dan ganas de romper algo. Cojo la vela Cire Trudon que hay encima del tocador, la levanto y me imagino cómo sería verla hacerse añicos. Ya no hago estas cosas; me controlo. No quiero, claro, que Will vea esa faceta mía. Pero cuando estoy con mi familia tengo recaídas, dejo que toda la mezquindad y la envidia y el dolor de antes me inunden de golpe y vuelvo a ser la Jules adolescente, haciendo planes para escaparse. Debo sobreponerme. Me he forjado mi camino. Lo he levantado todo yo sola, he construido algo estable y poderoso. Y este fin de semana es una reafirmación de todo eso. Es mi desfile de la victoria.

Oigo por la ventana el ruido del motor de un barco. Será Charlie, que llega. Charlie hará que me sienta mejor.

Dejo la vela en su sitio.

HANNAH

La acompañante

Cuando por fin llegamos a las aguas tranquilas de la ensenada de la isla, he vomitado tres veces y estoy empapada y helada hasta los huesos; me siento como un trapo viejo y me agarro a Charlie como si fuera una lancha salvavidas. No sé cómo voy a bajarme del barco, porque no siento las piernas. ¿Se avergonzará Charlie de presentarse conmigo en el estado en que estoy? Siempre se pone un poco raro cuando está Jules. Mi madre diría que «se da aires».

—Mira —dice—, ¿ves esas playas de allí? Es verdad que la arena es blanca.

Veo que el mar se vuelve de un color turquesa increíble en las zonas donde el agua es menos profunda y que el sol rebota en las olas. A un lado, la tierra está cortada por enormes acantilados y grandes montones de rocas que han quedado separados del resto. Al otro lado hay un castillo minúsculo en la cima de un promontorio, encaramado sobre unas plataformas rocosas, y el mar rompiendo abajo.

—Mira ese castillo —digo.

—Creo que es el Torreón —contesta Charlie—. Así lo llamó Jules, por lo menos.

—Los pijos siempre tienen que ponerles un nombre especial a las cosas.

Charlie no me hace caso.

—Allí es donde vamos a alojarnos. Será divertido. Y así estarás distraída, ¿no? Sé que este mes siempre es duro.

—Sí —digo asintiendo con la cabeza.

Me aprieta la mano. Nos quedamos callados un momento.

—Y ya sabes —dice de pronto—. Estar sin los niños, para variar. Volver a ser adultos.

Le lanzo una mirada. ¿Había una pizca de nostalgia en su tono? Es verdad que últimamente casi no hacemos nada, aparte de mantener a dos personitas con vida. A veces incluso siento que está un poco celoso del cariño y la atención que les dedico a los niños.

«¿Te acuerdas de cómo era al principio?», dijo hace una hora, cuando íbamos atravesando el precioso paisaje de Connemara, admirando el brezo rojo y los picos oscuros. «¿De cuando nos subíamos a un tren con la tienda de campaña a cuestas y nos íbamos de acampada a cualquier sitio? Madre mía, parece que fue hace mil años».

En aquel entonces pasábamos fines de semana enteros haciendo el amor; solo salíamos para comer o dar un paseo. Siempre teníamos algún dinerillo de sobra. Sí, ahora somos ricos en otro sentido, pero entiendo a qué se refiere Charlie. Fuimos los primeros de nuestro grupo de amigos en tener hijos: me quedé embarazada de Ben antes de casarnos. Y aunque no cambiaría nada, a veces me pregunto si no nos perdimos un par de años de darnos la gran vida, sin preocupaciones. Otra parte de mí siente a veces que me he extraviado por el camino. La chica que siempre se quedaba a tomar una copa más, esa a la que le encantaba bailar… A veces la echo de menos.

Charlie tiene razón. Necesitábamos pasar un fin de semana fuera, los dos solos. Pero ojalá nuestra primera escapada en siglos no hubiera tenido que ser para la boda glamurosa de esa amiga de Charlie que me aterra un poquito.

No quiero ni pensar cuánto tiempo llevamos sin hacer el amor, porque sé que la respuesta es deprimente. Bastante, en todo caso. En honor a este fin de semana, me he hecho la cera en las ingles por primera vez desde… Uf, desde hace la tira, sin contar esas cajitas de bandas de cera que tengo en el armario del baño y que casi no he usado. A veces, desde que tenemos a los niños, es como si, más que una pareja de enamorados, fuéramos compañeros de trabajo o socios de una empresa pequeña y un poco inestable a la que tenemos que dedicarnos por completo. Enamorados… ¿Cuándo fue la última vez que pensamos en nosotros de esa manera?

—¡Ostras! —digo para olvidarme de este asunto—. ¡Mira qué carpa! Es enorme.

Es tan grande que parece una ciudad hecha con tiendas de campaña, más que una sola carpa. Pero, claro, ¿cómo no iba a tener Jules una tienda alucinante?

El resto de la isla tiene un aspecto aún más hostil que vista de lejos, si es posible. Parece increíble que vayamos a pasar los próximos dos días alojados en este lugar imponente. Al acercarnos, veo un grupo de casitas oscuras detrás del Torreón. Y en la cresta de una loma que hay detrás de la carpa se ven unas formas misteriosas, como erizadas. Al principio pienso que es gente; un batallón de figuras que aguarda nuestra llegada. Pero parecen extrañamente quietas. Cuando estamos más cerca, me doy cuenta de que esas formas raras, tan tiesas, son losas de tumbas. Y lo que parecían cabezotas bulbosas son cruces, cruces celtas, con el círculo rodeando las cuatro aspas.

—¡Ahí están! —dice Charlie, y saluda con la mano.

Ahora veo al grupo de gente en el muelle, saludando. Me paso los dedos por el pelo, aunque sé que solo voy a conseguir alborotármelo más todavía. Lástima no tener una botella de agua para darle un trago; así podría quitarme este mal sabor de la boca.

A medida que nos acercamos, los voy distinguiendo un poco mejor. Veo a Jules y, aunque todavía estamos lejos, noto que está impecable: es la única persona capaz de vestirse toda de blanco en un sitio como este y no ensuciarse enseguida la ropa. Al lado de los novios hay dos mujeres que supongo que serán familia de Jules; las delata ese pelo oscuro tan brillante.

—Esa es la madre de Jules. —Charlie señala a la mayor.

—Hala —digo.

No es como me esperaba, ni mucho menos. Va vestida con vaqueros de pitillo negros, tiene el pelo corto y moreno y lleva unas
gafas de sol pequeñas, de esas de ojo de gato, apoyadas sobre la cabeza. Parece demasiado joven para tener una hija de treinta y tantos años.

—Sí, tuvo a Jules muy joven —explica Charlie como si adivina-
ra lo que estoy pensando—. Y esa debe de ser... ¡Madre mía! Supongo que es Olivia, la hermana pequeña de Jules.

—Muy pequeña no parece.

Es más alta que Jules y que su madre, y tiene una figura muy distinta a la de Jules, que es toda curvas. Es guapísima, un pibón, y tiene
la piel muy blanca, de ese blanco que solo queda bien cuando tienes
el pelo muy negro, como ella. Con los vaqueros, parece como si en vez
de piernas tuviera dos rayas dibujadas con carboncillo. Dios mío, yo
mataría por tener esas piernas.

—No me puedo creer lo mayor que es ya —dice Charlie medio
susurrando, porque estamos cerca y podrían oírnos. Parece un poco
asustado.

—¿Es la que estaba enamorada de ti? —pregunto. Un dato que
he sacado de alguna conversación medio olvidada con Jules.

—Sí —dice con una sonrisa remolona—. Uf, cómo me tomaba
el pelo Jules por eso... Daba un poco de vergüenza. Era divertido, pero
también un poco incómodo. Solía buscarse excusas para venir a hablar
conmigo y se tumbaba delante de mí de esa manera tan provocativa
que tienen a veces las chicas de trece años.

«Seguro que ahora no te parecería tan incómodo», pienso al mirar a esa criatura espectacular que nos espera en el muelle.

Mattie se afana de pronto a nuestro alrededor: pone defensas a un
lado del barco, prepara una cuerda... Charlie se le acerca.

—¿Te ayudo?

Mattie le dice que no con un gesto y sospecho que Charlie se ofen-
de un poco.

—¡Tíremela! —Will avanza por el muelle hacia nosotros. En la tele es guapo. En persona, está como un tren—. ¡Le ayudo! —le grita a Mattie.

Mattie le tira la cuerda y, cuando Will la coge al vuelo, se le ven un momento los abdominales debajo del jersey de lana de Aran. ¿Son imaginaciones mías o Charlie se ha puesto un poco tenso? Los barcos son lo suyo: de joven era instructor de vela. Pero por lo visto a Will se le da bien cualquier deporte al aire libre.

—¡Bienvenidos! —Sonríe y me tiende la mano—. ¿Te ayudo?

No lo necesito, en realidad, pero acepto de todos modos. Me agarra por debajo de las axilas y me levanta por encima de la borda como si fuera ligera como una pluma. Noto un olor sutil y masculino, a musgo y pino, y me doy cuenta con horror de cómo debo de oler yo, a algas y vómito.

Me doy cuenta enseguida de que en la vida real Will también tiene ese encanto, ese magnetismo. En un artículo que leí sobre él mientras veía el programa —porque, por supuesto, miré todo lo que había sobre él en Internet—, la periodista decía en broma que ella lo veía básicamente porque no podía despegar los ojos de Will. Hubo mucha gente que se indignó; decían que eso era cosificarlo, que si el artículo lo hubiera escrito un hombre lo habrían puesto a parir, pero yo estoy segura de que aquel día el equipo de publicidad del programa descorchó champán.

La verdad es que ahora entiendo a qué se refería la periodista. Hay muchos planos de Will con el pecho desnudo, o resoplando mientras escala por una pared de roca, y siempre está increíblemente atractivo. Pero no se trata solo de eso. Tiene una forma especial de dirigirse a la cámara, con una especie de intimidad que hace que una sienta que está tumbada a su lado en el refugio que ha construido con ramas y corteza de árbol, deslumbrada por la luz de su linterna frontal. Es una sensación muy acogedora, como si una estuviera a solas con él en el monte. Y es pura seducción.

Charlie le tiende la mano.

—No, hombre, no —dice Will, y en vez de estrecharle la mano le da un fuerte abrazo. Veo desde aquí cómo se tensa la espalda de Charlie.

—Will —dice inclinando rápidamente la cabeza, y se aparta enseguida. Es casi un desplante, después de lo efusivo que ha estado él.

—¡Charlie! —Jules se acerca con los brazos abiertos—. ¡Cuánto tiempo! Dios mío, cuánto te echaba de menos.

Jules, la otra mujer de la vida de Charlie. La mujer más importante en su vida, hasta que aparecí yo. Se abrazan un buen rato.

Por fin, los seguimos hacia el Torreón. Will nos cuenta que en su origen fue una defensa costera y que después, hace un siglo, un ricachón irlandés lo convirtió en casa de veraneo: un lugar al que retirarse unos días en compañía de sus amigos. Pero, si se desconoce su historia, casi puede pensarse que es medieval. Tiene una torre no muy grande, y entre las ventanas más grandes hay otras muy estrechas. «Falsas troneras», las llama Will. Se ve que le encantan los castillos.

Cuando nos acercamos, vemos que detrás del Torreón hay una capilla, o lo que queda de ella. El tejado parece haberse derrumbado por completo y solo quedan las paredes y cinco pilares altos, donde quizá en tiempos había un campanario y que ahora apuntan hacia el cielo. Las ventanas son huecos abiertos en la piedra y la fachada entera debió desplomarse en algún momento.

—Ahí es donde será la ceremonia mañana —dice Jules.

—Es precioso. Muy romántico —digo, porque es lo que toca.

Y supongo que, en efecto, es precioso, dentro de su desnudez. Charlie y yo nos casamos en el registro municipal. No fue nada bonito, desde luego: un cuartito del ayuntamiento, un poco estrecho y deteriorado. Jules también estuvo, claro. Parecía un poco fuera de lugar, con su traje de diseño. La boda acabó en veinte minutos o menos y nos cruzamos con la siguiente pareja al salir.

Pero yo no querría haberme casado en un sitio como esa capilla. Es preciosa, sí, pero su belleza tiene algo de trágico, incluso un punto de lúgubre. Se recorta contra el cielo como una mano retorcida, de dedos largos, que saliera del suelo. Tiene un aire tétrico, como de sitio encantado.

Observo a Will y Jules mientras los seguimos. Nunca hubiera pensado que Jules era tan sobona, pero la verdad es que no le quita las manos de encima ni un momento, es como si no pudiera parar de tocarlo. Se nota que follan mucho. Da un poco de cosa verla meterle la mano en el bolsillo de atrás de los vaqueros o debajo de la camiseta. Seguro que Charlie también se ha fijado. Pero no voy a comentarle nada. Si se lo digo, será más evidente que nosotros no follamos nada. Antes nos lo pasábamos en grande en la cama, éramos muy aventureros, pero últimamente estamos siempre agotados. Y de pronto me descubro pensando si, desde que tenemos a los niños, siento algo distinto por Charlie, y si sigo gustándole tanto como antes; ahora que mis tetas ya no son lo que eran antes de dar el pecho y que tengo toda esa piel fofa y rara en la barriga. Sé que no debería ni preguntármelo, porque mi cuerpo ha obrado un milagro; o dos, mejor dicho. Pero aun así es importante que siga habiendo deseo en una pareja, ¿no?

Jules no había tenido ninguna relación duradera desde que Charlie y yo estamos juntos. Siempre me ha parecido que estaba tan centrada en la revista que no tenía tiempo para nada serio. A Charlie le gustaba predecir cuánto tiempo le durarían los novietes que tenía. «Tres meses, máximo», decía. O «A ese ya se le ha pasado la fecha de caducidad». Ella siempre lo llamaba cuando cortaba con uno. En parte me pregunto qué siente él ahora, al ver que por fin va a sentar la cabeza. Imagino que no se alegra del todo. Mis sospechas sobre ellos dos amenazan con volver a aflorar. Las reprimo sin contemplaciones.

Mientras vamos hacia el edificio, se oyen unas risotadas que vienen de arriba. Levanto la vista y veo que hay unos hombres en las almenas del Torreón, mirándonos. Sus carcajadas tienen un tono burlón y de pronto soy consciente del estado de mi ropa y mi pelo. Estoy segura de que se ríen de nosotros.

OLIVIA

La dama de honor

Volver a ver a Charlie me recuerda que antes estaba colada por él. Fue hace solo unos años, muy pocos, en realidad, aunque yo era una cría entonces. Me avergüenza pensar en esa niña, en la que era antes. Y también me da pena.

Estoy buscando un sitio donde esconderme de todos ellos. Cojo el sendero que pasa junto a las casas en ruinas de la gente que vivía aquí, en la isla. Jules me ha dicho que los isleños abandonaron sus hogares porque era más cómodo vivir en la península; querían tener electricidad y esas cosas. Los entiendo perfectamente. Vivir aquí encerrado debe de ser como para volverse loco. Y, aunque consigas llegar en barco a la península, sigues estando en medio de la nada. El H&M más cercano debe de estar, no sé, a cientos de kilómetros de aquí. Yo en eso siempre he sido como mamá y, aunque he vivido en el extrarradio, me alegro de que no vivamos en una isla en medio del Atlántico. Así que veo lógico que quisieran marcharse. Pero viendo estas casas abandonadas y en ruinas, con sus ventanas vacías, una tiene la sensación de que aquí han pasado cosas malas.

Ayer vi algo en una de las playas; era una cosa gris, más grande que el resto de las rocas que había en la playa y más lisa, y tenía un aspecto como blando y suave. Me acerqué a mirar. Era una foca muerta. Una cría, creo, porque era muy pequeña. Me acerqué un poquito más y me di un susto de muerte. Por el otro lado, por el lado que no había visto hasta ese momento, tenía el cuerpo abierto de arriba abajo, de color rojo oscuro, con todas las tripas fuera. Ahora no puedo quitarme esa imagen de la cabeza. Desde entonces, este sitio me hace pensar en la muerte.

Solo tardo un par de minutos en bajar a la cueva, que viene señalada en un mapa de la isla que hay en el Torreón. La Cueva de los Murmullos, la llama. Es como una herida larga abierta en la tierra, con salida por ambos lados. Te puedes caer dentro sin darte cuenta de que está ahí, porque la hierba es tan alta que tapa la entrada. Ayer, cuando me la encontré, estuve a punto de caerme dentro. Podría haberme partido el cuello. Y eso le estropearía a Jules su boda ideal, ¿no? Casi me dan ganas de sonreír cuando lo pienso.

Bajo a la cueva pisando en las rocas de los lados, que casi parecen escalones. El ruido de dentro de mi cabeza baja un poco de volumen y ya no me cuesta tanto respirar, aunque este sitio tenga un olor tan raro, como a azufre y quizá también a cosas pudriéndose. Puede que el olor venga de las algas que hay tiradas por todas partes, como cuerdas gordas y oscuras. O puede que lo que huele sean las paredes, que están punteadas de líquenes amarillos.

Enfrente tengo una cala de piedras, muy pequeña, y más allá está el mar. Me siento en una roca. Está húmeda, igual que todo en esta isla. Me di cuenta esta mañana cuando me vestí; la ropa estaba húmeda, como si la hubieran lavado y no se hubiera secado del todo. Y, si me paso la lengua por los labios, me saben a sal.

Se me ocurre quedarme aquí mucho rato, incluso a pasar la noche. Podría esconderme aquí hasta que pase la ceremonia y esto se acabe. Jules se pondría furiosa, claro. Aunque… Quizá haría como que se enfada, pero en realidad se alegraría. La verdad es que no creo que quiera que vaya a su boda. Creo que está resentida conmigo porque mamá y yo nos llevamos mejor y porque tengo un padre que quiere verme, aunque solo sea de vez en cuando. Ya sé que soy mala persona. Jules se porta bien conmigo a veces, como cuando el verano pasado dejó que me quedara en su piso de Londres. Cuando me acuerdo de eso, me siento fatal; se me queda como mal sabor de boca.

Saco el móvil. Aquí la cobertura es una mierda y mi Instagram se ha quedado atascado en la primera foto. Tenía que ser el último mensaje de Ellie, cómo no. Es como si se estuvieran riendo de mí. Los comentarios de debajo:

CHICOOOS! ♥ ♥ ♥
OMG queeeee monos ☺
mami y papi
#mood ♥
entonces ya es oficial, no?

Todavía me duele. Un dolor en el centro del pecho. Miro sus caras sonrientes y satisfechas y casi me dan ganas de estrellar el teléfono contra la pared de la cueva. Pero eso no resolvería mis problemas. Siguen aquí, conmigo.

Oigo un ruido en la cueva, unos pasos, y del susto casi se me cae el teléfono.

—¿Hay alguien? —digo.

Mi voz suena débil y asustada. Espero que no sea Johnno, el padrino. Le he pillado mirándome antes.

Me levanto y empiezo a trepar para salir de la cueva sin despegarme de la pared, que está cubierta de miles de percebes diminutos que me arañan los dedos. Por fin asomo la cabeza por la pared de roca.

—¡Ay, Dios! —Se echa hacia atrás y se lleva la mano al pecho. Es la mujer de Charlie—. ¡Madre mía, qué susto me has dado! Creía que no había nadie ahí abajo. —Tiene un acento bonito, del norte—. Eres Olivia, ¿no? Soy Hannah, la mujer de Charlie.

—Sí —digo—, ya lo sé. Hola.

—¿Qué hacías ahí abajo? —Mira un momento hacia atrás, como para comprobar que no hay nadie escuchando—. ¿Buscabas un sitio donde esconderte? Yo también.

Decido que me cae un poco bien, aunque solo sea por eso.

—Uy —dice—, seguramente eso ha sonado fatal, ¿no? Es que... Creo que Charlie y Jules charlarán más a gusto si yo no estoy. Ya sabes, como tienen tanta historia juntos y yo no formo parte de todo eso...

Parece un poco harta. Historia, dice. Estoy segura al noventa por cien de que Charlie y Jules han follado alguna vez. ¿Lo habrá pensado Hannah también?

Se sienta en un saliente de roca. Yo también me siento, porque he llegado primero. Ojalá capte la indirecta y me deje en paz. Saco el paquete de tabaco del bolsillo y cojo un cigarro. Espero a ver si dice algo, pero no, así que voy un paso más allá, para ponerla a prueba, supongo, y le ofrezco uno, junto con el mechero.

Tuerce la nariz.

—No debería —dice, y luego suspira—. Pero ¿por qué no? El trayecto hasta aquí ha sido una locura. Todavía estoy temblando. —Levanta una mano para enseñármelo.

Enciende el cigarro, da una calada fuerte y suelta otro suspiro. Noto que se marea un poco.

—Uf. Se me ha ido derecho a la cabeza. Hacía tanto que no fumaba... Lo dejé cuando me quedé embarazada, pero antes fumaba bastante, cuando salía de fiesta. —Me echa una mirada—. Sí, ya sé. Seguro que estás pensando que de eso debe de hacer mil años. Pues sí, lo parece.

Me siento un poco culpable porque es verdad que lo he pensado. Pero al mirarla más despacio me doy cuenta de que tiene cuatro agujeros de pirsin en la oreja y un tatuaje en la muñeca, por la parte de dentro, medio tapado por la manga. Puede que no sea lo que parece.

Da otra calada fuerte.

—Madre mía, qué maravilla. Cuando lo dejé, pensé que con el tiempo ya no me gustaría el sabor o que no lo echaría de menos. —Suelta una carcajada—. Pero se ve que no.

Hace cuatro anillos de humo perfectos. Estoy un poco impresionada, aunque me cueste reconocerlo. Callum solía intentar hacer anillos de humo, pero nunca le salía bien.

—Entonces, estás en la universidad, ¿no? —pregunta.

—Sí.

—¿Dónde?

—En Exeter.

—Esa es buena, ¿no?

—Sí —contesto—. Supongo.

—Yo no fui —me dice Hannah—. En mi familia, la única que ha ido a la universidad… —tose—… es mi hermana Alice.

No sé qué contestar. La verdad es que no conozco a nadie que no haya ido a la universidad. Hasta mamá estudió arte dramático.

—Alice siempre fue la lista de la familia —continúa Hannah—. Yo era la rebelde, aunque no te lo creas. Fuimos las dos a un colegio cutre, pero Alice sacaba unas notas alucinantes. —Sacude la ceniza del cigarro—. Perdona, ya sé que no paro de hablar. Es que últimamente pienso mucho en ella.

Noto que le cambia la cara. Pero no creo que deba preguntarle qué le pasa. Como no nos conocemos y eso…

—En fin —dice—. ¿Te gusta Exeter?

—Ya no estoy allí —contesto—. Lo he dejado.

No sé por qué se lo he dicho. Habría sido mucho más fácil seguirle la corriente y hacer como que sigo en la universidad. Pero de repente he sentido que no quería mentirle.

Frunce el ceño.

—Ah, ¿sí? Entonces, ¿no estabas a gusto?

—No. Creo que… Salía con un chico. Y cortó conmigo.

Uf, qué patético ha sonado eso.

—Habrá sido muy duro, si has dejado la uni por él —me dice.

Cuando me acuerdo de todo lo que ha pasado este último año, me agobio y se me queda la mente en blanco, me cuesta pensar y no consigo ordenarlo todo dentro de mi cabeza. Nada tiene sentido, y menos ahora, si intento reconstruir lo que pasó. Creo que no puedo explicarlo sin contárselo todo. Así que me encojo de hombros y digo:

—Bueno, supongo que como fue mi primer novio de verdad…

Digo «de verdad» porque Callum no era solo uno de esos tíos con los que te lías en una fiesta. Pero eso no se lo digo a Hannah.

—Y estabas enamorada —dice.

No lo dice en tono de pregunta, así que no creo que haga falta que conteste, pero, de todos modos, digo que sí con la cabeza.

—Sí —digo con una vocecilla entrecortada.

No creía en el amor a primera vista hasta que vi a Callum al otro lado de la barra del Fresher's Week, aquel chico con el pelo negro y rizado y unos ojos azules preciosos. Me sonrió despacio y fue como si lo conociera de toda la vida. Como si estuviéramos destinados a conocernos desde siempre, a encontrarnos el uno al otro.

Él fue el primero en decir que me quería. A mí me daba demasiado miedo hacer el ridículo, pero al final sentí que yo también tenía que decírselo; que, si no, iba a explotar. Cuando cortó conmigo, me dijo que siempre me querría, pero eso es una chorrada total. Si quieres de verdad a alguien, no le haces daño.

—No lo dejé solo porque cortáramos —digo rápidamente—. Fue... —Doy una calada a mi cigarro. Me tiembla la mano—. Imagino que, si Callum no hubiera cortado conmigo, lo demás no habría pasado.

—¿Lo demás? —pregunta Hannah, y se echa un poco hacia delante, interesada.

No contesto. Intento pensar cómo seguir, pero no encuentro las palabras. Ella no me presiona. Así que nos quedamos calladas un rato, sentadas, fumando.

Entonces dice:

—¡Mierda! ¿Son cosas mías o ha oscurecido mucho mientras estábamos aquí sentadas?

—Creo que se está poniendo el sol —digo.

No lo vemos desde aquí porque estamos mirando hacia el otro lado, pero se ve un resplandor rosa en el cielo.

—Ay, madre —dice Hannah—. Deberíamos volver al Torreón. Charlie odia llegar tarde a cualquier cosa. Es profesor, lo lleva en la sangre. Creo que puedo estar aquí escondida diez minutos más, pero...

—Apaga el cigarro.

—Vete —le digo—. No pasa nada. No tiene importancia.

Me mira entrecerrando un poco los ojos.

—Pues me ha parecido que sí la tenía.

—No —digo—. En serio.

No puedo creerme que haya estado a punto de contárselo todo. Lo otro no se lo he contado a nadie, ni siquiera a mis amigas. Es un alivio no habérselo contado, la verdad. Si lo hubiera hecho, ya no podría retirarlo. Estaría ya dicho, ahí afuera, en el mundo: lo que he hecho.

AOIFE

La organizadora de bodas

Las siete de la tarde. La mesa está puesta para la cena, en el comedor. Freddy no necesita ayuda, así que tengo media hora libre. Decido hacer una visita al cementerio. Hay que cambiar las flores y mañana iremos muy justos de tiempo.

Cuando salgo, el sol está empezando a ponerse y vierte fuego sobre el agua. Tiñe de rosa la neblina que se va acumulando en el pantano y oculta sus secretos. Esta es mi hora favorita del día.

Los amigos del novio se han sentado en las almenas: sus voces me llegan flotando desde arriba cuando salgo del Torreón, más fuertes y un poco más confusas que antes, imagino que por culpa de la Guinness.

—Deberíamos despedirlos a lo grande.

—Sí, tendríamos que hacer algo. Es tradición…

Me dan tentaciones de quedarme a escuchar para asegurarme de que no están tramando ninguna gamberrada, pero parecen inofensivos. Y solo tengo este rato para mí.

Esta tarde la isla está más bonita y agreste que nunca, iluminada por el resplandor del atardecer. Claro que seguramente nunca me parecerá tan bonita como cuando veníamos aquí de viaje, cuando era pequeña. Veníamos los cuatro, mi familia, a pasar las vacaciones de verano. No hay ningún lugar en el mundo comparable a esos días dorados. Pero eso es la nostalgia: la tiranía de esos recuerdos de la niñez que nos parecen tan espléndidos, tan perfectos.

Se oye un susurro en el cementerio cuando llego; es la brisa que empieza a agitarse entre las lápidas. Un presagio del tiempo que hará mañana, quizá. A veces, cuando de verdad se levanta el viento, da la impresión de que arrastra un eco de voces de mujeres de hace siglos entonando el *caoineadh*, el canto fúnebre.

Aquí las tumbas están más juntas de lo normal porque en la isla hay pocas zonas donde la tierra esté de verdad seca. Aun así, el pantano va ganando terreno poco a poco y ya se ha tragado varias tumbas hasta dejar solo unos centímetros de la parte de arriba. Algunas lápidas se han juntado más aún y se inclinan como si estuvieran contándose un secreto. Los nombres, los que todavía se distinguen, son típicos de Connemara: Joyce, Foley, Kelly, Conneely.

Resulta extraño pensar que en la isla los muertos son mucho más numerosos que los vivos, aunque ya hayan llegado algunos invitados. Mañana se restablecerá el equilibrio.

Hay muchísimas supersticiones locales sobre la isla. Cuando Freddy y yo compramos el Torreón, hace cosa de un año, no había más compradores. De los isleños siempre se desconfiaba, los veían como una especie aparte.

Sé que, para la gente de la península, Freddy y yo somos forasteros. Yo soy la «listilla» de Dublín y Freddy es el inglés, un par de pardillos que seguramente han querido abarcar más de la cuenta y que no saben nada de la turbia historia de Inis an Amplóra y sus fantasmas. La verdad es que conozco este sitio mucho mejor de lo que creen. En cierto sentido, me es más familiar que cualquier otro sitio de los que conozco. Y no me preocupa nada que esté embrujado. Yo tengo mis propios fantasmas. Los llevo conmigo allá donde voy.

—Te echo de menos —digo al agacharme.

La lápida me devuelve la mirada, inexpresiva y muda. La toco con la yema de los dedos. Es áspera, fría, rígida, muy distinta al calor de una mejilla o al cabello suave y rizado que recuerdo tan vivamente.

—Creo que te enorgullecerías de mí.

Cada vez que me agacho aquí, siento la misma rabia impotente. Se agita dentro de mí dejándome un regusto amargo en la boca.

Y entonces oigo una risotada allá arriba, en lo alto, como si alguien se burlara de mis palabras. Da igual cuántas veces oiga ese sonido: nunca deja de helarme la sangre en las venas. Miro hacia arriba y ahí está: un gran cormorán posado en la punta de la capilla en ruinas, con las alas negras y torcidas abiertas de par en par para que se sequen, como un paraguas roto. Un cormorán en lo alto de un campanario: un mal presagio. El pájaro del diablo, lo llaman por aquí. La *cailleach dhubh*, la vieja bruja, portadora de muerte. Espero que los novios no lo sepan... o que no sean supersticiosos.

Doy unas palmadas, pero el bicho no se va. Gira la cabeza muy despacio y veo, bien nítido, su perfil, la forma cruel de su pico. Y me doy cuenta de que me observa de soslayo con su ojillo brillante, como si supiera algo que yo ignoro.

De vuelta en el Torreón, llevo una bandeja de copas de champán al comedor, lista para que empiece el cóctel. Al abrir la puerta, veo a una pareja sentada en el sofá. Tardo un momento en darme cuenta de que son la novia y otro hombre, el que ha llegado en el barco de Mattie. Están sentados muy juntos y hablan en voz baja, con las cabezas pegadas. No se apartan de un salto al verme entrar, pero sí se separan unos centímetros. Y ella le quita la mano de la rodilla.

—¡Aoife! —dice la novia—. Este es Charlie.

Recuerdo su nombre por la lista.

—Nuestro maestro de ceremonias para mañana, ¿no? —digo.

Él tose un poco.

—Sí, ese soy yo.

—Claro, y tu mujer es Hannah, ¿verdad?

—Sí —contesta—. ¡Buena memoria!

—Estábamos repasando lo que tiene que hacer mañana —me dice la novia.

—Claro, estupendo —digo, y me pregunto por qué siente la necesidad de darme explicaciones.

Parecían muy acaramelados en el sofá, pero yo no soy quién para juzgar a mis clientes, no me pagan por eso; ni siquiera hace falta que tenga opiniones, o que me guste o me disguste lo que hacen. Así es como funcionan estas cosas. Freddy y yo, si todo sale bien, tendríamos que pasar desapercibidos. Solo se fijarán en nosotros si algo se tuerce, y ya me encargaré yo de que eso no pase. Los novios y sus allegados tendrían que sentir que este sitio es suyo, que ellos son los anfitriones. Nosotros solo estamos aquí para facilitárselo todo, para procurar que el fin de semana transcurra sin ningún tropiezo. Pero para conseguirlo no puedo permanecer completamente pasiva. Esa es la extraña tensión de mi oficio. Tendré que vigilarlos a todos, estar atenta a cualquier posible peligro. Procurar ir siempre un paso por delante de ellos.

AHORA

La noche de bodas

El grito sigue resonando en el aire tras haberse extinguido, como la vibración de un cristal percutido. Su estela paraliza a los invitados. Miran fuera de la carpa, hacia la rugiente oscuridad de la que venía el grito. Las luces parpadean augurando otro apagón.

Una chica entra tambaleándose en la carpa. La camisa blanca la identifica como una camarera, pero su cara es la de un animal salvaje: los ojos desorbitados y negros, el pelo enmarañado. Se queda ahí, delante de ellos, mirando. No parece pestañear.

Por fin se le acerca una mujer; no una invitada, sino la organizadora de la boda.

—¿Qué pasa? —le pregunta con amabilidad—. ¿Qué ha ocurrido?

La chica no contesta. Los invitados tienen la impresión de que solo se la oye respirar. Su respiración, ronca y áspera, también tiene algo de animal.

La mujer se arrima a ella, le pone una mano en el hombro, indecisa. La chica no reacciona. Los invitados están absortos, clavados en el sitio. Algunos se acuerdan vagamente de la chica. Es una de las muchas camareras que les han servido con una sonrisa el primer plato, el segundo y el postre. Les ha retirado los cubiertos y ha rellenado su copa de vino con mano experta. Su coleta rojiza oscilaba elegantemente y su camisa blanca estaba bien limpia y almidonada. Algunos recuerdan incluso su suave acento cantarín: ¿querían que les llenara la copa, que les trajera algo más? Aparte de eso, y a falta de una expresión más adecuada, formaba parte del mobiliario: era un engranaje más del mecanismo bien engrasado del banquete de boda. Menos digna de atención, en realidad, que los elegantes arreglos florales o que las llamas ondulantes de los candelabros de plata.

—¿Qué ha ocurrido? —pregunta de nuevo la organizadora.

Su tono sigue siendo comprensivo, pero esta vez es más firme, hay en él una nota de autoridad. La camarera se ha puesto a temblar, tiembla tanto que parece que le va a dar un ataque. La organizadora vuelve a ponerle la mano en el hombro para que se calme. La chica se tapa la boca con la mano y por un instante parece que va a vomitar. Luego, por fin, habla.

—Ahí fuera —dice con un sonido rasposo, casi inhumano.

Los invitados estiran el cuello para escuchar.

Ella deja escapar un gemido.

—Vamos —dice la organizadora con calma, sin perder la compostura. Pero esta vez sacude con suavidad a la chica—. Vamos, estoy aquí, quiero ayudarte. Igual que todos. No pasa nada, aquí estás a salvo. Cuéntame qué ha ocurrido.

Finalmente, la chica vuelve a hablar con esa voz ronca y terrible.

—Fuera… Sangre por todas partes… —Y luego, justo antes de desplomarse, añade—: Un cadáver.

El día anterior

HANNAH

La acompañante

Aprieto entre los labios un pañuelo de papel para secarme el carmín. Este sitio parece exigir que te pintes los labios. Nuestra habitación es enorme, el doble de grande que la que tenemos en casa. No le falta un detalle: el cubo de hielo con una botella de vino blanco del caro y dos copas; una lámpara antigua, de las de araña, en el techo alto; y un ventanal con vistas al mar. No puedo acercarme mucho a la ventana porque me da vértigo; si miras hacia abajo, se ven allá al fondo, muy lejos, las olas rompiendo en las rocas y un trocito de playa mojada.

Esta tarde, el último resplandor del sol poniente baña de un rosa dorado toda la habitación. Mientras me arreglaba, me he tomado una copa grande de vino. Me ha sabido delicioso, pero, entre que tengo el estómago vacío y que me he fumado ese cigarro con Olivia, estoy ya un poco mareada.

Ha sido divertido fumar en la cueva; como volver de pronto al pasado. Me han dado ganas de desmadrarme este fin de semana. Llevo todo el mes nerviosa y triste, y ahora tengo la oportunidad de relajarme un poco. Así que me he embutido en un vestido negro de seda de & Other Stories que tengo desde antes de quedarme embarazada y que siempre me ha sentado bien, y me he alisado el pelo con el secador. Merece la pena hacer ese esfuerzo, aunque sé que se convertirá otra vez en una enorme bola de pelusa en cuanto entre en contacto con la humedad de fuera; como la calabaza de Cenicienta, pero en peinado. Creía que Charlie estaría esperándome, enfadado, pero él también ha vuelto a la habitación hace solo unos minutos, así que me ha dado tiempo a lavarme los dientes para quitarme el olor a tabaco, y me he sentido como una adolescente transgresora. Aun así, tenía hasta cierto punto la esperanza de que estuviese aquí. Podríamos habernos metido juntos en la bañera.

La verdad es que casi no lo he visto desde que nos bajamos del barco. Jules y él se han pasado media tarde juntos, repasando sus tareas como maestro de ceremonias. «Perdón, Han», me ha dicho al volver. «Jules quería que lo repasáramos todo para mañana. Espero que no te hayas sentido abandonada».

Ahora, cuando salgo del cuarto de baño, me mira con admiración.

—Estás… —Levanta las cejas—. Muy sexi.

—Gracias —contesto meneándome un poco.

Me siento sexi. Supongo que hace bastante tiempo que no me arreglaba tanto. Y sé que no debería importarme no acordarme de cuándo fue la última vez que Charlie me dijo algo así.

Nos reunimos con los demás en el salón para tomar una copa. Está tan bien decorado como nuestra habitación: el suelo antiguo, de ladrillos, un candelabro lleno de velas y, en las paredes, urnas de cristal con grandes peces relucientes que quizá sean de verdad. Me pregunto cómo narices se diseca un pez. Las ventanas estrechas dejan ver rectángulos de crepúsculo azul, y fuera todo tiene ahora un aspecto brumoso, un poco sobrenatural.

Jules y Will están de pie, iluminados por la luz de las velas, en medio de un grupo de invitados. Él parece estar contando una anécdota y los otros le escuchan, pendientes de cada palabra que dice. Me fijo en que Jules y él están cogidos de la mano, como si no pudieran soportar no tocarse. Hacen muy buena pareja, tan altos los dos y tan sumamente elegantes, ella con su mono de color crema y él con unos pantalones oscuros y una camisa blanca que le hace parecer aún más moreno. Antes me sentía guapa; ahora, en cambio, mi ropa me parece cutre comparada con la suya. Para mí, comprarme algo en & Other Stories es un lujo, pero seguro que a Jules ni siquiera se le ocurre entrar en una tienda como esa, tan poco exclusiva.

Acabo estando bastante cerca de Will, y no del todo por accidente: parece como si me atrajera. Es una experiencia embriagadora estar tan cerca de alguien a quien antes solo has visto en la tele. Esa sensación al mismo tiempo de familiaridad y extrañeza. Noto un cosquilleo en la piel al estar tan cerca de él. Me he dado cuenta al entrar de que me miraba un momento a la cara y luego de arriba abajo, antes de seguir contando su anécdota. Así que es verdad que estoy guapa. Me recorre un estremecimiento un poco culpable. Desde hace unos años, desde que tuve a los niños, seguramente porque siempre estoy con ellos, tengo la sensación de haberme vuelto invisible para los hombres. Cuando noté que ya no me miraban, caí en la cuenta de que hasta entonces era algo que daba por descontado. Y que me gustaba.

—Hannah —dice Will, volviéndose hacia mí con su famosa y amplia sonrisa—, estás espectacular.

—Gracias. —Bebo un buen trago de champán. Ahora me siento sexi y un poquitín temeraria.

—Antes, en el muelle, quería preguntarte… ¿Nos conocimos en la fiesta de compromiso?

—No —digo en tono de disculpa—. No pudimos ir, por desgracia. Estábamos en Brighton.

—Entonces, debo de haberte visto en las fotos de Jules. Me suena mucho tu cara.

—Puede ser —digo, aunque no lo creo.

No me imagino a Jules enseñándole una foto en la que salga yo; tiene muchas en las que está sola con Charlie. Pero sé lo que intenta Will: quiere que me sienta a gusto, como una más de la pandilla. Le agradezco su amabilidad.

76

—¿Sabes? —digo—, a mí me pasa lo mismo contigo. ¿Puedo haberte visto en algún sitio? No sé… ¿En la tele, quizá?

Es un chiste muy malo, pero se ríe de todos modos. Tiene una risa grave, muy bonita, y yo me siento como si acabara de tocarme un premio.

—Me has pillado —dice levantando las manos. Cuando las levanta, me llega otra vez el olor de su colonia: a musgo y a pino, a suelo de bosque pasado por el tamiz de la sección de perfumería de unos grandes almacenes de lujo.

Me pregunta por los niños y por Brighton. Parece fascinado por lo que le cuento. Es una de esas personas que hacen que te sientas más lista y atractiva de lo normal. Me doy cuenta de que me estoy divirtiendo, y la copa de champán helado que estoy tomando me está sabiendo a gloria.

—Bueno —dice Will, y me pone la mano en la espalda para hacer que me vuelva suavemente. Noto su calidez a través del vestido—. Voy a presentarte a unas cuantas personas. Esta es Georgina.

Georgina, delgada y elegante, envuelta en una especie de columna de seda fucsia, me dedica una sonrisa glacial. No puede mover mucho la cara y yo intento no mirarla muy fijamente. No estoy segura de haber visto nunca los efectos del bótox en la vida real.

—¿Estuviste en la despedida de soltera? No me acuerdo —dice.

—No, me la perdí —contesto—. Por lo niños.

Es cierto, en parte, pero también es verdad que la despedida fue en un retiro de yoga en Ibiza y yo no podría habérmelo permitido ni en un millón de años.

—No te perdiste gran cosa —comenta un tipo delgado, con el pelo de color rojo oscuro—. Solo un grupo de tías achicharrándose las tetas al sol y cotilleando entre botella y botella de rosado. Cielo santo —añade dándome un repaso con la mirada mientras se inclina para besarme en la mejilla—, qué guapa estás cuando te arreglas.

—Eh… gracias.

Su sonrisa da a entender que lo ha dicho con buena intención, pero no estoy del todo segura de que fuera un cumplido.

Es Duncan, por lo visto, el marido de Georgina. También es uno de los caballeros de honor del novio, junto con otros tres: Peter (pelo repeinado hacia atrás, pinta de fiestero); Oluwafemi o Femi (alto, negro, guapísimo); y Angus (rubio en plan Boris Johnson, y con una panza parecida). Es curioso, porque, en cierto modo, se parecen todos mucho. Llevan prácticamente la misma corbata de rayas, la misma camisa blanca y tiesa, los mismos zapatos de cordones bien lustrosos y chaquetas de traje que, desde luego, no son de Next, como la de mi marido. Charlie se compró la suya especialmente para este fin de semana, y espero que no sienta que desmerece mucho. Por lo menos está bastante elegante comparado con Johnno, el padrino, que, aunque es enorme, me recuerda a un niño vestido con ropa sacada del armario de objetos perdidos del colegio.

Son todos encantadores a simple vista, pero todavía me acuerdo de las risas que se oían en la torre cuando veníamos subiendo hacia aquí. Incluso ahora se nota claramente que, por debajo de toda esa simpatía, hay otra cosa, soterrada. Se sonríen y levantan las cejas como si se estuvieran riendo en secreto de alguien. Posiblemente, de mí.

Me acerco a hablar con Olivia, que parece etérea con ese vestido gris. Antes, en la cueva, he sentido que congeniábamos un poco, pero ahora me contesta con monosílabos y desvía la mirada.

Un par de veces, al mirar por encima de su hombro, me tropiezo con la mirada de Will. No creo que sea culpa mía: en algunos momentos tengo la sensación de que lleva un rato mirándome fijamente. No debería, pero es emocionante. Me recuerda, sé que está fatal decir esto, pero me recuerda a esa sensación que tienes cuando empiezas a sospechar que le gustas a alguien por quien te sientes atraída.

Me paro en seco al pensarlo. A ver, Hannah, pon los pies en el suelo. Estás casada, tienes dos hijos y tu marido está aquí al lado, y además estás hablando del hombre que está a punto de casarse con la mejor amiga de tu marido, que parece Monica Bellucci, solo que mejor vestida. Tal vez deberías aflojar un poco con el champán, que no has parado de empinar el codo desde que has llegado. Es en parte por los nervios, por estar con esta gente. Pero también por la sensación de libertad. Aquí no vamos a hacer el ridículo delante de la canguro cuando lleguemos a casa, ni hay que despertar a los peques temprano por la mañana. Tiene algo de exótico eso de estar arreglada y rodeada solo de adultos, pudiendo beber lo que una quiera, sin responsabilidades.

—La cena huele de maravilla —digo—. ¿Quién la ha hecho?

—Aoife y Freddy —contesta Jules—. Los dueños del Torreón. Aoife también se ha encargado de organizar la boda. Luego, en la cena, os la presento. Y Freddy va a encargarse del banquete de mañana.

—Seguro que estará todo delicioso —comento yo—. Dios mío, qué hambre tengo.

—Bueno, es que tienes el estómago completamente vacío —dice Charlie—. Echaste hasta la primera papilla en el barco, ¿no?

—¿Vomitaste? —pregunta Duncan, encantado—. ¿Les diste de comer a los peces?

Le lanzo a Charlie una mirada heladora. Siento que acaba de echar por tierra parte del esfuerzo que he hecho esta noche. Creo que intenta hacerse el gracioso, que se rían a mi costa. Yo diría que hasta ha puesto un acento distinto, más pijo, pero sé que si se lo digo se hará el tonto.

—En fin —digo—, cualquier cosa me va a saber mejor que los *nuggets* de pollo, que es lo que acabo cenando casi todas las noches con los niños.

—¿Ahora hay buenos restaurantes en Brighton? —pregunta Jules, que siempre se comporta como si Brighton estuviera en el culo del mundo.

—Sí —contesto—, hay…

—Solo que nosotros nunca vamos —me corta Charlie.

—Eso no es verdad —digo—. Fuimos a ese italiano nuevo…

—Ya no es nuevo —replica Charlie—. Eso fue hace un año, más o menos.

Tiene razón. No me acuerdo de cuándo fue la última vez que salimos a cenar, aparte de esa. Andamos un poco justos de dinero, y al precio de la cena hay que añadirle el gasto de la canguro. Pero Charlie podría haberse ahorrado esa observación.

Johnno intenta ponerle más champán, pero Charlie tapa rápidamente su copa con la mano.

—No, gracias.

—Venga, hombre —dice Johnno—. Es la víspera de la boda. Puedes relajarte un poco.

—¡Venga! —añade Duncan—. Que es champán, no crac. ¿O vas a decirnos que estás embarazado?

Los otros se ríen por lo bajo.

—No —repite Charlie, un poco tenso—. Prefiero no pasarme esta noche.

Noto que le da un poco de vergüenza decirlo, pero me alegro de que se mantenga firme delante de esta gente.

—Bueno, Charlie, tío —dice Johnno—, cuéntanos, ¿cómo os conocisteis?

Al principio pienso que se refiere a Charlie y a mí. Luego me doy cuenta de que está mirando a Charlie y Jules. Cómo no.

—Fue hace un millón de años —dice Jules. Charlie y ella se miran levantando las cejas al unísono.

—Yo era su monitor de vela —explica Charlie—. En aquel entonces vivía en Cornualles. Trabajé de monitor ese verano.

—Mi padre tiene una casa allí —añade ella—. Yo tenía la esperanza de que, si aprendía a pilotar un barco, me llevaría a navegar con él. Pero resulta que llevar a navegar a tu hija de dieciséis años por la costa sur de Inglaterra no es lo mismo que tener a tu novia de turno tomando el sol en la proa en Saint-Tropez. —Lo dice en un tono un poco más amargo de lo que pretendía, creo—. En fin… —continúa—. Charlie era mi monitor. —Lo mira—. Yo estaba colada por él.

Él le sonríe. Yo me río, igual que los demás, aunque en realidad no tengo ni pizca de ganas de reírme. No es ni mucho menos la primera vez que oigo esta historia. Es como un número cómico que hacen a dúo. El chaval de pueblo y la niña pija. Aun así, siento un nudo en el estómago cuando Jules continúa:

—Tú lo que querías, sobre todo, era acostarte con todas las chicas de tu edad que pudieras antes de irte a la universidad —le dice a Charlie. De pronto es como si hablara solo para él—. Y la verdad es que parecía que lo estabas consiguiendo. Estabas tan moreno, y tenías un cuerpazo que...

—Sí —dice Charlie—. No he tenido mejor cuerpo en mi vida. Trabajar de monitor de vela era como estar abonado al gimnasio, te pasabas todo el día en el agua, haciendo ejercicio. Por desgracia, enseñando geografía a chavales de quince años no se desarrolla mucho la musculatura.

—A ver cómo están esos abdominales ahora. —Duncan se inclina y le levanta un poco la camisa, dejando ver unos centímetros de tripa fofa y blanca. Charlie retrocede, muy colorado, y se remete la camisa.

—Además, parecía supermaduro —añade Jules sin hacer caso de la interrupción, y le toca el brazo a Charlie como con gesto posesivo—. Cuando tienes dieciséis años, la gente de dieciocho te parece muy mayor. Yo era muy tímida.

—Eso cuesta creerlo —masculla Johnno.

Jules le ignora.

—Pero sé que al principio pensaste que era una niña mimada.

—Y seguramente lo eras —contesta Charlie levantando una ceja. Parece que ya se ha repuesto.

Jules se moja los dedos con champán de su copa y le salpica.

—¡Oye!

Están tonteando. No se puede llamar de otra manera.

—No, qué va, al final me di cuenta de que era genial —dice él—. Descubrí ese sentido del humor tan malvado que tienes.

—Y luego, no sé, seguimos en contacto —continúa Jules.

—Ya empezaba a haber móviles —explica Charlie.

—Al año siguiente, el tímido eras tú —añade ella—. A mí por fin me habían salido las tetas. Me acuerdo de cómo me miraste cuando me presenté en el muelle.

Bebo un trago largo de champán y me recuerdo a mí misma que eran dos adolescentes. Que me estoy poniendo celosa de una chica de diecisiete años que ya no existe.

—Sí, y hasta tenías un novio —dice Charlie—. Que no me podía ni ver.

—Sí —responde Jules con una sonrisa cómplice—. No duró mucho. Era muy celoso.

—Entonces, ¿llegasteis a follar? —pregunta Johnno. Así, como si tal cosa: la pregunta que yo nunca me he atrevido a hacer directamente.

Los amigos del novio están encantados.

—¡Hostias, se lo ha preguntado! —gritan.

Se acercan, excitados, eufóricos, cerrando el círculo. Quizá por eso de repente me cuesta respirar.

—¡Johnno! —exclama Jules—. ¡Pero bueno! ¡Que estamos en mi boda!

Pero no ha dicho que no.

Yo no puedo mirar a Charlie. No quiero saberlo.

Luego, por suerte, un petardazo interrumpe la conversación. Duncan ha abierto la botella de champán que tenía en la mano.

—¡Joder, Duncan! —se queja Femi—. ¡Casi me sacas un ojo!

—¿Y vosotros de qué os conocéis? —le pregunto a Johnno, aprovechando la coyuntura.

—Uf, nosotros somos amigos de toda la vida —contesta.

Le pone la mano en el hombro a Will, y es como si ese gesto los apartara de pronto de los demás. A su lado, Will parece aún más guapo. Son como la noche y el día. Y Johnno tiene los ojos un poco raros. Lo miro un momento, intentando descubrir qué es exactamente. ¿Los tiene demasiado juntos? ¿Demasiado pequeños?

—Sí —dice Will—. Fuimos juntos al colegio.

Eso me sorprende. Los otros tienen ese lustre como de colegio privado pijo; en cambio, Johnno parece más tosco. No habla con la boca llena de nata.

—El Trevellyan —dice Femi—. Era como ese libro en el que un montón de niños acaban en una isla desierta y se matan entre sí. Joder, ¿cómo se titulaba…?

—*El señor de las moscas* —contesta Charlie con un ligerísimo tonillo de superioridad. «Puede que yo haya ido a un colegio público», parece decir, «pero soy mucho más culto que vosotros».

—No exageres —dice Will rápidamente—. Es solo… que éramos un poco salvajes.

—¡Como todos los chavales a esa edad! —contesta Duncan—. ¿Verdad, Johnno?

—Sí. Como todos los chavales a esa edad —repite él.

—Y desde entonces somos amigos —añade Will dándole una palmada en la espalda—. Johnno solía venir a verme en un cochecito viejo que tenía cuando yo estaba en Edimburgo, en la universidad, ¿verdad, Johnno?

—Sí. Lo sacaba al monte, a escalar y de acampada. Para que no se ablandara mucho, ni se pasara la vida follando. Perdona, Jules —dice Johnno, haciéndose el arrepentido.

Ella menea la cabeza.

—¿No conocemos a alguien que también estudió en Edimburgo, Han? —me pregunta Charlie.

Yo me pongo tensa. ¿Cómo es posible que lo haya olvidado? Veo que pone cara de horror al darse cuenta de que ha metido la pata.

—¿Conocéis a alguien que estudió allí? —pregunta Will—. ¿A quién?

—A una chica, pero no estuvo allí mucho tiempo —digo yo rápidamente—. Oye, Will, una duda que tengo… Ese episodio de *Sobrevivir a la noche*, el de la tundra… ¿Tanto frío hacía? ¿De verdad estuviste a punto de congelarte?

—Sí —contesta—. Perdí la sensibilidad en las yemas de estos dedos. —Me acerca una mano—. Se me borró la huella dactilar de un par de ellos.

Yo le miro los dedos entornando los ojos. La verdad es que no parecen muy distintos. Pero, aun así, exclamo como una fan:

—¡Ay, sí, creo que ya lo veo! ¡Hala!

Charlie se vuelve hacia mí.

—No sabía que habías visto el programa —me dice—. ¿Cuándo lo has visto? Juntos no lo hemos visto nunca.

Uy. Me acuerdo de esas tardes en que ponía a los niños a ver el canal de dibujos animados de la BBC y yo veía el programa de Will en mi iPad, en la cocina, mientras les calentaba la cena. Charlie mira a Will.

—No te ofendas, tío. Tengo pendiente ponerme a verlo.

No es verdad. Se nota por cómo lo dice que está mintiendo. Ni siquiera ha intentado que suene sincero.

—No me ofendo —contesta Will tranquilamente.

—Pues… nunca lo he visto entero —digo yo—. Solo… a cachos, ya sabes.

—Me parece que eso ha sonado a excusa —comenta Peter. Agarra a Will del hombro y sonríe—. ¡Will, tienes una fan!

Él se ríe como quitándole importancia al asunto, pero yo noto que me ruborizo de golpe. Espero que, como aquí no hay mucha luz, no noten que me he ruborizado.

A la mierda. Necesito más champán. Tiendo la copa para que me la llenen.

—Por lo menos tu mujer sabe divertirse, tío —le dice Duncan a Charlie.

Femi me llena la copa hasta el borde.

—¡Eh, vale, vale! —digo cuando está a punto de rebosar.

De pronto se oye un *clinc* y unas gotas me salpican la muñeca. Miro dentro de la copa, sorprendida, y veo que me han echado algo en la bebida.

—¿Qué es? —pregunto, desconcertada.

—A ver si lo adivinas —contesta Duncan, muy sonriente—. Te he puesto un penique. Ahora tienes que bebértelo todo.

Lo miro y luego vuelvo a mirar mi copa. Efectivamente, en el fondo de la copa llena hasta los topes hay una monedita de color cobre con el perfil de la reina.

—¡Duncan! ¡Pero qué malo eres! —exclama Georgina riendo.

Creo que no me habían puesto un penique en la copa desde que tenía dieciocho años. De repente están todos mirándome. Yo miro a Charlie para que me confirme que no tengo que beberme el champán, pero tiene una expresión extrañamente suplicante, como Ben cuando me mira como diciendo: «Por favor, mamá, no me pongas en ridículo delante de mis amigos».

Qué gilipollez, me digo. No tengo por qué bebérmelo. Tengo treinta y cuatro años, soy una mujer adulta. Ni siquiera conozco a esta gente, no tienen ningún poder sobre mí. No voy a dejar que me obliguen…

—¡Adentro!

—¡Adentro!

Dios mío, se han puesto a cantar.

—¡Salva a la reina!

—¡Que se ahoga!

—¡Adentro, adentro, adentro!

Noto que me pongo colorada. Para que dejen de mirarme y de cantar, me bebo la copa de un trago. Antes el champán me sabía riquísimo, pero bebido así, tan deprisa, está asqueroso. Sabe amargo y pica, me raspa la garganta. Me entra la tos al tragar y el líquido se me mete por la nariz. Noto que un poco de champán me rebosa por el labio de abajo, y se me saltan las lágrimas. Esto es humillante. Es como si todos los demás hubieran entendido las reglas de lo que está pasando, que no sé muy bien qué es. Todos, menos yo.

Después se ponen a vitorear, pero no creo que sea a mí a quien vitorean, sino a sí mismos. Me siento como una niña rodeada por un corro de matones de colegio. Cuando miro a Charlie, hace un gesto como de disculpa. De pronto me siento muy sola. Me vuelvo para que no me vean la cara.

Al girarme, veo algo que me hiela la sangre.

Hay alguien en la ventana, mirándonos desde la oscuridad; nos observa en silencio, con la cara pegada al cristal y los rasgos deformados por una mueca horrenda, como la de una gárgola. Se ríe horriblemente, enseñando los dientes. Mientras lo miro, incapaz de apartar los ojos, mueve la boca como si pronunciara una sola palabra.

BUUU.

No me doy cuenta de que he soltado la copa de champán hasta que se rompe a mis pies.

AHORA

La noche de bodas

Pasan unos segundos hasta que la camarera vuelve en sí. No parece que esté herida, pero lo que haya visto ahí fuera la ha dejado casi muda de espanto. Lo máximo que consiguen sacarle son unos gemidos inarticulados, sin sentido.

—La he mandado al Torreón a buscar un par de botellas de champán —dice, anonadada, la jefa de camareras, una chica de unos veinte años.

En la carpa se hace un silencio tenso. Los invitados buscan con la mirada a sus seres queridos para comprobar que están sanos y salvos, pero cuesta localizar a alguien entre la muchedumbre, que bulle, nerviosa y agotada tras pasar todo el día de fiesta. La disposición de la carpa, con la pista de baile en una tienda, el bar en otra y el comedor en la más grande, tampoco facilita las cosas.

—Se habrá asustado con algo —comenta un hombre—. Es una cría. Ahí fuera está todo muy oscuro y hay tormenta.

—Pero a lo mejor alguien necesita ayuda —dice otro—. Deberíamos ir a ver.

—No podemos dejar que la gente se disperse por toda la isla.

Hacen caso a la organizadora. Posee una autoridad innata, aunque parezca tan impresionada como los demás, con la cara blanca y demacrada.

—Es verdad que hay tormenta —añade—. Y que está muy oscuro. Además, está el pantano, y los acantilados. No quiero que nadie más se… se haga daño, si es eso lo que ha pasado.

—Se debe de estar cagando, por el seguro —masculla un invitado.

—Deberíamos ir a ver —insiste uno de los caballeros de honor—. Unos cuantos de nosotros. Siendo más, será menos peligroso y eso.

El día anterior

JULES

La novia

—¡Papá! —digo—. ¡Le has dado un susto de muerte a la pobre Hannah!

La verdad es que su reacción ha sido un poquito exagerada, tirando la copa al suelo de esa manera. ¿En serio tenía que montar esa escena? Intento refrenar mi enfado mientras Aoife empieza a barrer los trozos de cristal, moviéndose a nuestro alrededor con discreción.

—Perdón. —Papá nos sonríe a todos al entrar en el salón—. Se me ha ocurrido daros un sustito.

Habla con más acento que de costumbre, seguramente porque está en su tierra, o casi. Se crio cerca de aquí, en Gaeltacht, la parte de Galway donde se habla gaélico. Mi padre no es un hombre grande, pero aun así se las arregla para ocupar mucho espacio e impone bastante: la anchura de los hombros, la nariz rota… Me resulta difícil verlo objetivamente por la relación que tengo con él, pero supongo que quien no lo conozca puede pensar que en tiempos fue boxeador o algo por el estilo, en vez de lo que es: un promotor inmobiliario con mucho éxito.

Séverine, su mujer —francesa, no mucho mayor que yo, toda escote y perfilador de ojos—, entra detrás de él agitando su larga melena roja.

—Bueno, ¡por fin has venido! —le digo a papá sin hacer caso de Séverine (no pienso malgastar tiempo con ella hasta que rebase la marca de los cinco años, el récord de mi padre hasta la fecha).

Yo sabía que tenían que llegar más o menos a esta hora (tuve que pedirle a Aoife que buscara un barco que los trajera), pero temía que al final pusieran alguna excusa, que alegaran algún retraso para no venir esta noche. No sería la primera vez.

Me doy cuenta de que Will y mi padre se observan a hurtadillas el uno al otro, como midiéndose con la mirada. Es extraño, pero al lado de mi padre Will parece un poco apocado, un poco menos él. Ahora, viéndolo con su camisa bien planchada y sus chinos, me preocupa que a papá le parezca un pijito y un memo, el clásico exalumno de colegio privado.

—No me puedo creer que no os conozcáis aún —digo.

No será porque no lo haya intentado. Will y yo fuimos a Nueva York expresamente para que se conocieran hace unos meses y, en el último momento, nos enteramos de que mi padre había tenido que irse a Europa por negocios. Me imaginé nuestros aviones cruzándose en medio del Atlántico. Papá es un Hombre Muy Ocupado. Tan ocupado que no ha tenido tiempo de conocer al novio de su hija hasta la víspera de la boda. Y así toda la puta vida.

—Es un placer conocerte, Ronan —dice Will tendiéndole la mano.

Mi padre hace caso omiso y le da una palmada en el hombro.

—El famoso Will. Por fin nos conocemos.

—No muy famoso todavía. —Will le dedica una sonrisa satisfecha.

Yo empiezo a ponerme nerviosa. Qué raro que Will haya metido así la pata. Ha sonado a jactancia y estoy casi segura de que papá no se refería a que sea famoso porque salga en la tele. No les tiene ningún aprecio a los famosos, no admira a nadie que no haya ganado su fortuna currando de verdad, a lo bestia. Es un hombre hecho a sí mismo y está muy orgulloso de ello.

—Y esta debe de ser Séverine. —Will se inclina para darle dos besos—. Jules me ha hablado mucho de ti y de los gemelos.

No, nada de eso. Y los gemelos, los últimos vástagos de mi padre, no están invitados a la boda.

Séverine pone una sonrisita afectada, se derrite bajo el encanto de Will, lo que seguramente no va a hacer que papá le tenga más simpatía. Ojalá no me importara lo que piense mi padre. Y sin embargo aquí estoy, embobada, mirando cómo se rondan el uno al otro en este espacio tan pequeño. Es insoportable. Menos mal que llega Aoife para avisarnos de que están a punto de servir la cena.

Aoife se parece mucho a mí: es ordenada, discreta y capaz. Tiene un punto de frialdad, de desapego, que supongo que a algunas personas no les agrada. Yo lo prefiero así. No quiero que alguien finja ser mi amiga del alma cuando le estoy pagando por un servicio. Me cayó bien en cuanto hablamos por teléfono la primera vez y casi me dan ganas de preguntarle si se plantearía la posibilidad de dejar todo esto para venirse a trabajar a la revista. Puede parecer muy hogareña, pero tiene un lado mucho más duro.

Entramos en el comedor. Mis padres, como estaba previsto, se sientan uno en cada extremo de la mesa, lo más lejos posible el uno del otro. La verdad es que no estoy segura de que hayan cruzado más de dos palabras desde los años noventa, y seguramente es mejor que sigan así para que no se rompa la armonía del fin de semana. Séverine, en cambio, se ha sentado prácticamente en las rodillas de papá. Puaj. Puede que mi padre casi le doble la edad, pero aun así ella tiene treinta y tantos, no es una adolescente.

Esta noche, al menos, todo el mundo parece estar portándose bien. Seguramente hay que agradecérselo a las botellas de Bollinger de 1999 que nos hemos bebido ya. Hasta mamá se está comportando y está haciendo el papel de la madre de la novia con dignidad. Como siempre, sus dotes interpretativas parecen brillar mucho más en la vida real que en el escenario.

Aoife y su marido traen el primer plato: un caldo de pescado cremoso, aderezado con perejil.

—Os presento a Aoife y Freddy —les digo a los otros. No digo que son nuestros anfitriones porque en realidad la anfitriona soy yo. Para eso pago. Así que opto por añadir—: Son los dueños del Torreón.

91

Aoife asiente educadamente con la cabeza.

—Si necesitan algo, solo tienen que decírnoslo —dice—. Espero que disfruten de su estancia. La boda de mañana es la primera que celebramos en la isla, así que va a ser muy especial.

—Esto es precioso —comenta Hannah amablemente—. Y la comida tiene una pinta estupenda.

—Gracias —contesta Freddy, hablando por fin. Ahora me doy cuenta de que es inglés. Pensaba que era irlandés, como Aoife.

Ella asiente.

—Los mejillones los cogimos nosotros mismos esta mañana.

Cuando acaban de servirnos, retomamos la conversación, todos menos Olivia, que está muy callada, con la mirada fija en el plato.

—Guardo un recuerdo precioso de Brighton —le está diciendo mamá a Hannah—. Actué allí un par de veces, ¿sabes?

Ay, Dios. Dentro de poco se pondrá a contarle a todo el mundo que una vez hizo una escena de sexo con penetración para una película de arte y ensayo (que no llegó a estrenarse y que seguramente ahora estará en PornHub).

—¿En serio? —contesta Hannah—. Nosotros nos sentimos un poco culpables por no ir al teatro más a menudo. ¿Dónde actuaste? ¿En el Theatre Royal?

—No —dice mi madre con ese tono ligeramente altivo que pone cuando la pillan en un renuncio—. En un sitio más pequeño y selecto. —Sacude la cabeza—. Se llamaba La Linterna Mágica. En los Lanes. ¿Lo conoces?

—Eh… No —contesta Hannah, y luego añade rápidamente—: Pero, ya te digo, ahora estamos tan desconectados que no conocemos nada, ni siquiera los sitios más de moda.

Es muy amable, Hannah. Es una de las pocas cosas que sé de ella. Es como si… rebosara amabilidad. Recuerdo que cuando la conocí, pensé: eso es lo que quiere Charlie. Alguien amable. Alguien blando y cálido. Yo soy demasiado para él. Demasiado enérgica, demasiado temperamental. A mí jamás me hubiera elegido.

Me digo a mí misma que ya no tengo celos de Hannah. Charlie pudo ser en algún momento el tío bueno del club de vela, pero ya no lo es. Ahora está flácido; antes tenía un vientre plano y moreno, ahora tiene barriga. Y, además, profesionalmente se ha estancado. Si por mí fuera, estaría aspirando a un puesto de director. No hay nada menos atrayente que la falta de ambición, ¿verdad?

Me quedo mirándolo hasta que su mirada se topa con la mía, y me aseguro de ser yo quien aparta primero la vista. Y me pregunto si será él ahora el que está celoso. He visto la desconfianza con que trata a Will, como si intentara encontrarle un defecto. Lo pillo observándonos mientras tomamos una copa. Y, al imaginarnos a través de sus ojos, vuelvo a sentir que hacemos una pareja espectacular.

—Qué maravilla —le está diciendo mi madre a Hannah—. Los cinco años son una edad preciosa. —Desde luego, está bordando el papel, fingiéndose interesada—. ¿Y cómo están tus gemelos, Ronan? —pregunta levantando la voz desde su lado de la mesa.

¿Será un desaire intencionado, el no haber incluido a Séverine en la pregunta? Pero qué tontería, no sé por qué lo dudo. A pesar de que ella se empeñe en hacerse la bohemia y la despistada, hay muy pocas cosas que mi madre no haga a propósito.

—Están bien —contesta mi padre—. Gracias, Araminta. Pronto empezarán a ir a la guardería, ¿verdad? —le pregunta a Séverine.

—*Oui* —contesta ella—. Estamos buscando una guardería de habla francesa. Es tan importante que sean… eh… bilingües, como yo.

—Ah, ¿tú eres bilingüe? —pregunto sin poder contenerme.

No sé si ella nota mi tono burlón, pero en todo caso no reacciona.

—*Oui* —dice encogiéndose de hombros—. De pequeña fui a un internado femenino en Inglaterra. Y mis hermanos también, a uno para chicos.

—Santo cielo —comenta mi madre dirigiéndose solo a papá—. Debe de ser agotador a tu edad, Ronan. —Y antes de que a él le dé tiempo a contestar, da unas palmadas—. Antes de que nos traigan el siguiente plato —dice poniéndose en pie—, me gustaría decir unas palabras.

—No hace falta, mamá —digo.

Todos se ríen, pero yo no bromeo. ¿Está borracha? Es difícil saberlo, todos hemos bebido bastante. Y de todas formas no sé si eso importa mucho, tratándose de mamá. Nunca ha tenido inhibiciones de las que desprenderse.

—Por mi Julia —dice levantando su copa—. Desde que eras pequeña has sabido exactamente lo que querías. ¡Y ay de quién se interpusiera en tu camino! Yo nunca he sido así. Lo que quiero cambia de semana en semana. Seguramente por eso he sido siempre tan infeliz. Pero, en fin... Tú siempre has sabido lo que quieres. Y lo que quieres, lo consigues. —Ay, Dios, está haciendo esto porque le he prohibido que dé un discurso en la boda. Seguro que es por eso—. Desde el momento en que me hablaste de Will, supe que él era lo que querías.

Suena muy clarividente, pero no lo es tanto, si se tiene en cuenta que en la misma conversación le conté que ya estábamos prometidos. Pero mi madre nunca ha permitido que los hechos le estropeen una buena historia.

—¿Verdad que parecen la pareja ideal? —pregunta.

Se oyen murmullos de asentimiento. No me ha gustado el énfasis que ha puesto al decir «parecen».

—Yo sabía que Jules tenía que encontrar a alguien con tanto ímpetu como ella —continúa.

¿Ha dicho «ímpetu» con un tono un poco ofensivo? No estoy segura. Miro a Charlie, al otro lado de la mesa. Él sabe desde hace mucho cómo es mi madre. Me guiña un ojo y noto un calorcito en la tripa, un cosquilleo íntimo.

—Y tiene tanto estilo, mi hija... Eso lo sabemos todos, ¿verdad? Su revista, su estupenda casa en Islington y, ahora, este hombre tan guapo. —Le pone la mano a Will en el hombro, con sus uñas pintadas de rojo—. Siempre has tenido buen ojo, Jules.

Ni que hubiera escogido a Will para que me combine con un par de zapatos... Ni que fuera a casarme con él solo porque encaja perfectamente en mi vida...

—Puede que a los demás les haya parecido un disparate —añade—. Traernos a todos aquí, a esta isla gélida, perdida en medio del mar. Pero para Jules es importante, y eso es lo que cuenta.

Tampoco me gusta cómo ha sonado eso. Me río, como los demás, pero por dentro estoy que muerdo. Tengo ganas de levantarme y soltar un alegato, como si mi madre fuera el fiscal y yo el abogado de la defensa. Pero no es eso lo que hay que sentir al escuchar el discurso de un ser querido, ¿verdad?

Lo que no dice mi madre es que, si no hubiera sabido lo que quería y no me hubiera esforzado por conseguirlo, no habría llegado a ninguna parte. Tuve que aprender a valerme sola, porque de ella, desde luego, no podía esperar ninguna ayuda. La miro, con su vaporoso vestido de gasa de color negro —como el negativo de un traje de novia—, sus pendientes brillantes y su reluciente copa de champán, y pienso: «Esto no lo has conseguido tú. No es tu momento. No lo has creado tú. Lo he creado yo, a pesar de ti».

Agarro el borde de la mesa con una mano, con fuerza, para contenerme. Con la otra cojo mi copa de champán y bebo un trago largo. «Di que estás orgullosa de mí», pienso. Con eso estará todo arreglado. «Dilo y te perdono».

—Puede que esto suene un poco soberbio —dice llevándose la mano a la clavícula—. Pero la verdad es que estoy orgullosa de mí misma por haber criado a una hija tan independiente y tenaz.

Y hace una pequeña reverencia, como si estuviera delante de un público que la adora. Todo el mundo aplaude obedientemente cuando se sienta.

Tiemblo de ira. Miro la copa de champán que tengo en la mano. Me imagino, durante un instante delirante y feliz, levantándola y estrellándola contra la mesa para que todo se detenga. Respiro hondo. Y por fin me levanto para hacer yo también un brindis. Será un brindis amable, cariñoso, agradecido.

—Muchísimas gracias a todos por venir.

Procuro poner un tono de voz cálido. Estoy tan acostumbrada a dar charlas a mis empleados que tengo que esforzarme por que mi voz no suene autoritaria. Sé que algunas mujeres se quejan de que no son capaces de que la gente las tome en serio. Yo, en todo caso, tengo el problema contrario. En la fiesta de Navidad, una de mis empleadas, Eliza, se emborrachó y me dijo que tengo siempre cara de mala hostia. Yo no se lo tuve en cuenta, porque estaba borracha y al día siguiente no iba a acordarse de lo que había dicho. Pero no lo he olvidado, por supuesto.

—Nos hace muy felices teneros aquí. —Sonrío. Noto que el carmín se me ha endurecido, que ya no se amolda a mis labios—. Sé que esto está muy lejos y que no ha sido fácil que hagáis un hueco en la agenda, pero desde el momento en que conocí este sitio supe que era perfecto. Por Will, que disfruta tanto de la naturaleza salvaje. Y por mis raíces irlandesas. —Miro a papá, que sonríe—. Veros a todos aquí reunidos, a nuestros seres más queridos, significa mucho para mí. Para los dos.

Levanto la copa mirando a Will, y él levanta la suya. Esto se le da mucho mejor que a mí. Rezuma simpatía y encanto sin hacer ningún esfuerzo. Yo puedo conseguir que la gente haga lo que quiero, pero no siempre consigo caerle bien. Por lo menos, no como mi novio. Él me sonríe, me hace un guiño, y me descubro fantaseando con que retomamos lo que empezamos antes, en la habitación...

—Creía que este día no llegaría nunca —digo, acordándome de dónde estoy—. He estado tan liada con la revista estos últimos años que pensaba que nunca tendría tiempo de conocer a alguien.

—No olvides que tuve que insistir bastante para convencerte de que salieras conmigo —dice Will.

Tiene razón. En cierto modo, parecía demasiado perfecto para ser verdad. Luego me contó que acababa de salir de una relación tóxica y que él tampoco estaba buscando nada. Pero la verdad es que conectamos enseguida en aquella fiesta.

—Y me alegro muchísimo de que lo hicieras. —Le sonrío. Me parece un poco un milagro, lo fácil y rápido que fue todo—. Si creyera en esas cosas —digo—, pensaría que nos unió el destino.

Me sonríe, radiante. Nos miramos a los ojos y es como si no hubiera nadie más a nuestro alrededor. Y luego, de pronto, vuelvo a pensar en esa maldita nota. Y siento que la sonrisa me tiembla un poco en los labios.

JOHNNO

El padrino

Fuera es noche cerrada. El humo de la chimenea ha llenado la habitación y están todos distintos, como borrosos por los bordes. Como si fueran otros.

Nos han servido otro plato, una especie de tarta de chocolate negro, muy complicada. Intento cortarla por la mitad y sale disparada, saltan migas de bizcocho por todas partes.

—¿Necesitas que alguien te corte la comida, grandullón? —se burla Duncan desde el otro extremo de la mesa. Oigo que los demás se ríen. Es como si no hubiera cambiado nada. Intento pasar de ellos.

Hannah se vuelve hacia mí.

—Entonces, ¿tú también vives en Londres, Johnno? —me pregunta.

He llegado a la conclusión de que me cae bien. Parece buena gente. Y me gusta su acento del norte y los pendientes que lleva en la parte de arriba de la oreja; la hacen parecer una fiestera, aunque por lo visto tiene ya dos hijos. Me juego la cabeza a que puede ser muy salvaje cuando quiere.

—No, qué va —contesto—. Odio la ciudad. A mí dame campo. Necesito espacio para moverme a mi aire.

—¿Tú también te dedicas a los deportes de aventura?

—Sí. Supongo que podría decirse así. Antes trabajaba en un centro deportivo en el Distrito de los Lagos. Como monitor de escalada, supervivencia y esas cosas.

—Hala… Aunque es lógico, ahora que lo pienso, porque fuiste tú quien organizó la despedida de soltero, ¿no? —Me sonríe. ¿Cuánto sabrá al respecto?, me pregunto.

—Sí —digo—, fui yo.

—Charlie no me ha contado gran cosa, pero algo oí de que ibais a montar en kayak, a escalar y tal.

Ah, así que no le ha contado nada de lo que pasó. No me sorprende. Pensándolo bien, seguramente yo tampoco se lo contaría a mi mujer si fuera él. Cuanto menos se diga al respecto, mejor. Espero que haya decidido olvidarse del asunto y ya está. Pobre chaval. Claro que todo ese asunto no fue idea mía.

—Pues sí —continúo—. Siempre me han gustado esas cosas.

—Sí —dice Femi—. Fue a Johnno a quien se le ocurrió escalar por la pared para subir a la azotea del pabellón del colegio. Y también te subiste una vez a aquel árbol enorme que había enfrente del comedor, ¿verdad?

—¡Ay, Dios! —le dice Will a Hannah—. No dejes que empiecen con las anécdotas del colegio, porque no van a parar.

Hannah me sonríe.

—Parece que tú también podrías tener un programa en la tele, Johnno.

—Pues tiene gracia que lo digas, porque la verdad es que hice una prueba para el programa.

—Ah, ¿sí? ¿Para *Sobrevivir a la noche*?

—Sí.

Dios, ¿por qué habré dicho nada? «Mira que eres tonto, Johnno. No sabes tener la boca cerrada». Es humillante, por favor.

—Sí, bueno, nos hicieron un castin a los dos y…

—Y Johnno decidió que no le molaba nada todo ese rollo, ¿verdad? —dice Will.

Está bien que intente salvarme la cara, pero no tiene sentido mentir, así que más vale que lo diga de una vez.

—Will es un buen tío —digo—, pero la verdad es que lo hice de pena. Me dijeron básicamente que no sirvo para la tele. No como aquí nuestro amigo. —Me inclino y le revuelvo el pelo a Will, y él se aparta riendo—. Aunque de todos modos tiene razón. Eso no es para mí. No podría soportar el maquillaje que te ponen, la ropa que te hacen llevar… Y no es que quiera quitarle mérito a lo que haces, tío.

—No me he ofendido —dice Will levantando las manos.

Él está hecho para la tele, le sale de manera natural. Tiene esa capacidad de ser quien quiera ser. Cuando veo el programa, me doy cuenta de que aspira un poco más las haches, como si fuera un chaval de barrio. Pero cuando está con gente pija, educada en colegios privados —con gente que fue a colegios como el nuestro, solo que mejores—, se transforma en uno de ellos al cien por cien.

—Pero es lógico que no me cogieran —le digo a Hannah—. ¿Quién quiere ver esta carota tan fea en la tele?, ¿eh? —Hago una mueca y veo que Jules aparta la mirada como si acabara de exhibir mis partes en público. Zorra estirada.

—¿Y de dónde surgió la idea del programa, Will? —pregunta Hannah.

Le agradezco que intente cambiar de tema, ahorrarme más humillaciones.

—Sí —dice Femi—. Yo también me lo estaba preguntando. ¿Fue de Supervivencia?

—¿Supervivencia? —le pregunta Hannah.

—Era un juego al que jugábamos en el colegio —explica él.

—Ay, Dios —dice Georgina, la mujer de Duncan—. Duncan me ha contado historias sobre ese juego. ¡Qué horror! Me ha dicho que sacaban a chavales de la cama en plena noche y que los dejaban en medio de la nada…

—Sí, así era —dice Femi—. El juego consistía en sacar a un niño más pequeño de la cama y dejarlo en el jardín, lo más lejos posible del colegio.

—Y los terrenos del colegio son enormes —comenta Angus—. Lo dejaban en medio de la nada, a oscuras, sin luz.

—Qué barbaridad —dice Hannah abriendo mucho los ojos.

—Era toda una tradición —explica Duncan—. Llevaban siglos haciéndolo, desde la creación del colegio.

—A ti nunca te tocó, ¿verdad, Will? —le pregunta Femi.

Él levanta las manos.

—Nadie vino a buscarme.

—Sí —dice Angus—, porque se cagaban de miedo con tu padre. Al que le tocaba la china, al principio le vendaban los ojos —le explica a Hannah—, así que no sabía dónde estaba. A veces hasta te ataban a un árbol, o a una valla, y tenías que desatarte solo. Recuerdo que cuando me tocó a mí…

—Te measte encima —concluye Duncan.

—No, qué va.

—Claro que sí —contesta Duncan—. No creas que se nos ha olvidado. Te hiciste pipí.

Angus bebe un trago de vino.

—Vale, sí, mucha gente se meaba. Daba un miedo de cojones. Recuerdo cuando me tocó a mí. Aunque sabías que en algún momento iba a tocarte, cuando por fin venían a por ti, te acojonabas.

—Lo más alucinante de todo —dice Georgina— es que a Duncan no le parece mal —se vuelve hacia su marido—, ¿verdad, cariño?

—A mí aquello me hizo un hombre —contesta él.

Lo miro, ahí sentado, con las manos en los bolsillos, sacando pecho como si fuera el rey de todo lo que ve, el dueño de este sitio. Y me pregunto qué efecto tuvo en él aquello, exactamente.

Y qué efecto tuvo en mí.

—Supongo que no había ningún peligro —añade Georgina—. No murió nadie, ¿no? —dice, y suelta una risita.

Recuerdo que me desperté y que oí susurros a mi alrededor, en la oscuridad. «Agárralo de las piernas… Tú, de la cabeza». Y que se reían mientras me sujetaban y me vendaban los ojos. Luego oí voces. Vivas y hurras, quizá, pero, como la venda de los ojos me tapaba también los oídos, a mí me sonaron como aullidos y chillidos de animales. Cuando me sacaron afuera, se me helaron los pies descalzos. Me llevaron a toda prisa por el terreno lleno de baches —supongo que me habían colocado encima de una carretilla— y pasó tanto rato que pensé que teníamos que haber salido del recinto del colegio. Luego me dejaron allí, entre los árboles. Completamente solo. Solo se oía el latido de mi corazón y los ruidos secretos del bosque. Me quité la venda de los ojos y vi que estaba todo igual de oscuro. Como no había luna, no se veía nada. Las ramas de los árboles me raspaban las mejillas; estaban tan pegados que parecía que no había forma de pasar entre ellos, era como si se estuvieran apretando contra mí. Hacía muchísimo frío y notaba un sabor metálico, como a sangre, en la garganta. Las ramas hacían ruido al quebrarse bajo mis pies. Anduve kilómetros y kilómetros, seguramente en círculo. Toda la noche, atravesando el bosque, hasta que se hizo de día.

Cuando volví al edificio del colegio, me sentía como si hubiera vuelto a nacer. ¡A la mierda con los profesores que me decían que nunca llegaría a nada! Ellos no habían sobrevivido a una noche como aquella. Me sentía como si fuera invencible. Como si pudiera hacer cualquier cosa.

—Johnno —me dice Will—, estaba diciendo que va siendo hora de sacar tu *whisky*. Habrá que probarlo. —Se levanta de la mesa y va a buscar una botella.

—¿Me dejas verlo? —dice Hannah, y coge la botella—. Qué diseño tan chulo, Johnno. ¿Te lo ha hecho alguien?

—Sí —contesto—. Tengo un amiguete en Londres que es diseñador gráfico. Le ha quedado bien, ¿verdad?

—Sí, desde luego. —Asiente con la cabeza mientras sigue con el dedo el logotipo—. Yo me dedico a eso —dice—. Soy ilustradora profesional. Claro que ahora parece que de eso hace un millón de años. Pedí una excedencia por maternidad.

—¿Puedo echarle un vistazo? —pregunta Charlie. Coge la botella y lee la etiqueta frunciendo el ceño—. ¿Te has asociado con una destilería? Porque aquí dice que es *whisky* de doce años.

—Sí —contesto. Me siento como si estuviera haciendo una entrevista o un examen. Como si intentara pillarme en un error. Será porque es profesor—. Así es.

—¡Bueno! —exclama Will abriendo la botella con un aspaviento—. ¡Vamos a probarlo! ¡Aoife! —llama asomándose a la cocina—. ¡Freddy! ¿Podéis traernos unos vasos de *whisky*, por favor?

Aoife entra con una bandeja.

—Trae uno para ti también —le dice Will como si fuera el amo de la mansión— y para Freddy. ¡Vamos a probarlo todos! —Y al ver que Aoife intenta negarse, añade—: ¡Insisto!

Freddy entra de mala gana y se para junto a su mujer. No despega los ojos del suelo y se pone a manosear la cinta de su delantal mientras están ahí los dos parados, sin saber qué hacer.

—Qué tío más rarito —dice Duncan por lo bajo. Seguramente es una suerte que el hombre siga mirando el suelo.

Le echo una ojeada a Aoife. No es tan mayor como me ha parecido al principio: debe de tener solo cuarenta años o así. Es solo que viste como si fuera mayor. Además, es guapa. Muy fina. Me pregunto qué hace con ese marido tan muermo.

Will sirve el *whisky*. Jules pide que solo le ponga una gota.

—Lo siento, no me gusta mucho el *whisky*.

Bebe un sorbito y veo que tuerce la boca antes de que le dé tiempo a tapársela con la mano, pero con ese gesto solo consigue llamar la atención, que, pensándolo bien, puede que sea lo que pretendía. Está clarísimo que no me puede ni ver.

—Está bueno, chaval —dice Duncan—. Recuerda un poco a un Laphroaig, ¿no?

—Sí —contesto—. Puede ser.

Duncan, cómo no, sabe de *whisky*.

Aoife y Freddy se beben el suyo a toda prisa y vuelven pitando a la cocina. Yo lo entiendo. Mi madre trabajaba en el club de campo de nuestro pueblo, uno de esos sitios de los que los padres de Angus y Duncan seguramente son socios. Decía que a veces los golfistas intentaban invitarla a una copa creyéndose muy generosos, y que solo conseguían que se sintiera violenta.

—A mí me parece que está buenísimo —dice Hannah—. Y me

sorprende, porque la verdad es que no soy muy aficionada al *whisky*, Johnno. —Bebe otro trago.

—Bueno —dice Jules—, qué suerte tienen nuestros invitados.

Me sonríe, pero ¿sabes eso que dicen de que alguien sonríe solo con la boca, no con los ojos? Pues los suyos no sonríen.

Yo les sonrío a todos, aunque estoy un poco molesto. Creo que ha sido por hablar de Supervivencia. Se me hace difícil pensar que para ellos —para casi todos los exalumnos del Trevellyan—, no era más que un juego.

Miro a Will. Tiene la mano apoyada en la nuca de Jules y sonríe a todo el mundo. Parece un hombre que lo tiene todo en la vida. Y supongo que así es. Pero ¿a él tampoco le afecta hablar del pasado?, me pregunto yo. ¿Ni siquiera un poquito?

Tengo que sacudirme de encima este humor tan raro. Me inclino hacia el centro de la mesa y cojo la botella de *whisky*.

—Podríamos jugar a un juego de beber —digo.

—Eh… —empieza a decir Jules, seguramente para cortarnos el rollo, pero los demás se ponen a gritar entusiasmados, y al final no se la oye.

—¡Sí! —grita Angus—. ¿Al chupito irlandés?

—¡Eso! —dice Femi—. ¡Como en el colegio! ¿Os acordáis de que tomábamos chupitos de Listerine porque creíamos que tenía un cincuenta por ciento de alcohol?

—O ese vodka que metiste de contrabando en el colegio, Dunc —dice Angus.

—Exacto —digo yo, y me levanto de un salto—. Voy a buscar una baraja.

Ya me siento mejor, ahora que tengo algo con lo que distraerme.

Entro en la cocina y veo que Aoife está de espaldas, repasando una especie de listado en un portafolios. Cuando carraspeo, da un saltito.

—Aoife, guapa —digo—, ¿tienes una baraja de cartas?

—Sí. —Da un paso atrás como si me tuviera miedo—. Claro. Creo que hay una en el salón.

Tiene un acento muy bonito. Siempre me han gustado las irlandesas. Sonrío al oír cómo pronuncia.

Su marido también está aquí, atareado con el horno.

—¿Estás haciendo algo para mañana? —le pregunto mientras espero a que vuelva ella.

—Ajá —dice sin mirarme a la cara.

Me alegro de que Aoife vuelva enseguida con la baraja.

De vuelta a la mesa, me pongo a barajar las cartas.

—Yo me voy a la cama —dice la madre de Jules—. No me van estas cosas.

«Mentira», veo que dice Jules en voz baja. Su padre y su madrastra, la francesa buenorra, también se retiran.

—Yo tampoco juego —dice Hannah, y mira a Charlie—. Ha sido un día muy largo, ¿verdad, amor?

—No sé —dice él.

—Venga, Charlie, hombre—le digo—. ¡Va a ser genial! ¡Vive un poco!

No parece muy convencido.

La verdad es que las cosas se nos fueron un poco de las manos en la despedida de soltero. Y el pobre Charlie no fue a un colegio como el nuestro, así que no estaba preparado. Es tan… tan profe de Geografía. Tengo la sensación de que lo de aquella noche lo dejó muy tocado. A cualquiera le habría pasado lo mismo, imagino. Después, casi no abrió la boca en todo el fin de semana.

Fue, supongo, por estar otra vez todos juntos, el mismo grupo. La mayoría habíamos ido al Trevellyan. Ese sitio nos une. No como estamos unidos Will y yo, claro; eso es algo entre nosotros dos. Pero estamos ligados por otras cosas. Por los ritos y el compañerismo masculino. Cuando nos juntamos, surge una especie de mentalidad de manada.

Y nos desmadramos.

HANNAH

La acompañante

Desde lo del penique desconfío cada vez más de los amigos del novio. Cuanto más beben, más aflora a la superficie algo oscuro y cruel que se esconde detrás de sus modales de niños pijos. Y me pone enferma que mi marido se esté comportando como un adolescente que quiere integrarse en el grupo.

—Vale —dice Johnno—. ¿Listos? —Mira alrededor de la mesa.

Ya me he dado cuenta de qué tienen de raro sus ojos. Son tan oscuros que no se distingue dónde acaba el iris y dónde empieza la pupila. Eso le da un aire extraño a su mirada, como vacío. Hasta cuando se ríe es como si sus ojos no le siguieran el juego. En cambio, su cara es demasiado expresiva: cambia cada pocos segundos, y tiene la boca grande y muy móvil. Desprende como un halo de energía demente. Espero que sea inofensivo, como un perro grandote que te asusta al saltarte encima pero que en realidad solo quiere que le tires la pelota, no destrozarte la cara.

—Charlie —dice Johnno—, ¿tú juegas?

—Charlie —susurro, tratando de que mi marido me haga caso. Está tan concentrado en Jules y en intentar ser como los demás, que casi no me ha mirado en toda la noche. Pero ahora quiero que me escuche.

Es tan comedido… Casi nunca levanta la voz ni se enfada con los niños. Normalmente soy yo quien les echa la bronca. Así que no es que se agudicen ciertos rasgos de su carácter cuando bebe, o que el alcohol ponga de relieve sus malas cualidades. En la vida normal, no tiene casi malas cualidades. Sí, puede que toda esa ira esté ahí, oculta en algún lugar. Pero yo juraría que las pocas veces que he visto a mi marido borracho es como si lo poseyera otra persona. Por eso me asusta tanto. Con el paso de los años, he aprendido a detectar las señales más leves. La ligera relajación de la boca, la caída de los párpados. No me ha quedado más remedio, porque la fase siguiente da grima. Es como si dentro de su cerebro estallara de pronto un petardo.

Por fin me mira. Sacudo la cabeza despacio, con intención, para que entienda perfectamente lo que quiero decirle. «No lo hagas».

—¿Se puede saber qué coño pasa? —grita Duncan. Vaya, me ha pillado. Se vuelve hacia Charlie—. ¿Qué pasa, Charlie, chaval? ¿Te tiene atado en corto o qué?

A Charlie se le ponen rojas las orejas.

—No —contesta—. Claro que no. Sí, vale, juego.

Mierda. No sé si quedarme para intentar impedir que haga alguna estupidez o marcharme y dejar que se las apañe solo y apechugue con las consecuencias. Sobre todo, después del tonteo que se trae con Jules.

—Voy a repartir —dice Johnno.

—¡Espera! —Duncan se levanta y da unas palmadas—. Primero hay que recitar el lema del colegio.

—Sí. —Femi se levanta también, igual que Angus—. Venga, Will, Johnno. Por los viejos tiempos y esas cosas.

Johnno y Will se levantan.

Los miro: todos, menos Johnno, tan elegantes con su camisa blanca y sus pantalones negros, y un reloj carísimo en la muñeca. Me pregunto por qué estos tipos, a los que por lo visto les ha ido tan bien desde entonces, siguen obsesionados con su época del colegio. No me imagino dando la brasa a nadie con mis historias del instituto Dunraven, ese sitio viejo y cochambroso. No es que guarde mal recuerdo de mi instituto, pero tampoco lo tengo muy presente. Me marché de allí como todo el mundo, con la camisa garabateada con las firmas de mis compañeros de clase, y no volví a mirar atrás. Claro que estos chicos no salían del colegio a las tres y media de la tarde y volvían a casa para ver una teleserie. Pasaron buena parte de su infancia encerrados allí.

Duncan empieza a golpear con el puño sobre la mesa, rítmicamente. Mira a su alrededor, animando a los demás a seguirle. Ellos obedecen. Poco a poco, van subiendo de volumen y los golpes se vuelven más rápidos, más frenéticos.

—*Fac fortia et patere* —recita Duncan, supongo que en latín.

—*Fac fortia et patere* —repiten los demás.

Y luego, con un murmullo bajo e intenso:

Flectere si nequeo superos,
Acheronta movebo.
¡Flectere si nequeo superos,
Acheronta movebo!

Los observo, observo cómo les brillan los ojos a la luz cambiante de las velas. Tienen la cara enrojecida; están excitados, borrachos. Me corre un escalofrío por la espalda. Con las velas y la oscuridad que se agolpa contra las ventanas, el extraño ritmo del cántico y el tamborileo, de pronto tengo la sensación de estar viendo un ritual satánico. Tiene algo de amenazador, de tribal. Me llevo una mano al pecho y noto que me late muy deprisa el corazón, como a un animal asustado.

El tamborileo se intensifica hasta alcanzar su apoteosis, hasta volverse tan brutal que los cubiertos y los cacharros saltan por toda la mesa. Una copa cae por una esquina y se rompe contra el suelo. Nadie, aparte de mí, parece notarlo.

Fac fortia et patere
Flectere si nequeo superos,
Acheronta movebo.

Y entonces, por fin, justo cuando creo que no puedo soportarlo más, sueltan un rugido y se callan. Se miran entre sí. Tienen la frente húmeda de sudor. Se les han agrandado las pupilas como si hubieran tomado algo. Ahora se ríen como hienas, a carcajadas, enseñando los dientes, se dan palmadas en la espalda y puñetazos tan fuertes que tienen que hacerse daño. Noto que Johnno no se ríe tanto como los demás. No sé por qué, pero su sonrisa parece forzada.

—Pero ¿qué significa? —pregunta Georgina.

—Angus, tú eres el experto en latín —farfulla Femi.

—La primera parte —dice Angus— significa «Realiza actos valientes y aguanta». Era el lema del colegio. La segunda parte la añadimos nosotros: «Si no puedo convencer al cielo, desataré el infierno». Solíamos recitarlo antes de los partidos de *rugby*.

—Y de otras cosas —añade Duncan con una sonrisa maliciosa.

—Da un poco de miedo —dice Georgina, pero mira a su marido, rojo, sudoroso y con los ojos desencajados, como si le pareciera más atractivo que nunca.

—De eso se trataba.

—¡Bueno, señoras! —grita Johnno—. ¡Es hora de dejarse de tonterías y empezar a beber en serio!

Los otros vuelven a rugir dándole la razón. Femi y Duncan mezclan el *whisky* con vino y con la poca salsa que queda de la cena y le añaden sal y pimienta hasta formar una sopa asquerosa de color marrón. Y entonces empieza el juego: se ponen todos a dar palmadas en la mesa y a gritar a voz en cuello.

Angus es el primero en perder. Cuando bebe, se vierte el brebaje en la camisa inmaculada, manchándosela de marrón. Los otros se burlan de él.

—¡Idiota! —grita Duncan—. ¡Te lo estás echando por el cuello!

Angus se traga el último sorbo, le da una arcada. Se le salen los ojos de las órbitas.

Luego le toca a Will. Bebe como un experto. Veo cómo se le mueven los músculos de la garganta. Levanta el vaso por encima de su cabeza, le da la vuelta y sonríe.

El siguiente que se lleva todas las cartas es Charlie. Mira su vaso, respira hondo.

—¡Venga, campeón! —le grita Duncan.

No puedo verlo, no tengo por qué verlo. «Que le den», pienso. Este iba a ser nuestro fin de semana juntos. Si quiere cogerse un pedo, es su puto problema. Yo soy su mujer, no su madre. Me levanto.

—Me voy a la cama —digo—. Buenas noches.

Pero nadie contesta, ni siquiera me miran.

Entro en el salón de al lado y, al ir a cruzarlo, me paro en seco, asustada. Hay alguien sentado en el sofá, a oscuras. Tardo un momento en darme cuenta de que es Olivia.

—Ah, hola —digo.

Levanta la vista. Tiene las largas piernas extendidas hacia delante y está descalza.

—Hola.

—¿Ya estabas harta?

—Sí.

—Yo también —digo—. ¿Vas a quedarte levantada un rato?

Se encoge de hombros.

—No tiene sentido que me acueste. Mi habitación está justo ahí al lado.

En ese momento se oye un estallido de risas procedente del comedor. Alguien grita:

—¡Bebe! ¡Bébetelo todo, hasta el fondo!

Y luego un cántico —*Adentro, adentro, adentro*— que cambia de repente —*¡Al infierno, al infierno, AL INFIERNO!*—. Se oyen puñetazos en la mesa y, un segundo después, algo que se rompe. ¿Otro vaso?

—¡Johnno, joder! ¡Eres idiota! —dice una voz pastosa.

Pobre Olivia, no poder escapar de todo esto… Me quedo dudando en la puerta.

—No pasa nada —dice—. No necesito que me hagas compañía.

Pero yo siento que debería quedarme. Me da pena Olivia. Y la verdad es que quiero quedarme. Me gustó pasar un rato con ella en la cueva esta tarde, fumando un cigarro. Fue un poco excitante, incluso tuvo un puntito de emoción, aunque parezca raro. Mientras charlaba con ella, con el sabor del tabaco en la boca, casi sentí que tenía otra vez diecinueve años y que estaba hablando de los chicos con los que me había acostado, en vez de ser una mamá con dos hijos hipotecada hasta las cejas. Y además Olivia me recuerda a alguien, aunque no sé a quién. Es una sensación molesta, como cuando no te acuerdas de una palabra y sabes que la tienes en la punta de la lengua, pero se te escapa.

—La verdad es que no estoy tan cansada —le digo—. Y mañana no tengo que levantarme temprano para ocuparme de dos enanos. Hay una botella de vino en nuestra habitación. Puedo ir a buscarla.

Sonríe un poco al oírlo, la primera vez que la veo sonreír. Luego mete la mano detrás del cojín del sofá y saca una botella de vodka con pinta de caro.

—La he mangado antes en la cocina —dice.

—Uy, pues mejor aún.

Esto es de verdad como tener diecinueve años otra vez.

Olivia me pasa la botella. Le quito el tapón, bebo un trago. Me quema la garganta como un rayo de hielo y casi me quedo sin respiración.

—¡Ostras! Ni me acuerdo de la última vez que hice esto. —Le paso la botella y me limpio la boca—. Antes nos hemos quedado a medias, ¿no? Me estabas contando algo sobre ese chico... ¿Callum? Sobre vuestra ruptura.

Cierra los ojos, respira hondo.

—Supongo que la ruptura fue solo el principio —dice.

Otro estallido de risotadas en la habitación de al lado. Más golpes en la mesa. Más voces de borrachos gritándose entre sí. Un golpe en la puerta; luego, aparece Angus con los pantalones por los tobillos y la polla colgando, sin ningún pudor.

—Perdón, señoritas —dice con una mirada lasciva de borrachuzo—. No me hagan caso.

—¡Por Dios! —estallo—. ¡Vete... vete a tomar por culo y déjanos en paz!

Olivia me mira impresionada, como si no me creyera capaz de algo así. A mí también me ha sorprendido mi estallido, la verdad. No estoy muy segura de por qué he reaccionado así. Puede que sea por el vodka.

—¿Sabes qué? Que seguramente este no es el mejor sitio para charlar —le digo.

Ella menea la cabeza.

—Podríamos ir a la cueva.

—Pues no sé...

Yo no tenía planeada una excursión nocturna por la isla. Además, seguro que es peligroso andar por ahí de noche, con el pantano y todo eso.

—Déjalo —dice Olivia rápidamente—. Ya sé que es una tontería. Es solo que... Es raro, pero tengo la impresión de que allí es más fácil hablar.

Y de pronto vuelvo a sentir lo mismo que antes. Esa extraña emoción, la sensación de estar rompiendo las normas.

—No, vamos —digo—. Y tráete la botella.

Salimos del Torreón a escondidas, por la puerta de atrás. Da bastante mal rollo este sitio de noche. Está todo tan silencioso, aparte del ruido de las olas en las rocas, no muy lejos... De vez en cuando se oye un graznido extraño, gutural, que me pone los pelos de punta. Por fin me doy cuenta de que ese ruido debe de haberlo hecho algún pájaro. Uno bastante grande, seguramente.

Mientras avanzamos, las casas en ruinas se alzan a nuestro lado, alumbradas por la luz de mi linterna. Las ventanas oscuras, enormes, son como cuencas de ojo vacías, y asusta pensar que podría haber alguien ahí dentro, mirando hacia fuera, viéndonos pasar. Además, se oyen ruidos dentro: crujidos, arañazos y susurros. Seguramente serán ratas. Claro que eso tampoco es muy tranquilizador que digamos.

Noto que hay cosas que se mueven a nuestro alrededor mientras caminamos; pasan tan deprisa que no las veo con claridad, iluminadas fugazmente por la débil luz de la luna. Algo vuela tan cerca de mi cara que noto que me roza la piel de la mejilla. Doy un salto hacia atrás y levanto la mano para ahuyentarlo. ¿Un murciélago? Era, desde luego, demasiado grande para ser un insecto.

Cuando bajamos a la cueva una figura oscura, con forma humana, aparece en la pared de roca frente a nosotras. Casi se me cae la botella del susto, hasta que, un instante después, me doy cuenta de que es mi propia sombra.

Este lugar te hace creer en fantasmas.

AHORA

La noche de bodas

Los cuatro caballeros de honor han formado una partida de búsqueda. Llevan consigo un botiquín. Llevan, para alumbrarse, las grandes antorchas de parafina de la entrada, que han sacado de su soporte.

—Bueno, chicos —dice Femi—. ¿Estamos listos?

Sus preparativos han estado animados por una extraña energía, por un ardor discordante, casi rayano en la euforia. Podrían ser *boy scouts* preparándose para una misión, los colegiales que fueron antaño, embarcados en una aventura a medianoche.

Los otros invitados se congregan a su alrededor y observan en silencio los preparativos, aliviados por no tener que ocuparse del asunto, por poder quedarse aquí, donde hay luz y calor.

Para los que los ven marcharse desde el interior de la carpa, semejan aldeanos medievales en una caza de brujas: las antorchas encendidas, la exaltación de los ánimos. El viento y el apagón contribuyen a esa sensación de irrealidad. El descubrimiento macabro que supuestamente los espera allá fuera ha adquirido dimensiones fantásticas: no parece real. Es difícil, además, saber qué creer, si de verdad pueden dar crédito al relato de una adolescente histérica. Algunos confían aún en que sea solo un terrible malentendido.

Observan en silencio cómo cruza el pequeño grupo la entrada de la carpa, cuyas cortinas azota el viento. Observan cómo salen a la tormenta, al estruendo de una noche hecha jirones, sosteniendo las antorchas en alto.

El día anterior

OLIVIA

La dama de honor

El mar ha entrado en la cueva y su agua negra como la tinta prácticamente nos moja los pies. Hace que el espacio parezca más pequeño, más agobiante. Hannah y yo tenemos que sentarnos más apretadas que esta tarde, con las rodillas pegadas y la vela que hemos cogido del salón colocada sobre una roca, enfrente, dentro de su vaso de cristal.

Ahora entiendo por qué la llaman la Cueva de los Murmullos. La marea alta ha cambiado la acústica y todo lo que decimos reverbera en un murmullo, como si hubiera alguien ahí de pie, entre las sombras, repitiendo cada palabra. Casi cuesta creer que no sea así. Me doy cuenta de que cada poco rato me giro para comprobarlo, para asegurarme de que estamos solas.

La luz de la vela es tan débil que no distingo muy bien a Hannah, pero la oigo respirar, huelo su perfume.

Nos pasamos la botella de vodka. Yo ya estoy un poco borracha, creo, desde la cena. Casi no he podido comer y el alcohol se me ha subido directamente a la cabeza. Pero para contárselo tengo que estar aún más borracha, tan borracha que mi cerebro no pueda pararme cuando empiece a hablar, lo que en realidad es una tontería, porque últimamente tengo tanta necesidad de contárselo a alguien que a veces siento que voy a estallar, que se me va a escapar sin previo aviso. Y ahora que por fin puedo contarlo, no me salen las palabras.

Hannah habla primero.

115

—Olivia…

La cueva contesta con un susurro: «Olivia, Olivia, Olivia».

—Dios mío, qué eco —dice Hannah—. ¿Tu exnovio… te hizo algo? Una persona que conozco… —Se para y empieza otra vez—. Mi hermana Alice tenía un novio cuando iba a la universidad. Y él se lo tomó muy mal cuando cortaron. Me refiero a muy mal de verdad…

Espero a que diga algo más, pero se queda callada. Me quita la botella y le da un trago bien largo, equivalente a unos cuatro chupitos.

—No, no fue nada de eso —digo—. Sí, Callum se portó de pena. La verdad es que no fue muy sutil cuando se enrolló con Ellie justo después de cortar conmigo. Pero fue él quien me dejó, así que no fue eso. —Le cojo la botella y doy un buen trago. El borde sabe a su barra de labios—. Fue en las vacaciones de verano, cuando ya se había acabado el curso. Jules se había ido de viaje unos días, por trabajo, y yo me quedé en su casa, en Islington.

Hablo de cara a la oscuridad y la cueva me devuelve mis palabras en voz baja. Me descubro contándole a Hannah lo sola que me sentía. Y que mientras estaba en aquella gran ciudad, que siempre me había parecido tan emocionante, me di cuenta de que no tenía a nadie con quien compartir esa emoción. Que era viernes por la noche y que fui al Sainsbury's que hay en la misma calle de Jules a comprar unas patatas fritas, leche y cereales para desayunar, y que mientras volvía a casa vi a la gente en la puerta de los bares, bebiendo y echándose unas risas al sol, y me sentí como una pringada de mierda con mi bolsa de la compra naranja y sabiendo que pasaría la noche viendo Netflix. Que era en momentos como aquel cuando me daba por pensar en Callum y en lo que podríamos estar haciendo juntos, y eso hacía que me sintiera aún más sola.

Todavía no me creo que le esté contando todo esto, cuando apenas la conozco. Pero quizá sea justamente por eso. Quizá, de todas las personas que hay aquí, ella sea la única a la que se lo puedo contar porque es prácticamente una desconocida. El vodka también ayuda, claro, y el hecho de que aquí esté tan oscuro que casi no puedo verle la cara. Aun así, no creo que pueda llegar hasta el final. Me da pánico pensarlo. Pero quizá pueda empezar por el principio y ver si, cuando se lo haya contado casi todo, tengo valor para contarle el resto.

—Miré el teléfono —digo— y vi que Callum estaba con Ellie. Ella había subido un montón de fotos a Snapchat. Había una en la que estaba sentada encima de él. Y otra en la que se estaban besando y ella le sacaba el dedo a la cámara como si no quisiera que les hicieran la foto. Claro que luego fue y la colgó para que la viera todo el mundo, la gilipollas.

Hannah da un trago a la botella y resopla.

—Imagino que fue un palo para ti —dice—. Enterarte así. Dios mío, las redes sociales son culpables de tantas cosas…

—Sí. —Me encojo de hombros—. La verdad es que me sentí un poquito… mal.

Por si acaso parezco una loca, no le digo cuántas veces miré esas fotos, ni que me quedé ahí, con la bolsa de Sainsbury's en la mano, llorando mientras las miraba.

—Mis amigos me decían que tenía que divertirme. Ya sabes, para demostrarle a Callum lo que se estaba perdiendo. No paraban de decirme que me metiera en alguna aplicación de citas, pero no me apetecía hacerlo en la universidad, donde todo el mundo se conocía.

—¿En alguna aplicación como Tinder?

Creo que intenta demostrar que está al día.

—Sí, aunque ahora ya nadie usa Tinder, de hecho.

—Perdona —dice—. Estoy ya mayor, acuérdate. Qué sabré yo —lo dice con un poco de melancolía.

—No eres tan mayor —le digo.

—Bueno…, gracias. —Sus rodillas chocan con las mías.

Bebo otro trago de vodka. Y me acuerdo de que esa noche, en el piso de Jules, bebí un poco del vino que tenía mi hermana en casa y eso hizo que me diera cuenta de que el vino que bebíamos en los bares de la uni a tres libras el vaso sabía a meados. Recuerdo que me sentí muy sofisticada yendo por la casa en chándal y sujetador, con uno de los copones de Jules en la mano. Me imaginaba que era mi piso y que iba a salir, y que conocería a un hombre y lo llevaría allí y me lo follaría. Así aprendería Callum.

Evidentemente, no pensaba hacerlo de verdad. Hasta ese momento solo me había acostado con una persona: con Callum. Y había sido bastante aburrido.

—Me creé un perfil —le cuento a Hannah—. Pensé que en Londres era distinto. En Londres, si tenía una cita, no se enteraría todo el campus a la mañana siguiente.

—Estoy impresionada —dice Hannah—. Yo nunca he tenido valor para hacer esas cosas. Pero ¿no te preocupaba...? Ya sabes, ¿la seguridad?

—No. No soy idiota, no usé mi nombre real. Ni mi edad.

—Ah. —Hannah asiente—. Ya.

Me da impresión de que no está muy convencida de que baste con eso y de que le cuesta refrenarse para no decir nada más.

Puse que tenía veintiséis años, de hecho. La foto de perfil que colgué ni siquiera se parecía a mí. Cogí algo prestado del armario de Jules y me maquillé a la perfección. Pero de eso se trataba justamente: de que no se pareciera a mí.

—Me puse de nombre Bella —cuento—. Ya sabes, como Bella Hadid.

Le cuento que me senté en la cama y que estuve viendo fotos de tíos hasta que empezaron a escocerme los ojos.

—La mayoría eran unos horteras —digo—. Estaban en el gimnasio, o levantándose la camiseta, o llevaban gafas de sol como si se creyeran muy guais. —Estuve a punto de darme por vencida—. Pero hubo un tipo que me gustó —le cuento a Hannah—. Me llamó la atención. Parecía... distinto.

Fui yo quien tomó la iniciativa. No es propio de mí, pero me había bebido el vino de Jules y estaba un poco pedo.

¿Estás libre para que nos veamos?, escribí.

Sí, contestó. *Me encantaría, Bella. ¿Cuándo te viene bien?*

¿Qué tal esta noche?

Hubo una larga pausa. Y luego: *No te andas por las ramas.*

Es mi única noche libre hasta dentro de un par de semanas.

Me gustó cómo sonaba aquello. Como si tuviera cosas mejores que hacer.

Vale, contesté. *Quedamos, entonces.*

—¿Cómo era? —pregunta Hannah con la barbilla apoyada en la mano.

Parece fascinada, no me quita ojo.

—Más guapo que en la foto. Y un poco mayor que yo.

—¿Cuánto?

—Pues... ¿Unos quince años?

—Vale. —¿Intenta no parecer escandalizada?—. ¿Y qué te pareció cuando os visteis en persona?

Me quedo pensando. Me cuesta recordar lo que me pareció al principio.

—Creo que pensé que estaba muy bueno. Y... que parecía más hombre. Comparado con él, Callum parecía un niño.

Tenía los hombros anchos, como si hiciera mucho ejercicio, y estaba moreno. A su lado, Callum parecía un yogurín, un enclenque. Así que decidí que a mí lo que me iba eran los hombres de verdad.

—Pero... —Me encojo de hombros, aunque Hannah no puede verme—. No sé. Supongo que, aunque al principio me pareció que estaba bueno, habría preferido que fuera Callum.

Hannah asiente.

—Sí —dice, comprensiva—. Te entiendo. Cuando estás colada por alguien, ya puede aparecer Brad Pitt, que no te parece suficiente.

—Bueno, es que Brad Pitt es un viejo —contesto.

—Eh... ¿Harry Styles, entonces?

Casi me hace sonreír.

—Sí. Puede ser. O Timothée Chalamet.

Siempre he pensado que Callum se parecía un poco a él. Pero seguramente Callum no había pensado en mí ni un momento; sobre todo, teniendo las tetazas de esa idiota de Ellie en la cara. Así que me dije que tenía que dejar de pensar en él de una puta vez.

—Y ese tipo… ¿Cómo se llamaba?

—Steven.

—¿Dijo algo cuando os conocisteis? De que fueras mucho más joven, digo.

Le lanzo una mirada. Ha sonado un poco a crítica.

—Sí, algo dijo. Me preguntó si de verdad tenía veintiséis años. Pero no lo dijo como si desconfiara de mí, sino más bien, no sé, como si fuera una broma entre nosotros dos. La verdad es que no pareció importarle, por lo menos entonces. Y estuvo bastante majo —digo, aunque ahora me cuesta recordarlo—. Me lo pasé bien. Se reía de todas mis bromas. Y me preguntó un montón de cosas sobre mí.

Vuelvo a recordar esa noche, estar en aquel bar, tomando copas que se me subían enseguida a la cabeza (bebía negronis porque pensaba que así parecía más mayor)…

—Mi plan, al principio, era solo hacerme una foto —digo— y subirla a Instagram.

Para que Callum viera lo que se estaba perdiendo.

—Supongo que… —Hannah me mira—. Que pasó algo más.

—Sí.

Bebo un trago de vodka.

Recuerdo que hubo un momento en que pensé que él iba a despedirse, pero abrió la puerta del taxi, me miró y dijo: «Bueno, ¿subes?». Y mientras íbamos en el taxi (no era ni siquiera un Uber, era un taxi negro normal), una vocecilla me decía todo el rato: «¿Qué estás haciendo?

¡No conoces a este tío!». Pero la parte de mí que estaba borracha, la que estaba dispuesta a todo, le decía que se callara de una puta vez.

Fuimos a casa de Jules porque él acababa de mudarse y todavía no tenía casi muebles. Yo me sentí un poco culpable, pero me dije que luego lavaría las sábanas.

«¡Madre mía!», dijo. «Esto es impresionante. ¿Es tuyo?».

«Sí», contesté, y noté que de repente le parecía mucho más sofisticada que antes.

—Y entonces follamos —le digo a Hannah—. Supongo que yo quería hacerlo antes de que se me pasara el efecto del alcohol.

—¿Estuvo bien? —pregunta ella. Parece muy interesada. Y entonces añade—: Yo hace una eternidad que no follo. Perdona. Ya sé que eso no te interesa.

Intento no imaginármelos a Charlie y a ella follando.

—Sí —contesto—. Fue un poco…, no sé. ¿Un poco bestia? Me empujó contra la pared, me levantó la falda y me bajó las bragas. Y luego… ¿Puedo tomar un poco más? —Me pasa la botella y le doy un trago rápido—. Me comió el coño, aunque yo no me había duchado. Dijo que lo prefería así.

—Ya —dice Hannah—. Vale. Jo.

Callum y yo nunca habíamos hecho nada tan atrevido. Supongo que aquella vez con Steven fue mucho mejor que con Callum, aunque, después de que me hiciera correrme comiéndome el coño la primera vez, por un momento me entraron ganas de llorar.

—Después volvimos a quedar unas cuantas veces —le cuento a Hannah.

Noto que asiente, más que verlo. Su cabeza está tan cerca de la mía que siento cómo se mueve el aire. Me descubro contándole que me gustaba verme a mí misma como parecía verme él, como una chica sexi y aventurera, aunque a veces me sintiera un poco fuera de mi elemento, un poco incómoda con las cosas que me pedía que hiciéramos en la cama.

—Bueno —digo—, no era como con Callum, cuando creía que éramos…

—¿Almas gemelas? —pregunta Hannah.

—Sí —contesto. Es una expresión muy cursi, pero también muy acertada—. Esto era distinto, supongo. Con Steven, tenía la sensación de que solo me mostraba una parte muy pequeña de sí mismo, que…

—¿Que hacía que quisieras ver más?

—Eso es. Creo que estaba un poco obsesionada con él. Era tan adulto, tan sofisticado… Y me deseaba, a mí. Y entonces… —Me encojo de hombros—. La cagué.

Hannah frunce el ceño.

—¿Qué quieres decir?

—No sé. Supongo que quería demostrarle que era muy madura. Además, nunca hacíamos nada juntos, aparte de quedar para, ya sabes, para follar. Tenía la… la sensación de que solo le interesaba para eso.

Ella asiente sin decir nada.

—A finales del verano, la revista de Jules dio una fiesta en el Museo Victoria y Alberto y pensé que estaría guay ir con él. Una cita de verdad. Para impresionarlo un poco. Para que viese lo adulta que era.

Le cuento a Hannah que subí aquella escalinata y que vi entrar a toda esa gente tan glamurosa y mayor, que parecían todos estrellas de cine, y que el tipo que comprobó que estábamos en la lista de invitados me miró raro, como si pensara que yo no tenía que estar allí. En cambio, Steven parecía encajar perfectamente.

—Me puse un poco nerviosa. Sobre todo, porque iba a tener que presentárselo a Jules. Además, había barra libre y, como necesitaba sentirme un poco más segura, me pasé un poco con la bebida. Hice el ridículo total. Tuve que ir a potar al servicio. Estaba hecha un asco. Así que Steven me metió en un taxi para que volviera a casa de Jules, y ni siquiera pude pedirle que me acompañara porque ella iba a ir después. Recuerdo que contó los billetes para dárselos al taxista y que le pidió que se asegurara de que llegaba a casa sana y salva, como si fuera una niña.

—Debería haberte acompañado él —dice Hannah—. Tendría que haber sido él quien se asegurara de que llegabas bien, no encargárselo a un taxista.

Me encojo de hombros.

—Puede ser, pero la verdad es que yo estaba en un estado que daba pena. No me extraña que quisiera librarse de mí.

Recuerdo que lo vi por la ventanilla y que pensé que la había cagado y que, yo que él, volvería a la fiesta a relacionarme con personas de mi edad, que sabían aguantar la bebida.

—Después de aquello, empezó a dejarme en visto. —Por si no sabe lo que significa, añado—: Ya sabes, a no contestarme, aunque yo veía que leía mis mensajes porque estaban marcadas las dos rayitas azules.

Hannah dice que sí con la cabeza.

—Volví a la uni. Una noche, salí, me emborraché un poco y, como estaba triste, le mandé diez mensajes. Lo llamé a las dos de la madrugada, mientras volvía a la residencia. No contestó. Tampoco respondía a mis mensajes. Yo sabía que no iba a volver a verlo.

—Vaya mierda —dice Hannah.

—Sí.

—¿Y ahí acabó la cosa? —pregunta al ver que no digo nada más—. ¿Volviste a verlo? —Y luego, como no contesto, dice—: ¿Olivia?

Pero no puedo decir nada más. Es como si antes hubiera estado bajo un hechizo. Era tan fácil hablar… Ahora noto como si las palabras se me atascasen en la garganta.

Tengo una imagen en la cabeza. Rojo sobre blanco. Toda esa sangre.

Cuando volvemos al Torreón, Hannah dice que está agotada.

—Me voy derecha a la cama —dice.

Lo entiendo. En la cueva era distinto. Estando allí sentadas, en la oscuridad, con el vodka y la luz de la vela, era como si pudiéramos decir cualquier cosa. Ahora tenemos casi la sensación de haber hablado más de la cuenta. De habernos pasado de la raya.

Pero también sé que no voy a poder irme a la cama, sobre todo porque los otros siguen jugando en el comedor, al lado de mi habitación.

Así que me apoyo un rato contra la pared, fuera, e intento frenar un poco los pensamientos que me corren por la cabeza.

—Eh, hola.

Casi me da un infarto.

—¡Joder!

Es Johnno, el padrino. No me gusta nada. He visto cómo me miraba antes. Además, está borracho. Se lo noto, y eso que yo también estoy borracha. Con la luz que entra del comedor, veo que sonríe de oreja a oreja, o más bien que hace una mueca babosa.

—¿Te apetece una calada?

Tiene en la mano un porro enorme y apesta a maría. Veo que el porro tiene un lado mojado, por donde lo ha chupado.

—No, gracias.

—Qué modosita.

Voy a entrar, pero cuando intento agarrar el picaporte, me coge del brazo y aprieta.

—Oye, tú y yo tendremos que bailar mañana, ¿no? Ya sabes, el padrino y la dama de honor.

Sacudo la cabeza.

Se me acerca, me aprieta contra sí. Es mucho más grande que yo. Pero no se atreverá a hacerme nada aquí, ¿verdad? ¿Estando los otros tan cerca?

—Deberías pensártelo —dice—. Puede que te sorprenda. Un tío mayor como yo.

—Suéltame de una puta vez —le digo en voz baja.

Pienso en la cuchilla que tengo arriba. Ojalá la llevara encima, solo para saber que la tengo a mano.

Aparto el brazo de un tirón e intento abrir la puerta, pero los dedos casi no me funcionan. Y noto que él no deja de observarme mientras tanto.

JOHNNO

El padrino

Estoy ya en mi habitación, después de fumarme el porro. Conseguí pillar la maría en Dublín al llegar, dándome una vuelta por Temple Bar entre un montón de turistas. No sé si es tan fuerte como la que suele venderme el tío al que le pillo normalmente, pero espero que me ayude a dormir. Esta noche me va a hacer falta.

Estar aquí en la isla es como estar otra vez en el Trevellyan. Puede que sea por el paisaje. Los acantilados, el mar. Fuera solo se oye el ruido de las olas chocando contra las rocas, allá abajo. Me acuerdo del dormitorio del colegio: de las filas de camas y de las rejas de las ventanas, para mantenernos a salvo o para que no nos escapáramos; puede que un poco las dos cosas. Y del ruido de las olas también allí, rompiendo en la playa. *Ssss, ssss, ssss.* Recordándome que tenía que guardar el secreto.

Hacía tiempo que no pensaba en aquello; pensar de verdad, quiero decir. No puedo. Hay cosas que es mejor olvidar. Pero es como si estar aquí me estuviera obligando a mirar de frente lo que pasó. Y es una putada, porque cuando pienso en ello, me quedo sin respiración.

Me tumbo en la cama. He bebido como para desmayarme, y encima me he fumado el porro. Y aun así noto como si algo me correteara por la piel, como si hubiera un millón de cucarachas en la cama, conmigo. Están aquí para impedirme descansar. Quiero rascarme, arrancarme la piel a tiras si hace falta, para que pare este picor, pero me da miedo dormirme, por si tengo pesadillas como las de ano-che. Hacía un montón de tiempo que no las tenía, tanto que ya ni me acuerdo. Años y años. Es por la compañía. Y por este sitio.

Qué oscuro está esto. Demasiado oscuro. Noto como si la oscu-ridad me oprimiera, como si me asfixiara. Me siento en la cama y me digo que estoy bien. Nadie intenta asfixiarme y no hay cucarachas. Puede que sea por la maría. Como no es la de siempre, a lo mejor me está poniendo más paranoico. Voy a darme una ducha, eso es, con el agua bien caliente, y a restregarme a conciencia.

Entonces me parece ver esa cosa en el rincón de la habitación. Crece, se agrupa, se separa de la oscuridad.

No, no puede ser. Me lo estoy imaginando. Seguro. No creo en fantasmas.

Tiene que ser la maría, y el *whisky*. El cerebro, que me está jugan-do una mala pasada. Joder, estoy seguro de que hay algo ahí. Lo veo por el rabillo del ojo, pero cuando lo miro directamente, desaparece. Cierro los ojos como un crío al que le dan miedo los monstruos de de-bajo de la cama y me aprieto los párpados con los dedos hasta que em-piezo a ver manchitas plateadas. No sirve de nada. Sigo viéndolo hasta con los ojos cerrados. Tiene cara. Y no es una cosa, sino una per-sona. Sé quién es.

—Aléjate de mí, joder —susurro. Y luego pruebo de otra mane-ra—: Lo siento. No fue culpa mía. No me di cuenta de que…

Me da una arcada. Llego al baño justo a tiempo de echar la pota en el váter. Tengo tanto miedo que me tiembla todo el cuerpo.

JULES

La novia

Charlie y yo estamos arriba, en las almenas, mirando el centelleo de las luces en la península. Hemos dejado a los otros jugando a ese juego asqueroso. Tiene algo de ilícito el estar aquí los dos solos. Un punto de atrevimiento. Puede que sea el estar a tanta altura, con esa caída en picado a nuestros pies —tan perceptible, aunque no sea vea—, lo que hace que todo parezca tan emocionante, incluso un poco cargado de peligro. O puede que sea por estar envueltos en oscuridad. Aquí arriba podría pasar cualquier cosa y nadie lo sabría.

—Qué bien que estés aquí —le digo—. Sabes que en realidad mi padrino eres tú, ¿verdad?

—Gracias —contesta Charlie—. Yo también me alegro de estar aquí. ¿Por qué elegiste este sitio?

—Bueno, ya sabes. Las raíces irlandesas. Además, es muy exclusivo, y me gusta la idea de que seamos los primeros. Y también está la lejanía, que quizá disuada a los paparazis.

—¿De verdad crees que van a intentar sacar fotos de la boda? —Parece incrédulo, como si no creyera que la fama de Will justifique algo así.

—Es posible. Además, es lógico que Will celebre su boda en un sitio tan salvaje como este.

Todo lo que he dicho es verdad, hasta cierto punto. Aunque no sea toda la verdad.

Apoyo la cabeza en su hombro. Me parece sentir que se queda inmóvil. Quizá no le parezca tan natural como antes, esta cercanía física. Pensándolo bien, ¿ha sido natural alguna vez?

Charlie carraspea.

—¿Puedo preguntarte una cosa?

Parece algo serio. Percibo una pizca de cautela.

—Claro que sí.

—Will te hace feliz, ¿verdad?

Levanto un poco la cabeza de su hombro.

—¿A qué te refieres?

Noto que se encoge de hombros.

—A eso, nada más. Ya sabes que me importas mucho, Jules.

—Sí —digo—, me hace feliz. Y yo podría preguntarte lo mismo sobre Hannah.

—Eso es muy distinto…

—Ah, ¿sí? ¿Por qué?

No quiero oír su respuesta; no me apetece que nadie más me diga que ha ido todo muy rápido entre Will y yo. Pero, como he bebido más de lo que pretendía (y porque, además, ¿cuándo voy a poder preguntárselo, si no?), le digo:

—¿Estás diciendo que tú me habrías hecho más feliz?

—Jules… —contesta con una especie de gruñido—. No hagas eso.

—¿El qué? —pregunto con aire inocente.

—Lo nuestro no habría funcionado. Somos amigos, buenos amigos. Ya lo sabes.

Y entonces noto que se aparta de mí, que se retira del borde del abismo.

¿Lo sé, en realidad? ¿Y de verdad está él tan convencido? Sé que me deseó una vez. Todavía pienso en aquella noche. He vuelto muchas veces a ese recuerdo, cuando necesitaba inspiración en el baño, por ejemplo. No hemos hablado de ello desde que pasó. De ahí que conserve todavía su poder. Estoy segura de que él tampoco lo ha olvidado.

—Éramos muy distintos entonces —dice como si me hubiera leído el pensamiento. Me pregunto si está tan convencido de lo que dice como aparenta—. No te lo preguntaba por nada de eso —asegura—. No es por celos… ni nada por el estilo.

—¿Seguro? Porque a mí me parece que sí estás un poquito celoso.

—No es verdad, yo…

—¿Te he contado lo bueno que es en la cama? Se supone que los amigos se cuentan esas cosas, ¿no?

Sé que me estoy pasando, pero no puedo contenerme.

—Mira —dice—, yo solo quiero que seas feliz.

Qué asquerosamente paternalista. Aparto la cabeza de su hombro. Siento que la distancia entre nosotros se agranda, literal y metafóricamente.

—Estoy perfectamente capacitada para saber lo que me hace feliz y lo que no —respondo—. Por si no lo has notado, tengo treinta y cuatro años. No soy una cría de dieciséis que babea contigo.

Charlie hace una mueca.

—Ay, Dios… Ya lo sé, perdona. No lo decía en ese sentido. Es que me preocupo, eso es todo.

De pronto se me ocurre una idea.

—Charlie —digo—, ¿me has escrito tú una nota?

—¿Una nota?

Por su cara de perplejidad, adivino la respuesta. No ha sido él.

—No importa —digo—. Olvídalo. ¿Sabes qué? Creo que me voy a la cama. Si me acuesto ahora, puedo dormir ocho horas.

—Vale —contesta.

Noto que se alegra de que me vaya y eso me cabrea.

—¿Me das un abrazo? —pregunto.

—Claro.

Me inclino hacia él. Su cuerpo es más blando que el de Will, mucho menos fibroso y duro que antes, pero su olor sigue siendo el mismo. Es extraño que me resulte tan familiar, teniendo en cuenta el tiempo que hace.

Sigue ahí, creo. Y él también tiene que sentirlo. Pero, claro, la atracción nunca se disipa del todo, ¿verdad? Seguro que está celoso.

Cuando vuelvo a la habitación Will se está desvistiendo. Me sonríe y me acerco a él.

—¿Seguimos donde lo dejamos antes? —murmura.

Es una forma de borrar lo humillante de esa conversación con Charlie, me digo.

Le desabrocho de un tirón el resto de los botones de la camisa y él me rompe uno de los tirantes del mono al intentar quitármelo. Con él es siempre como la primera vez, esa misma urgencia solo que mejor, ahora que sabemos exactamente qué es lo que le gusta al otro. Follamos apoyados contra la cama. Me penetra por detrás y me corro a lo bestia. No me corto ni un pelo con el ruido. En cierta manera es como si casi toda la noche, desde que nos interrumpieron, hubiera sido una especie de juego preliminar. Sentir la envidia y el asombro con que nos miraban los demás. Ver en su reacción lo buena pareja que hacemos. Y sí, también el resquemor de haberme pasado con Charlie y haber sido rechazada. Puede que él también nos esté oyendo.

Después, Will va a darse una ducha. Cuida muchísimo su aseo personal; tanto es así que, a su lado, hasta yo parezco un poco descuidada. Recuerdo que me llevé una pequeña sorpresa cuando descubrí que su moreno permanente no se debía en realidad a que esté siempre a la intemperie, sino a la crema autobronceadora de Sisley, la misma que uso yo.

Solo ahora que estoy sentada en el sillón, en bata, reparo en un olor extraño, más fuerte que el olor vagamente marino del sexo, y más intenso. No hay duda, es el olor del mar: un tufo a salitre, a pescado y a amoníaco que se te pega a la garganta. Y mientras estoy aquí sentada, parece como si fuera saliendo de los rincones en sombras de la habitación y se agrupara, cobrando textura y espesor.

Me acerco a la ventana y la abro. Fuera el aire está helado, ahora que se ha hecho de noche. Oigo el batir de las olas contra las rocas, abajo. Mar adentro, el agua parece plateada a la luz de la luna, como metal fundido, tan brillante que casi no puedo mirarla. Incluso desde aquí se ve el oleaje: inmensos movimientos potentes bajo la superficie del agua, cargados de intención. Oigo un graznido por encima de mí, en el tejado, quizá. Suena como una risa burlona.

¿No debería ser más fuerte el olor del mar fuera que dentro?, me digo. Sin embargo, la brisa que viene del mar es fresca y carece de olor, comparada con la peste que hay aquí. No lo entiendo. Me inclino hacia el tocador y enciendo mi vela perfumada. Luego me siento en el sillón y trato de calmarme, pero prácticamente oigo cómo me late el corazón. Demasiado rápido, un aleteo en el pecho. ¿Son solo secuelas de nuestros ejercicios gimnásticos? ¿O es otra cosa?

Debería contarle a Will lo de la nota. Si voy a hacerlo, ahora es buen momento. Pero ya he tenido un enfrentamiento esta noche, con Charlie, y no me apetece nada encarar ese asunto, arriesgarme a hablar del tema. Además, seguramente no es nada. Estoy segura al cien por cien. Bueno, casi.

Se abre la puerta del cuarto de baño y Will entra en la habitación con la toalla anudada a la cintura. Aunque acabamos de follar, me distraigo un momento al ver su cuerpo: sus llanuras y promontorios, los músculos tensos de la tripa, los brazos y las piernas.

—¿Qué haces levantada todavía? —pregunta—. Deberíamos descansar. Mañana es el gran día.

Le doy la espalda y dejo caer la bata al suelo. Noto sus ojos fijos en mí, disfruto de esa sensación de poder. Luego levanto el edredón y me meto en la cama, y al hacerlo toco algo con las piernas desnudas. Algo frío y sólido, con la consistencia de la carne muerta. Parece ceder cuando lo toco con los pies y al mismo tiempo se me enrolla entre las piernas.

—¡Hostia! ¡Joder!

Me levanto de un salto, tropiezo, caigo al suelo, medio despatarrada.

Will me mira extrañado.

—¿Qué pasa, Jules?

Al principio estoy tan asustada, me da tanto asco lo que acabo de notar, que casi no puedo contestarle. Se me ha cerrado la garganta. El miedo reverbera dentro de mí, profundo y primitivo como el de un animal. Era como una pesadilla: una de esas cosas que sueñas que te encuentras en la cama y, cuando te despiertas sudando, te das cuenta de que eran solo imaginaciones tuyas. Solo que esta vez es real. Todavía noto en las piernas su huella fría.

—Will —digo cuando por fin me sale la voz—, hay algo en la cama. Debajo del edredón.

Se acerca en dos zancadas, agarra el edredón y lo arranca de la cama. Doy un grito, no puedo evitarlo. Ahí, en medio del colchón, se extiende el cuerpo negro y enorme de un animal marino, con tentáculos que se alargan en todas direcciones.

Will da un salto atrás.

—¿Qué cojones…? —Parece más enfadado que asustado. Lo dice otra vez, como si la cosa de encima de la cama pudiera darle una respuesta—. ¿Qué cojones…?

El olor a mar, a salitre y putrefacción que emana de ese amasijo negro es sofocante.

Pero Will se recupera enseguida, mucho más rápido que yo, y vuelve a acercarse. Cuando estira la mano, le grito:

—¡No lo toques!

Pero ya ha agarrado los tentáculos y les ha dado un tirón. Se sueltan y esa cosa asquerosa, horrible, parece romperse. Y pensar que estaba ahí mientras follábamos, esperándonos debajo del edredón…

Will suelta una carcajada corta y seca, completamente desprovista de humor.

—¡Mira! Son solo algas. ¡Son algas, joder!

Las sostiene en alto. Me inclino para verlas de cerca. Tiene razón. Son esas cosas que he visto tiradas por las playas: grandes, gruesas sogas de algas arrojadas por las olas.

Will tira las algas al suelo. Poco a poco, van perdiendo su aspecto macabro y monstruoso y quedan reducidas a un revoltijo repulsivo. Me doy cuenta de lo indigno de mi postura, desnuda y despatarrada en el suelo. Noto que se me desacelera el corazón y que me cuesta menos respirar.

Pero... ¿cómo ha llegado eso aquí? ¿Y por qué estaba en nuestra cama?

Esto nos lo ha hecho alguien. Alguien ha metido esa cosa en nuestra habitación y la ha escondido debajo del edredón sabiendo que la encontraríamos al meternos en la cama.

Me vuelvo hacia Will.

—¿Quién ha podido hacer algo así?

Se encoge de hombros.

—Bueno, tengo mis sospechas.

—¿Qué? ¿De quién?

—Era una broma que solíamos gastarles a los chavales más pequeños en el colegio. Bajábamos a la playa por el camino del acantilado a recoger algas, todas las que podíamos. Luego, se las escondíamos en la cama. Así que imagino que habrá sido Johnno, o Duncan, o seguramente todos ellos. Les habrá parecido gracioso.

—¿Esto te parece una broma? ¡No estamos en el colegio, Will! ¡Nos casamos mañana, joder! —En cierto modo, es un alivio enfadarme.

Él se encoge de hombros.

—No es para ti, es para mí. Ya sabes, por los viejos tiempos. Seguro que no querían asustarte.

—Voy a ir a levantarlos ahora mismo, a ver cuál de ellos ha sido. Para que vean lo gracioso que me ha parecido.

—Jules... —Me agarra de los hombros y dice en tono conciliador—: Mira, si haces eso... En fin, puede que digas cosas de las que

133

luego te arrepientas. Y eso estropearía las cosas mañana, ¿no crees? Cambiaría el ambiente.

Entiendo lo que quiere decir, hasta cierto punto. Dios, qué razonable es siempre… A veces, lo es tanto que me saca de quicio, siempre tan comedido… Miro el revoltijo negro, en el suelo. Cuesta creer que no lo hayan dejado con intenciones más macabras.

—Mira —insiste suavemente—, estamos cansados. Ha sido un día muy largo. No nos preocupemos de esto ahora. Podemos coger sábanas limpias de la habitación libre.

La habitación libre iba a ser la de sus padres, pero no quisieron alojarse en la isla; les parecía una locura. A Will no le sorprendió. «A mi padre nunca le ha impresionado especialmente nada de lo que he hecho, y mi boda no iba a ser una excepción». Parecía resentido. No habla mucho de su padre, pero, curiosamente, tengo la impresión de que ejerce mucha más influencia sobre él de la que quiere reconocer.

—Trae también otro edredón —le digo.

Casi me dan ganas de decirle que prefiero que durmamos en la otra habitación. Pero eso sería irracional, y yo presumo de ser lo contrario.

—Claro. —Señala las algas—. Y voy a llevarme esto también. Me he enfrentado a cosas mucho peores, te lo aseguro.

En el programa, ha escapado de lobos y le han atacado murciélagos vampiro —aunque siempre tiene cerca al equipo de grabación para que le eche una mano—, así que todo esto debe de parecerle un poco ridículo. Unas cuantas algas en la cama no son para tanto, pensándolo bien.

—Mañana por la mañana hablaré muy seriamente con los chicos —dice—. Les diré que son unos idiotas.

—Vale.

Qué bien se le da tranquilizar a los demás. Es tan… En fin, no hay otra manera de describirlo: tan perfecto…

Y, aun así, en este preciso momento, las palabras de esa horrible notita salen otra vez, insidiosamente, a la superficie.

No es como tú crees que es..., es un tramposo..., un embustero...
No te cases con él.

—Dormir a pierna suelta, eso es lo que nos hace falta —dice con ese mismo tono tranquilizador.

Digo que sí con la cabeza.

Pero creo que no voy a pegar ojo.

AOIFE

La organizadora de bodas

Se oye un ruido fuera. Es un ruido raro, un lamento agudo. Suena más humano que animal, pero al mismo tiempo tampoco parece del todo humano. En nuestro cuarto, Freddy y yo nos miramos. Todos los invitados se han ido a la cama, hará cosa de media hora. Pensaba que no se cansarían nunca. Nosotros hemos tenido que aguantar levantados hasta el final, por si necesitaban algo. Hemos oído los golpes rítmicos en el comedor y los cánticos. Freddy, que sabe un poco de latín, del colegio, me ha traducido lo que estaban cantando: si no puedo convencer al cielo, desataré el infierno. Se me ha puesto el pelo de punta al oírlo.

Son como niños grandes, los caballeros de honor del novio. Yo diría que les falta la inocencia de los niños, pero algunos niños no tienen nada de inocentes. Lo que quiero decir es que, siendo ya hombres hechos y derechos, deberían ser más prudentes. Además, tienen un aire como de jauría, como de perros que se portan bien cuando están solos, pero que, al juntarse, se vuelven locos. Mañana tendré que vigilarlos de cerca para asegurarme de que no armen ningún lío. Sé por experiencia que a veces los eventos más elegantes, con los invitados más distinguidos y adinerados, son los que más se desmandan. Una vez organicé una boda en Dublín a la que asistió la mitad de la élite política de Irlanda —hasta el *taoiseach* estaba allí—, y el novio y su suegro acabaron a golpes antes del primer baile.

Aquí tenemos el peligro añadido de la isla. Lo agreste de este sitio te altera. Los invitados van a sentirse muy lejos de la vida normal y sus códigos de conducta, a salvo de miradas curiosas. Y esos hombres son exalumnos de un internado. Han pasado gran parte de su vida obligados a seguir reglas estrictas de las que seguramente no se liberaron después del colegio, cuando tuvieron que decidir a qué universidad iban, a qué se dedicaban, en qué casa vivían. Y la experiencia me dice que los que mayor respeto sienten por las normas son también los que más gozan saltándoselas.

—Voy yo —digo.

—Te acompaño, por si acaso —dice Freddy.

Le digo que no va a pasarme nada y, para que se quede tranquilo, le prometo que voy a coger el atizador de la chimenea antes de salir. De los dos, la más valiente soy yo y lo sé. No lo digo con orgullo, en absoluto. Es solo que, cuando te ha pasado lo peor, le pierdes el miedo a todo lo demás.

Salgo a la noche y admiro la espesura de la oscuridad, su negrura aterciopelada, que me envuelve en su manto. La luz del Torreón casi no le hace mella, aunque la cocina está iluminada, y también una de las ventanas de arriba, la de la habitación de los novios. Sé por qué están despiertos, claro. Hemos oído el golpeteo de la cama contra la tarima del suelo.

No voy a encender la linterna aún. Me aturdiría, con esta oscuridad. Me quedo aquí y aguzo el oído. Al principio solo distingo el batir del mar en las rocas y un ruido desconocido, susurrante, que por fin consigo identificar: es la carpa. La lona susurra movida por la brisa, a cincuenta metros de aquí.

Luego se oye de nuevo el otro ruido. Ahora lo distingo mejor. Es alguien sollozando, aunque es imposible saber si se trata de un hombre o de una mujer. Me vuelvo hacia el lugar de donde viene y, al hacerlo, me parece distinguir un movimiento por el rabillo del ojo, en la zona de los cobertizos, detrás del Torreón. No sé cómo lo he visto con esta oscuridad. Supongo que lo llevamos grabado a fuego en nuestro instinto animal. Nuestros ojos están atentos a cualquier perturbación, a cualquier cambio de matiz de la oscuridad.

Puede que haya sido un murciélago. A veces, a última hora de la tarde, se los ve volar allá arriba, a la luz del crepúsculo, tan deprisa que casi no está una segura de haberlos visto. Pero creo que era algo más grande. Estoy segura de que era una persona, la misma que está llorando embozada en la oscuridad. Cuando vine aquí hace tantos años, circulaban ya historias de fantasmas, aunque la isla estaba deshabitada. Las mujeres enlutadas que lloraban a sus maridos brutalmente asesinados. Las voces del pantano, sepultadas sin un entierro como es debido. En aquella época jugábamos a asustarnos con esas cosas. Y, a mi pesar, ahora vuelvo a notar esa misma sensación, como si la piel se me encogiera sobre los huesos.

—¿Hola? —llamo.

El sonido cesa de repente. Como nadie responde, enciendo la linterna. Apunto con ella a un lado y a otro.

La luz tropieza con algo cuando la muevo lentamente en círculo. Enfoco hacia allí y apunto hacia arriba, siguiendo la figura que me mira de frente. La luz de la linterna resalta el pelo crespo y moreno, los ojos brillantes. Es como un ser salido del folklore: el Puca, el duende fantasma que augura desgracias.

Doy un paso atrás inconscientemente, el rayo de la linterna vacila. Pero, poco a poco, voy reconociéndolo. Es el padrino, apoyado contra la pared de uno de los cobertizos.

—¿Quién eres? —farfulla con voz ronca.

—Soy yo, Aoife —digo.

—Ah, Aoife. ¿Vienes a decirme que es hora de apagar la luz? ¿De irme a la cama como un niño bueno?

Me dedica una sonrisa torcida pero desganada, y me parece ver huellas de lágrimas a la luz de la linterna.

—Es peligroso que andes de noche por aquí —digo en tono pragmático. Dentro de los cobertizos hay maquinaria agrícola antigua capaz de cortarlo a uno por la mitad—. Sobre todo, sin una linterna —añado.

«Y, sobre todo, estando tan borracho como estás tú», pienso. Aunque, curiosamente, tengo la sensación de estar protegiendo a la isla de él, y no a la inversa.

Se incorpora, se acerca a mí. Es un tipo grande y ha bebido, y no solo eso: noto el tufillo dulzón, vegetal, de la marihuana. Me aparto un poco más y me doy cuenta de que estoy agarrando el atizador con todas mis fuerzas. Él sonríe entonces, enseñando unos dientes torcidos.

—Sí —dice—. Es hora de que Johnny se vaya a la cama. Me parece que se me ha ido un poco la mano, ¿sabes? —Hace como que bebe de una botella y luego que fuma—. Siempre me sienta mal, mezclar las dos cosas más de la cuenta. Joder, si hasta creo que he visto visiones.

Asiento, aunque no puede verme. «Yo también».

Lo veo dar media vuelta y dirigirse al Torreón a trompicones. Su intento de bromear no me ha engañado ni un segundo. A pesar de que sonreía, parecía entre triste y aterrorizado. Como si hubiera visto un fantasma.

El día de la boda

HANNAH

La acompañante

Al despertarme, me duele la cabeza. Pienso en todo ese champán, y encima el vodka. Miro el despertador: las siete en punto. Charlie está como un tronco, boca arriba. Anoche lo oí llegar y quitarse la ropa. Esperaba oírlo tropezarse y maldecir, pero sorprendentemente parecía bastante sereno.

«Han», me dijo al meterse en la cama. «Me he ido del juego. Solo me he tomado un chupito». Eso hizo que se me pasara un poco el enfado. Luego me puse a pensar dónde habría estado todo ese tiempo. Y con quién. Me acordé de cómo había tonteado con Jules. Y de que Johnno les preguntó si se habían acostado y ellos no respondieron.

Así que no contesté. Me hice la dormida.

Pero me he despertado cachonda. He tenido unos sueños muy absurdos. Supongo que será en parte por el vodka, pero también por el recuerdo de cómo me miró Will al principio de la noche. Y por la charla con Olivia en la cueva: estar las dos sentadas tan juntas, a oscuras, pasándonos la botella, con el agua rozándonos los pies y solo la luz de una vela. Era muy íntimo; sensual, en cierto modo. Yo estaba pendiente de cada palabra que decía, de las imágenes que pintaba para mí, vivamente, en la oscuridad. Era como si fuera yo a la que comían el coño apoyada contra la pared, con la falda levantada. El tipo debía de ser un gilipollas, pero por lo visto follaba bien. Y eso me hizo recordar

140

la emoción, un poco peligrosa, de acostarse con un desconocido, con alguien de quien no te esperas cada gesto.

Me vuelvo hacia Charlie. Puede que sea el momento de acabar con nuestra sequía de sexo y recuperar la intimidad perdida. Meto una mano debajo del edredón y acaricio el vello rizado que le cubre el pecho, bajo más la mano…

Él hace un ruido de sorpresa, medio dormido. Y luego, con voz soñolienta, dice:

—Ahora no, Han. Estoy muy cansado.

Retiro la mano, dolida. «Ahora no». Lo dice como si fuera una molestia. Está cansado porque anoche se quedó levantado hasta las tantas haciendo vete tú a saber qué, aunque en el barco, cuando veníamos para acá, me dijo que este fin de semana iba a ser *para nosotros*. Y aunque sabe lo sensible que estoy en esta época del año. De repente siento el impulso aterrador de agarrar el libro de tapa dura que hay en la mesilla de noche y golpearlo en la cabeza con él. Me asusta ese arrebato de ira porque da la impresión de que lleva mucho tiempo acumulándose.

Luego se me ocurre una idea pecaminosa y me permito fantasear con cómo será para Jules despertarse junto a Will. Anoche los oí; debimos de oírlos todos los que hemos dormido en el Torreón. Pienso otra vez en la fuerza de los brazos de Will cuando ayer me sacó en vilo del barco. Y pienso también en cómo lo pillé mirándome anoche, con esa expresión tan rara, tan inquisitiva. Qué sensación de poder, sentir sus ojos fijos en mí.

Charlie murmulla, dormido, y me llega una ráfaga de mal aliento. Me parece imposible que a Will le huela el aliento. De repente, siento que es esencial que me aleje de esta habitación, de estos pensamientos.

No se oye moverse a nadie dentro del Torreón, así que creo que soy la primera en levantarse.

Hoy debe de soplar bastante el viento, porque lo oigo silbar alrededor de las piedras viejas de este sitio cuando bajo las escaleras procurando no hacer ruido, y de vez en cuando los cristales de las ventanas se sacuden en el marco como si alguien les diera una palmada. ¿Será que lo de ayer era buen tiempo para el que suele hacer aquí? A Jules va a sentarle fatal. Entro de puntillas en la cocina.

Aoife está ahí parada, con una camisa blanca muy tiesa y pantalones de vestir, y un portafolios en la mano, como si llevara horas levantada.

—Buenos días —dice, y noto que me mira la cara con mucha atención—. ¿Qué tal estás hoy?

Me da la impresión de que no se le escapa nada, con esos ojos inteligentes e inquisitivos que tiene. Es bastante guapa, aunque muy discreta. Creo que se esfuerza por ocultarlo para no llamar la atención, pero aun así su belleza salta a la vista. Tiene las cejas negras, con una forma muy bonita, y los ojos de color verde grisáceo. Yo mataría por tener esa elegancia tan natural, a lo Audrey Hepburn, y esos pómulos.

—Bien —contesto—. Perdona, creía que no había nadie levantado.

—Nosotros hemos madrugado —dice—. Como hoy es el gran día...

Casi se me olvida que hoy es la boda. Me gustaría saber cómo está Jules esta mañana. ¿Estará nerviosa? No me la imagino nerviosa por nada.

—Claro. Iba a salir a dar una vuelta. Estoy un poco resacosa.

—Ya —dice con una sonrisa—. Para dar un paseo, lo mejor es que vayas hasta el promontorio de la isla por el camino, pasada la capilla, dejando la carpa al otro lado. Así no te meterás en el pantano. Y llévate unas botas de agua de las que hay junto a la puerta. Ten cuidado de no pisar las zonas húmedas o te hundirás en la turba. Además, allá arriba hay cobertura, por si tienes que hacer alguna llamada.

Alguna llamada... ¡Ay, Dios! ¡Los niños! Me doy cuenta, con una punzada de culpa, de que me he olvidado de ellos por completo. ¡De mis propios hijos! Es alucinante cómo ha hecho que me olvide de todo este sitio.

Salgo fuera y encuentro enseguida el camino, o lo que queda de él. No es tan fácil como lo pinta Aoife: el sendero de tierra pisada se distingue solamente porque la hierba está menos crecida que en otras partes. Mientras camino, las nubes pasan deprisa y se arremolinan sobre el mar. Sí, está claro que hoy hace más viento y que el cielo está más nublado, aunque a ratos el sol irrumpe deslumbrante entre las nubes. La enorme carpa, a mi izquierda, cruje sacudida por el viento cuando paso. Podría colarme dentro a echar un vistazo, pero me atrae más el cementerio, a mi derecha, más allá de la capilla. Puede que sea un reflejo de mi estado mental en esta época del año, de ese ánimo melancólico que se apodera de mí cada mes de junio.

Paseando por entre las lápidas, distingo varias cruces celtas clarísimas, pero también anclas y flores desdibujadas. La mayoría de las losas son tan antiguas que ya casi no se lee la inscripción. Y, aunque pudiera leerse, no está en inglés; está en gaélico, supongo. Algunas están rotas o tan desgastadas que han perdido casi por completo su forma. Sin pararme a pensar lo que hago, paso la mano por la que tengo más cerca y noto la suavidad de la piedra alisada por el viento y la lluvia durante décadas y décadas. Hay algunas que parecen más nuevas, quizá de poco antes de que los isleños se fueran para siempre de aquí, pero casi todas están cubiertas de hierbajos y musgo, como si hiciera mucho tiempo que nadie se ocupa de ellas.

Luego veo una que destaca porque está despejada por completo. De hecho, está muy bien cuidada y tiene delante un tarrito de cristal, de los de mermelada, lleno de flores silvestres. Hago un cálculo rápido y, por las fechas, debía de ser una niña. *Darcey Malone*, dice la lápida. *Descansa en el seno del mar.* Miro hacia el mar. Mattie nos contó que se ha ahogado mucha gente haciendo la travesía. Yo suponía que hablaba de hace siglos, pero puede que no, que sea más reciente. Y pensar que esta niña era hija de alguien...

Me agacho y, al tocar la lápida, noto un nudo en la garganta.

—¡Hannah!

Me vuelvo hacia el Torreón. Aoife está allí, mirándome.

—¡No es por ahí! —dice, y señala el camino que se aleja de la capilla—. ¡Es por ahí!

—¡Gracias! —le grito—. ¡Perdón!

Tengo la sensación de que me han pillado metiéndome donde no debía.

A medida que me alejo del Torreón, va desapareciendo por completo todo rastro del camino. Trechos de tierra cubiertos de césped que parecen firmes ceden al pisarlos y se hunden en un cieno negro. El agua helada del pantano se me ha metido ya en la bota derecha y el pie me chapotea dentro del calcetín empapado. Me da un escalofrío cuando me acuerdo de los cadáveres sepultados ahí abajo. Me pregunto si esta noche algún invitado sabrá que está bailando tan cerca de una fosa común.

Saco el teléfono. Hay cobertura de sobra, como decía Aoife. Llamo a casa. Oigo el tono de llamada al otro lado a pesar del ruido del viento, y luego la voz de mi madre que dice:

—¿Hola?

—No es muy temprano, ¿no? —pregunto.

—No, por Dios, cariño. Llevamos en pie desde… Bueno, parece que hace horas.

Cuando me pasa a Ben, mi hijo habla con una voz tan aguda y aflautada que casi no entiendo lo que dice.

—¿Qué has dicho, cielo? —Me aprieto el teléfono contra la oreja.

—He dicho que hola, mamá.

Al oír su voz, noto en las entrañas el tirón del lazo que me une a él. Cuando busco algo con lo que comparar el amor que les tengo a mis hijos, me doy cuenta de que no se parece al amor que siento por Charlie. Es un sentimiento animal, poderoso, visceral. El amor de la consanguineidad. Lo más parecido que encuentro es mi amor por mi hermana Alice.

—¿Dónde estás? —me pregunta—. Suena como si estuvieras en el mar. ¿Hay barcos?

Está obsesionado con los barcos.

—Sí, hemos venido en uno.

—¿En uno grande?

—Bastante grande, sí.

—Lottie se puso mala ayer, mamá.

—¿Qué le pasa? —pregunto rápidamente.

Lo que más miedo me da es que les pase algo a mis seres queridos. Cuando yo era pequeña, a veces me despertaba por las noches y me acercaba sin hacer ruido a la cama de mi hermana Alice para comprobar que respiraba, porque lo más horrible que podía imaginar era que me la arrebataran. «Estoy bien, Han», susurraba ella, medio riéndose. «Pero puedes dormir conmigo si quieres». Y yo me tumbaba allí, pegada a su espalda, y me tranquilizaba al sentir cómo se movían sus costillas cuando respiraba.

Mi madre vuelve a ponerse.

—No te preocupes, Han. Se empachó un poco ayer tarde. El bobo de tu padre la dejó sola con el bizcocho mientras yo estaba en la compra. Pero ya está bien, cariño. Está viendo los dibujos en el sofá, lista para desayunar. Y ahora, hala —me dice—, vete a disfrutar de tu fin de semana de glamur.

No me siento muy glamurosa en estos momentos, con el calcetín mojado y los ojos tan irritados por la brisa que se me saltan las lágrimas.

—Vale, mamá —le digo—. Intentaré llamarte mañana, de camino a casa. No te estarán dando mucho la lata, ¿verdad?

—No —contesta—. La verdad es… —Es inconfundible, ese pequeño quiebro en la voz.

—¿Qué?

—Bueno, pues que viene bien distraerse un poco. Es positivo. Cuidar de la siguiente generación. —Se para y la oigo respirar hondo—. Ya sabes… Es por esta época del año.

—Sí —digo—. Claro que lo sé, mamá. A mí también me pasa.

—Adiós, corazón. Cuídate mucho.

Al colgar, me doy cuenta de una cosa. ¿Es a ella a quien me recuerda Olivia? ¿A Alice? Está todo ahí: la delgadez, la fragilidad, esa mirada de cervatillo deslumbrado. Me acuerdo de la primera vez que vi a mi hermana cuando volvió de la universidad para las vacaciones de verano. Había perdido como un tercio de masa corporal. Parecía que tenía una enfermedad espantosa, como si algo la estuviera devorando por dentro. Y lo peor era que no creía que pudiera hablar con nadie de lo que le había pasado. Ni siquiera conmigo.

Echo a andar. Y luego me paro y miro alrededor. No sé si voy bien por aquí, pero tampoco se ve con claridad cuál es el camino correcto. Desde donde estoy no veo el Torreón, ni siquiera la carpa, tapados como están por el promontorio. Pensaba que sería más fácil volver porque ya conocería el camino, pero me he desorientado: me he despistado por completo. Debo de haber tirado por otro sitio. Aquí hasta parece que hay más cieno. Tengo que ir saltando entre matojos de hierba secos para esquivar los tramos donde el suelo está más blando y húmedo. Avanzo con esfuerzo. Luego me atasco un poco y me atrevo a dar un gran salto. Pero calculo mal, resbalo y apoyo el pie izquierdo no en la ladera cubierta de hierba, sino en la superficie blanda de la turba.

Me hundo… y sigo hundiéndome. Sucede todo muy deprisa. La tierra se abre y se traga mi pie. Pierdo el equilibrio, me tambaleo hacia atrás y el otro pie también se hunde con una especie de sorbido asqueroso, tan rápidamente como aquel cormorán de cuello negro se tragó el pez. En un abrir y cerrar de ojos, la turba me llega por encima de las botas y me hundo todavía más. Al principio, durante unos segundos, me quedo estupefacta, paralizada por la sorpresa. Entonces me doy cuenta de que tengo que reaccionar, salir de este atolladero. Extiendo los brazos hacia el trozo de tierra seca que hay delante de mí y me agarro a dos manojos de hierba.

Tiro. Y nada. Parece que estoy bien atascada. ¡Qué vergüenza, cuando vuelva al Torreón llena de barro y tenga que explicar lo que ha pasado! Entonces me doy cuenta de que sigo hundiéndome. La tierra negra me llega ya por encima de las rodillas y me sube por los muslos.

De pronto me da igual la vergüenza que vaya a pasar. Estoy cagada de miedo.

—¡Socorro! —grito.

Pero mis palabras se las traga el viento. Es imposible que mi voz llegue más allá de unos metros, y menos aún hasta el Torreón. Aun así, vuelvo a intentarlo.

—¡Ayuda!

Pienso en los cuerpos del pantano. Me imagino manos esqueléticas tendiéndose hacia mí desde lo hondo de la tierra, dispuestas a arrastrarme hacia abajo. Y empiezo a arañar la ladera mientras me impulso hacia arriba con todas mis fuerzas, resollando y gruñendo como un animal. No parece que esté consiguiendo nada, pero aprieto los dientes y vuelvo a intentarlo poniendo aún más empeño.

Y entonces, de pronto, tengo la clara sensación de que alguien me está observando. Me corre un hormigueo por la espalda.

—¿Te echamos una mano?

Doy un respingo. Ni siquiera puedo girarme para ver quién ha hablado. Avanzan tranquilamente hasta situarse delante de mí. Son dos de los amigos del novio: Duncan y Pete.

—Hemos salido a explorar un poco —dice Duncan—. Ya sabes, para tantear el terreno.

—No pensábamos que fuéramos a tener el placer de rescatar a una damisela en apuros —añade Pete.

Tienen una expresión casi de indiferencia total, pero a Duncan le tiembla un poco la comisura de la boca y me da la sensación de que se estaban riendo de mí. De que a lo mejor llevaban un rato observándome mientras luchaba por salir. No quiero aceptar su ayuda, pero tampoco puedo permitirme rechazarla.

Me agarra cada uno de una mano. Tiran de mí y por fin consigo sacar un pie. Pierdo la bota al levantarlo y la ciénaga se cierra sobre ella y la engulle tan rápidamente como se abrió antes. Saco el otro pie y

147

trepo por la ladera, sana y salva. Me quedo un momento tumbada en el suelo, temblando por el cansancio y el subidón de adrenalina, incapaz de juntar fuerzas para levantarme. No me puedo creer que me haya pasado esto. Entonces me acuerdo de los dos hombres, que me miran, agarrándome todavía de la mano. Me levanto como puedo, les doy las gracias y les suelto la mano lo más rápidamente posible sin parecer maleducada: de pronto, parece un gesto extrañamente íntimo que tengamos los dedos entrelazados. Ahora que está remitiendo la adrenalina, me doy cuenta del aspecto que debía de tener mientras me sacaban, con la camiseta subida, el sujetador gris y viejo a la vista, y la cara roja y sudorosa. También me doy cuenta de lo aislados que estamos aquí. Ellos son dos; yo, solo una.

—Gracias, chicos —digo con un temblor en la voz que me repugna—. Creo que voy a volver ya al Torreón.

—Sí —contesta Duncan con sorna—. Tendrás que quitarte toda esa porquería de encima.

Y no sé si son imaginaciones mías o si de verdad lo dice en un tono un poco sugerente.

Echo a andar hacia el Torreón. Avanzo todo lo deprisa que puedo con los pies empapados, fijándome bien en dónde piso. De repente tengo unas ganas locas de llegar, y de volver con Charlie. De alejarme lo más posible de la ciénaga. Y, para ser sincera, también de mis rescatadores.

AOIFE

La organizadora de bodas

Estoy sentada delante de mi escritorio repasando los planes para hoy. Me gusta este escritorio. Sus cajones están llenos de recuerdos. Fotografías, postales, cartas: papeles que el tiempo ha vuelto amarillos, garabateados por una mano infantil.

Pongo la radio para escuchar el parte meteorológico. Aquí se sintonizan varias emisoras de Galway.

—Es probable que tengamos una tarde algo ventosa —está diciendo el hombre del tiempo—. Respecto a la fuerza que alcanzará el viento, los datos de que disponemos en estos momentos no son concluyentes, pero podemos afirmar que afectará a la mayor parte de Connemara y el oeste de Galway, y en particular a las islas y las zonas costeras.

—Tiene mala pinta —dice Freddy, que acaba de entrar y se ha parado detrás de mí.

El viento se dejará sentir con más fuerza a partir de las cinco de la tarde, dice el locutor.

—A esa hora ya estarán todos en la carpa —digo—. Y la carpa debería aguantar, aunque haga un poco de viento. Así que no hay por qué preocuparse.

—¿Y la electricidad? —pregunta Freddy.

—La instalación es bastante buena, ¿no? A no ser que se desate un temporal de verdad. Pero no han dicho que vaya a haber temporal.

149

Llevamos en pie desde que amaneció. Freddy hasta se ha acercado a la península con Mattie esta mañana para traer unas cuantas cosas de última hora mientras yo comprobaba que aquí estaba todo en orden. La florista llegará dentro de poco para colocar los ramos de flores silvestres en la capilla y la carpa: verónicas, flores del cuco y *sisyrinchium*.

Freddy vuelve a la cocina para dar el toque final a los platos que pueden prepararse con antelación: los canapés, los aperitivos y los entrantes fríos de pescado ahumado de Connemara Smokehouse. Le apasiona la comida, a mi marido. Es capaz de hablar de un plato que se le ha ocurrido con el mismo entusiasmo con que un gran músico disertaría sobre una composición. Le viene de la niñez, esa pasión por la comida. Él dice que es por haber tenido una dieta tan poco variada cuando era pequeño.

Me acerco a la carpa. Está en la misma loma que la capilla y el cementerio, a unos cincuenta metros al este del Torreón, siguiendo un trecho de tierra seca rodeado de ciénagas por los dos lados. Oigo un correteo nervioso delante de mí y entonces aparecen las liebres, saliendo asustadas de sus latebras, los huecos que abren entre el brezo para acostarse. Corren un rato delante de mí meneando sus colas blancas, con ese batir poderoso de las patas traseras, y luego tuercen hacia la hierba alta de ambos lados del sendero y se pierden de vista. En el folklore irlandés, las liebres son seres capaces de metamorfosearse, y a veces, cuando las veo por aquí, pienso en todas las almas muertas de Inis an Amplóra y me las imagino materializándose una vez más para corretear entre el brezo.

En la carpa, me pongo manos a la obra. Compruebo que los calefactores están listos y doy los últimos retoques a las mesas: los menús pintados a mano, con acuarela, y las servilletas de hilo con sus anillos de plata maciza, grabados con el nombre del invitado correspondiente, para que se los lleven a casa de recuerdo. Más tarde, el contraste entre el refinamiento de estas mesas decoradas con tanto cuidado y el paisaje agreste de fuera será impresionante. Más tarde, cuando las encendamos, se sentirá el olor de las velas de Cloon Keen Atelier, una perfumería de Galway, muy exclusiva. Las han traído directamente de allí a precio de oro.

La carpa tiembla a mi alrededor mientras hago mis comprobaciones. Resulta muy extraño pensar que, dentro de unas horas, este espacio vacío y retumbante estará lleno de gente. Aquí la luz es mate y amarillenta comparada con la luz fría y brillante de fuera, pero esta noche todo este armazón resplandecerá como uno de esos farolillos de papel que se lanzan de noche al cielo. La gente de la península se dará cuenta de que pasa algo emocionante en Inis an Amplóra: la isla a la que todos se refieren como un lugar desolado, el peñón fantasmal, como si solo existiera en un tiempo pasado. Si hago bien mi trabajo, esta boda hará que vuelvan a hablar de ella en presente.

—*Toc, toc.*

Me vuelvo. Es el novio. Tiene una mano levantada y finge que toca a un lado de la entrada de lona como si fuera una puerta de verdad.

—Estoy buscando a dos caballeros de honor descarriados —dice—. Ya deberíamos estar poniéndonos el chaqué. No los habrás visto, ¿verdad?

—Ah —digo—. Buenos días. No, creo que no. ¿Habéis dormido bien?

Todavía me cuesta hacerme a la idea de que es él de verdad: Will Slater, en carne y hueso. Freddy y yo vemos *Sobrevivir a la noche* desde que empezó, pero no se lo he comentado a los novios, por si les preocupa que seamos superfans y vayamos a ponernos —y a ponerlos— en evidencia.

—Muy bien —dice—. Estupendamente.

Es muy guapo en persona, más aún que en la tele. Me inclino para enderezar un tenedor, no vaya a ser que le esté mirando demasiado. Se nota que siempre ha sido así de guapo. Hay gente que de pequeña es torpona y fea y que luego, al hacerse mayor, se vuelve atractiva. Este hombre, en cambio, luce su belleza con una gracia y una naturalidad inmensas. Sospecho que le saca mucho partido; está claro que es muy consciente de su poder. Cada vez que se mueve, es como ver trabajar a una máquina puesta a punto a la perfección, o a un animal en la cúspide de su vigor.

—Me alegro de que hayáis descansado —digo.

—Aunque la verdad es que nos encontramos con una sorpresita al ir a meternos en la cama —añade.

—Ah, ¿sí?

—Había un montón de algas debajo del edredón. Una bromita de mis amigos.

—Ay, cielos. Lo siento mucho. Deberíais habernos avisado a Freddy o a mí. Lo habríamos limpiado y os habríamos cambiado las sábanas.

—No tienes por qué disculparte —dice, otra vez con esa sonrisa encantadora—. Los chicos, ya se sabe cómo son. —Se encoge de hombros—. Aunque Johnno está ya muy crecidito para esas cosas. —Se para a mi lado, tan cerca que noto el olor de su colonia. Doy un pasito atrás—. Esto está fantástico, Aoife. Espectacular. Estáis haciendo un trabajo impresionante.

—Gracias.

Mi tono no invita a la conversación, pero imagino que Will Slater no está acostumbrado a que la gente no quiera hablar con él. Al ver que no se mueve, comprendo que es posible que mi sequedad le parezca incluso un desafío.

—¿Y qué tal va todo, Aoife? —pregunta ladeando la cabeza—. ¿No te agobia un poco vivir aquí, los dos solos?

¿Me lo pregunta porque le interesa de verdad o solo está fingiendo? ¿Por qué quiere saber de mí? Me encojo de hombros.

—No, qué va. Yo, de todos modos, soy un poco ermitaña, digamos. La verdad es que en invierno aquí solo se sobrevive. Si nos quedamos, es por los veranos.

—Pero ¿cómo acabaste aquí?

Parece intrigado de verdad. Es una de esas personas capaces de convencerte de que les fascina cada palabra que dices. Supongo que eso es, en parte, lo que le hace tan encantador.

—Venía aquí de pequeña, a pasar las vacaciones de verano —le cuento—. Con mi familia.

No hablo a menudo de esa época, pero podría contarle muchísimas cosas. Podría hablarle de los polos de fresa baratos en las playas de arena blanca y de las manchas de colorante rojo que dejaban en los labios y la lengua. De los charcos de las rocas, al otro lado de la isla, y de cómo revolvíamos ávidamente con los dedos dentro de nuestras redes en busca de gambas y cangrejitos traslúcidos. De cómo nos salpicábamos en el mar turquesa de las calas escondidas para acostumbrarnos a lo fría que estaba el agua. Pero no voy a contarle nada de eso, por supuesto: estaría fuera de lugar. Tengo que mantener esa barrera esencial entre los invitados y yo.

—Ah —dice—, no me ha parecido que hablaras como la gente de esta zona.

Me pregunto qué esperaba. ¿Un acento cerrado? ¿Tréboles y duendecillos verdes?

—No —digo—, tengo acento de Dublín, y puede que sea menos marcado, pero también he vivido en otros sitios. De pequeña nos mudábamos mucho, por el trabajo de mi padre. Era profesor de universidad. Estuvimos en Inglaterra un tiempo. Y también en Estados Unidos.

—¿Conociste a Freddy en el extranjero? Porque él es inglés, ¿no?

Sigue pareciendo igual de interesado, igual de encantador. Me pone un poco nerviosa. No entiendo qué quiere saber exactamente.

—Freddy y yo llevamos toda la vida juntos —le digo.

Vuelve a poner esa sonrisa simpática y atenta.

—¿Sois novios desde pequeños?

—Algo así.

Aunque no del todo. Freddy es unos años más joven que yo, y al principio, durante mucho tiempo, fuimos solamente amigos. O puede que ni siquiera amigos; más bien nos aferrábamos el uno al otro como a una balsa salvavidas. Fue poco después de que mi madre se convirtiera en una sombra de sí misma. Unos años antes del infarto de mi padre. Pero eso no voy a contárselo a él, claro. Además de otras consideraciones, en esta profesión es importante no mostrar nunca una cara demasiado humana y vulnerable.

—Vaya… —dice.

—Bueno —digo antes de que le dé tiempo a formular la siguiente pregunta—. Si no te importa, tengo que seguir con todo esto.

—Claro. Esta noche viene gente muy juerguista, Aoife —dice—. Espero que no os den mucha guerra.

Se pasa la mano por el pelo y me sonríe con un aire que seguramente pretende ser contrito y seductor. Tiene unos dientes blanquísimos cuando sonríe. Le brillan tanto, de hecho, que me pregunto si se los hace abrillantar adrede.

Entonces se me acerca un poco más y me pone una mano en el hombro.

—Estás haciendo un trabajo fantástico, Aoife. Gracias.

Deja ahí la mano un momento más de la cuenta y noto el calor de su palma a través de la camisa. De pronto soy consciente de que estamos los dos solos en este espacio enorme y retumbante.

Pongo mi sonrisa más educada, más profesional, y doy otro pasito atrás. Supongo que un hombre como él se siente muy seguro de su atractivo sexual. Al principio puede parecer simple encanto, pero por debajo hay algo más turbio, más complejo. No creo que yo le atraiga de verdad, ni mucho menos. Me pone la mano en el hombro porque puede. Quizá yo le esté dando demasiado importancia, pero me ha parecido una forma de recordarme que él es quien manda, que trabajo para él. Que tengo que bailar al son que me marca.

AHORA

La noche de bodas

La partida de búsqueda sale a la oscuridad. El viento los embiste al instante, chillando de furia. La llama de las antorchas de parafina se agita y sisea, y amenaza con extinguirse. Les lloran los ojos, les pitan los oídos. Tienen que oponerse al viento y empujarlo, agachando la cabeza, como si fuera una masa sólida.

La adrenalina corre a raudales por su organismo, son ellos contra los elementos. Una sensación recobrada de la niñez —honda, innombrable, brutal— que agita el recuerdo de noches no muy distintas a esta. Ellos contra la oscuridad.

Avanzan despacio por el largo tramo de tierra entre el Torreón y la carpa, flanqueado de turba a un lado y a otro: aquí es donde empezarán su búsqueda. Gritan: «¿Hay alguien ahí?» y «¿Hay algún herido?» y «¡Hola!».

Nadie contesta. El viento parece engullir sus voces.

—¡A lo mejor deberíamos separarnos! —grita Femi—. Así iremos más rápido.

—¿Estás loco? —contesta Angus—. ¡Esto es un pantano, vayas por donde vayas! Y no sabemos ni dónde empieza. Además, estamos a oscuras. No es que tenga miedo. Pero no me apetece encontrarme…, bueno, un marrón yo solo.

Así que se quedan juntos, al alcance de la mano unos de otros.

—Ha tenido que gritar muy fuerte —dice Duncan levantando la voz—. La camarera, digo. Para que se la oyera con este viento.

—Debía de estar aterrorizada —responde Angus.

—¿Tienes miedo, Angus?

—No. Vete a la mierda, Duncan. Pero es que… es que no se ve nada…

Una racha de viento especialmente violenta disipa sus palabras. Dos de las grandes antorchas de parafina se apagan como velas de cumpleaños, entre una lluvia de chispas. Se quedan de todos modos con los soportes y los sostienen delante de sí como espadas.

—La verdad —grita Angus— es que un poco de miedo sí que tengo. ¿Y qué? ¿Qué pasa? No me apetece ni un pelo estar aquí con esta puta tormenta, pensando que… que vamos a encontrar…

Un grito de angustia corta en seco sus palabras. Se vuelven y al levantar las antorchas ven a Pete haciendo aspavientos, con media pierna hundida en el barro.

—Será gilipollas —grita Duncan—. Se habrá salido de la parte seca.

Se siente aliviado, aun así, igual que todos. Por un momento han pensado que había encontrado algo.

Lo sacan tirando de él.

—Joder —grita Duncan cuando Pete, ya libre, se queda a gatas a sus pies—, eres la segunda persona a la que rescatamos hoy. Femi y yo encontramos a la mujer de Charlie chillando como una cerda esta mañana, metida en el puto pantano este.

—Los cadáveres de la ciénaga… —gime Pete.

—Venga ya, Pete, corta el rollo —le grita Duncan enfadado—. No seas idiota. —Le acerca la antorcha a la cara y se vuelve hacia los otros—. Fijaos qué ojos. Menudo ciego lleva. Lo sabía. ¿Por qué lo hemos traído? Es un estorbo, joder.

Todos se alegran cuando Pete se queda callado. Nadie vuelve a mencionar los cadáveres. Es una leyenda, folklore y nada más. Son capaces de racionalizarlo, aunque les cueste más que a plena luz del día, cuando todo les resultaba más familiar. De lo que no pueden olvidarse es del propósito de su expedición, de lo que quizá vayan a encontrar. Hay peligros reales ahí fuera, en este paisaje que, a oscuras, se ha vuelto traicionero y desconocido. Están empezando a cobrar conciencia de ello. A comprender lo mal preparados que están.

Ese mismo día, por la mañana

JULES

La novia

Abro los ojos. El gran día.

No he dormido bien esta noche y, además, he tenido un sueño muy raro: he soñado que la capilla en ruinas se desplomaba a mi alrededor al entrar, hasta quedar reducida a polvo. Me he despertado inquieta, con una sensación extraña. Será, seguro, que la resaca me ha puesto un poco paranoica: bebí más de la cuenta. Y todavía me parece notar el hedor de las algas, aunque hace horas que las sacamos.

Will se fue al cuarto de invitados a primera hora, por respeto a la tradición, pero ahora me gustaría que estuviera aquí. En fin, da igual. Entre los nervios y mi fuerza de voluntad, me las arreglaré bien; no me queda otro remedio.

Miro el vestido, colgado de su percha forrada. Su funda de gasa aletea suavemente, movida por una brisa misteriosa. He descubierto que en este sitio hay corrientes que no se sabe de dónde vienen, aunque las puertas y las ventanas estén cerradas. Forman remolinos y dan volteretas en el aire, te acarician la nuca, hacen que te corra un cosquilleo por la espalda, como el roce suave de unos dedos.

Debajo de la bata de seda llevo la lencería que compré para la boda en Coco de Mer. Delicadísimo encaje Leavers, fino como tela de araña, de un color blanco roto apropiado para la ocasión. Muy tradicional, en apariencia. Pero las bragas tienen una fila de botoncitos nacarados, para que puedan abrirse por completo. Muy bonitos, y muy eróticos, también. Seguro que a Will le encantará descubrirlos esta noche.

Un movimiento más allá de la ventana capta mi atención. Allá abajo, en las rocas, veo a Olivia. Lleva puesto el mismo jersey ancho y los vaqueros rotos de ayer y va descalza. Avanza con mucho cuidado hacia el borde, donde el mar choca contra el granito en inmensas explosiones de espuma blanca. ¿Por qué no se está arreglando ya, como debería? Va con la cabeza inclinada y los hombros encorvados, y el pelo le ondea detrás como una cuerda enredada. Hay un momento en que se acerca tanto al borde, a la violencia del mar, que se me corta la respiración. Podría caerse y a mí no me daría tiempo a salvarla. Podría ahogarse ahí mismo mientras yo estoy aquí, sin poder hacer nada.

Toco en la ventana, pero creo que se hace la sorda o quizá —reconozco que es posible— no me oye con el ruido de las olas. Pero, por suerte, parece haberse retirado un poco del precipicio.

Bueno. No voy a preocuparme más por ella. Es hora de que empiece a arreglarme en serio. Podría haber hecho venir a una maquilladora de la península, habría sido muy fácil, pero no iba a delegar en otra persona mi arreglo personal en un día tan importante; ni hablar. Si Kate Middleton puede maquillarse sola, yo también.

Cuando voy a coger mi bolsa de maquillaje, un temblor inesperado en las manos hace que se me caiga al suelo. Joder. Yo *nunca* soy torpe. ¿Será que… que estoy nerviosa?

Miro su contenido desparramado por el suelo: los tubos dorados y relucientes de rímel y carmín ruedan por la tarima y un estuche volcado de base de maquillaje ha dejado un reguero de polvos bronceadores.

Y ahí, en medio de todo, hay un trocito de papel doblado, ligeramente manchado de negro. Al verlo se me hiela la sangre. Me quedo mirándolo, incapaz de apartar la vista. ¿Cómo es posible que una cosita tan pequeña haya ocupado tanto espacio en mi mente estos últimos dos meses?

¿Por qué lo guardé?

Lo desdoblo a pesar de que no me hace falta: tengo las palabras grabadas en la memoria.

Will Slater no es como tú crees que es. Es un tramposo y un embustero. No te cases con él.

Estoy segura de que es cosa de algún chalado. Will siempre está recibiendo cartas de desconocidos que creen que lo conocen, que lo saben todo sobre él. A veces sus desvaríos me incluyen también a mí. Recuerdo cuando aparecieron en Internet un par de fotos nuestras. *Will Slater de compras con su novia, Julia Keegan.* Debió de ser un día que había poco movimiento en el *Mail Online*.

Aunque yo sabía que era muy mala idea —estaba segurísima—, acabé echando un vistazo a los comentarios de debajo. Santo Dios. Ya había visto otras veces esa inquina, pero cuando te la dedican a ti, parece especialmente venenosa e hiriente. Fue como encontrarse de pronto dentro de una caja de resonancia que amplificaba el eco de las peores cosas que pienso de mí misma.

—Madre mía qué creído se lo tiene, no?

—Vaya pinta de puta.

—Pero, bonita, es que no sabes que no se puede una liar con un tío que tiene menos muslos que tú?

—Will! TQ! Deja a esa y vente conmigo! :) :) :) No te merece…

—Joder, da asco verla. Menuda foca, y qué engreída.

Casi todos los comentarios eran así. Me costó mucho asimilar que hubiera por ahí tal cantidad de desconocidos que me odiaban. Seguí leyendo comentarios hasta que encontré alguno más favorable:

—A él se le nota que está a gusto. ¡Seguro que ella le hace feliz!

—Ella es la directora de The Download, la mejorrrrr página web de la historia. Hacen buena pareja.

Pero hasta esas voces más amables tenían un punto de inquietante, porque aquellas personas parecían convencidas de que conocían a Will y me conocían *a mí*. Parecían creer que estaban en situación de saber lo que le convenía. Will no es superfamoso, pero es bastante conocido, y cuando estás a ese nivel tienes que aguantar aún más comentarios de ese tipo, porque todavía no te has elevado a una esfera en la que la gente deja de creer que tiene algún derecho sobre ti.

Aun así, la nota es distinta a esos comentarios de Internet. Es más personal. Me la metieron en el buzón de casa, sin sello, lo que significa que quien sea tuvo que llevarla en mano. El que (o la que) la escribió sabe dónde vivimos y ha ido a nuestra casa de Islington, que era *mi* casa hasta que Will se vino a vivir conmigo hace poco. O sea, que es poco probable que quien sea haya actuado impulsivamente. Es posible incluso que sea algún chalado peligroso.

Creo, aun así, que cabe la posibilidad de que se trate de alguien que conocemos. Hasta podría ser alguien que va a venir hoy a la isla.

La noche que llegó la nota, la tiré a la chimenea. Segundos después la rescaté y me hice una quemadura en la muñeca, al sacarla. Todavía tengo la cicatriz: una marca fruncida y tersa en la piel delicada. Cada vez que la veía pensaba en la nota, guardada en su escondite. En esas cinco palabritas:

No te cases con él.

Rompo la nota por la mitad y luego vuelvo a rasgarla una y otra vez hasta que queda hecha confeti. Pero no me conformo con eso. La echo al váter y tiro de la cadena, y me quedo mirando hasta que todos los trozos se van por el desagüe y desaparecen. Me los imagino bajando por las cañerías hasta desembocar en el Atlántico, el mismo océano que nos rodea. Esa idea me angustia más de lo que debería, seguramente.

En fin, ya me he librado de la nota. Se acabó. No voy a volver a pensar en ella. Recojo mi cepillo, mi rizador de pestañas, mi rímel: mi arsenal armamentístico, mi carcaj.

Hoy voy a casarme y va a ser espectacular.

AHORA

La noche de bodas

—Dios, así no hay quien avance. —Duncan levanta una mano para protegerse la cara del aguijoneo del viento y con la otra mueve la antorcha, que suelta un chorro de chispas—. ¿Veis algo?

¿Ver qué, exactamente? Es la pregunta que se hacen todos. Las palabras de la camarera resuenan en sus oídos. «Un cadáver». Cada protuberancia del suelo, cada pegote de tierra, puede ser motivo de horror. Las antorchas que sostienen ante sí no sirven de gran cosa. Solo hacen que la noche parezca aún más negra.

—Es como estar otra vez en el colegio —grita Duncan—. Merodeando de noche. ¿Alguien juega a Supervivencia?

—No seas capullo, Duncan —contesta Femi—. ¿Es que no te acuerdas de qué estamos buscando?

—Pues sí. Así que, pensándolo bien, no puede llamarse Supervivencia.

—No tiene gracia —grita Femi.

—Vale, Femi, tranquilo. Solo intentaba quitarle hierro al asunto.

—Ya. Pues tampoco creo que sea el momento más adecuado para eso.

Duncan se vuelve hacia él.

—Estoy aquí, buscando, ¿no? —dice—. No como esos cobardes de mierda de la carpa.

—De todos modos, jugar a Supervivencia no era nada divertido —grita Angus—, ¿verdad? Ahora me doy cuenta. Estoy… estoy harto de hacer como que era la hostia. Era una puta mierda. Podría haber muerto alguien. Murió alguien, de hecho. Y el colegio dejaba que siguiera…

—Eso fue un accidente —le corta Duncan—. Lo del chaval que murió. No fue por Supervivencia.

—Ah, ¿no? —replica Angus gritando—. ¿Cómo que no? Lo que pasa es que a ti te encantaba toda esa movida. Sé que te ponía como un burro, cuando te tocaba a ti asustar a los más pequeños. Eras un matón y un sádico, no podías evitarlo. Me juego la cabeza a que no has disfrutado tanto desde que…

—Chicos —dice Femi, siempre intentando tranquilizar los ánimos—, este no es momento.

Se quedan callados un rato mientras avanzan lentamente en la oscuridad, ensimismados. Ninguno de ellos ha estado nunca a la intemperie con un tiempo así. El viento viene y va en ráfagas turbulentas. A veces se calma lo suficiente para que se oigan pensar, pero solo está tomando impulso para la siguiente acometida: un murmullo incesante, como el sonido de miles de insectos formando un enjambre. Cuando sopla más fuerte, su ulular se parece horriblemente a un alarido humano, como un eco del grito de la camarera. Les fustiga la piel hasta enrojecerla, les anega los ojos de lágrimas. Les clava los dientes; les pone los nervios de punta.

—No parece real, ¿verdad?

—¿El qué, Angus?

—Pues eso… Que hace un momento estábamos en la carpa, haciendo el ganso y comiendo tarta. Y ahora estamos aquí fuera, buscando… —Hace acopio de valor para decirlo en voz alta—: Un cadáver. ¿Qué creéis que habrá pasado?

—Todavía no sabemos qué estamos buscando —contesta Duncan—. Solo sabemos lo que ha dicho esa chica.

—Ya, pero parecía muy segura…

—Bueno —dice Femi—, había mucha gente borracha. A muchos se les ha ido la pinza ahí dentro. No es tan difícil de imaginar, ¿no? Alguien sale de la carpa, se pierde en la oscuridad y tiene un accidente…

—¿Y qué me decís del tal Charlie? —comenta Duncan—. Menudo pedo llevaba.

—Sí —grita Femi—. Estaba hecho mierda. Pero después de lo que le hicimos en la despedida…

—Cuanto menos hablemos de eso, mejor, Fem.

—Pero ¿habéis visto antes a la dama de honor? —grita Duncan—. ¿Alguno ha pensado lo mismo que yo?

—¿Qué? —contesta Angus—. ¿Que intentaba…, ya sabéis…?

—¿Matarse? —dice Duncan—. Sí, yo lo pensé. Ha estado muy rara desde que llegamos, ¿no? Se nota que está como una puta cabra. No me extrañaría que hubiera hecho alguna tonte…

—Viene alguien —le corta Pete, y señala hacia la oscuridad, detrás de ellos—. Vienen a por nosotros…

—¡Cállate ya, mamón! —le espeta Duncan—. Joder, me está sacando de quicio. Deberíamos llevarlo a la carpa. Porque os juro que…

—No —dice Angus con un temblor en la voz—. Tiene razón. Ahí hay algo…

Los otros también se vuelven para mirar, forman torpemente un corro, chocan unos contra otros tratando de refrenar su nerviosismo. Se quedan callados mientras miran detrás de ellos, hacia la noche.

Una luz avanza hacia ellos oscilando en la oscuridad. Levantan las antorchas, se esfuerzan por ver qué es.

—¡Bah! —dice Duncan, un poco más tranquilo—. Solo es ese, el gordo, el marido de la organizadora.

—Pero, espera —dice Angus—. ¿Qué es eso? ¿Qué lleva en la mano?

Antes, ese mismo día

OLIVIA

La dama de honor

Por la ventana veo los barcos que traen a los invitados a la boda; son todavía formas oscuras y lejanas en el agua, pero van acercándose poco a poco. Pronto ocurrirá todo. Tendría que estar preparándome, y llevo en pie desde primera hora de la mañana. Me he despertado con jaqueca y un dolor en el pecho, y he salido a que me diera el aire, pero ahora estoy aquí sentada, en mi habitación, en bragas y sujetador. Todavía no me siento con fuerzas para cambiarme y ponerme ese vestido. Encontré una manchita roja en la seda clara. Ayer, cuando me lo probé, el corte que me hice en el muslo debió de sangrar un poco. Menos mal que Jules no se dio cuenta, porque se habría cabreado un montón. Lo he lavado en el fregadero que hay al fondo del pasillo, con agua fría y jabón. Se ha quitado casi del todo, por suerte. Solo queda una marca un poco más rosa, de recuerdo.

Eso me hizo acordarme de la sangre, de hace meses. No sabía que habría tanta. Cierro los ojos, pero sigo viéndola también debajo de mis párpados.

Vuelvo a mirar por la ventana y pienso en toda esa gente que está llegando. Me agobia este lugar desde que llegamos, siento como que no hay espacio, ningún sitio al que huir… Y hoy va a ser todavía peor. Falta menos de una hora para que Jules venga a buscarme, y entonces tendré que recorrer el pasillo delante de ella mientras todos nos miran. Y luego me tocará hablar con toda esa gente, con la familia y los desconocidos. No creo que pueda soportarlo. De pronto noto como que no puedo respirar.

Creo que la única vez que me he sentido un poco a gusto desde que estoy aquí fue anoche, en la cueva, hablando con Hannah. No he podido hablar con nadie como hablé con ella; ni con mis amigos ni con nadie. No sé por qué. Supongo que será porque Hannah parecía fuera de lugar, como si también ella intentara huir de todo.

Podría ir a buscarla. Podría hablar con ella ahora mismo, creo. Contarle el resto de la historia. Sacarlo todo de una vez. Con solo pensarlo me mareo, me dan ganas de vomitar. Pero quizá, en cierto modo, me sentiría mejor. A lo mejor así dejaría de sentir que no me entra aire en los pulmones.

Me tiemblan las manos cuando me pongo los vaqueros y el jersey. Si se lo cuento, no habrá vuelta atrás, pero creo que estoy decidida. Creo que tengo que hacerlo o me volveré completamente loca.

Salgo de mi habitación intentando no hacer ruido. Noto como si tuviera el corazón en la garganta. Me late tan fuerte que casi no puedo tragar. Cruzo de puntillas el comedor y subo por la escalera. No puedo encontrarme con nadie por el camino. Si no, seguro que me acobardo.

La habitación de Hannah está al final del pasillo largo, creo. Al acercarme, oigo un murmullo de voces que viene de dentro. Se oye cada vez más fuerte.

—Venga ya, Han —oigo—. No digas chorradas…

La puerta está entreabierta. Me acerco un poco más. No veo a Hannah, pero sí a Charlie. Está en calzoncillos, agarrado al borde de la cómoda como si intentara contener su ira.

Me paro en seco. Me siento como si hubiera visto algo que no debería haber visto, como si estuviera espiándolos. He sido una idiota por no pensar que Charlie también estaría aquí. Charlie, por el que yo estaba coladita de adolescente, qué ridícula era… No puedo hacerlo. No me atrevo a llamar a la puerta y preguntarle a Hannah si puedo hablar con ella. Se están vistiendo y, además, está claro que están discutiendo.

167

Me llevo un susto de muerte cuando se abre otra puerta detrás de mí.

—Ah, hola, Olivia.

Es Will. Lleva unos pantalones de traje y una camisa blanca desabrochada, con el pecho al aire, musculoso y moreno. Aparto la mirada rápidamente.

—Me ha parecido oír algo —dice, y me mira frunciendo el ceño—. ¿Qué haces aquí?

—Na-nada —digo, o intento decir, porque casi no me sale la voz, solo un susurro ronco. Me doy la vuelta para marcharme.

Otra vez en mi habitación, me siento en la cama. He fracasado. Ya es demasiado tarde. He perdido mi oportunidad. Debí buscar la manera de contárselo a Hannah anoche.

Miro por la ventana los barcos que se acercan: ya están casi aquí. Tengo la sensación de que traen algo malo a la isla. Pero eso es una tontería. Porque lo malo ya está aquí, ¿no? Soy yo. Yo soy lo malo. Lo que he hecho.

AOIFE

La organizadora de bodas

Están llegando los invitados. Miro desde el muelle cómo se acercan los barcos, lista para darles la bienvenida. Sonrío y asiento con la cabeza, procurando parecer decorosa y digna. Llevo un vestido sencillo de color azul marino y zapatos de cuña bajos. Elegante, pero no demasiado. No estaría bien parecer una invitada. Aunque no hacía falta que me preocupara por eso. Está claro que se han puesto sus mejores galas: pendientes brillantes y tacones vertiginosos, bolsitos de mano y estolas de piel auténtica (puede que sea junio, pero estamos en Irlanda y aquí refresca en verano). Hasta se ven unos cuantos sombreros de copa. Supongo que cuando la dueña de una revista de lujo y una estrella de la tele te invitan a su boda, tienes que echar el resto.

Los invitados desembarcan en grupos de unas treinta personas. Veo que todos admiran el paisaje de la isla y siento una pequeña oleada de orgullo. Esta noche seremos ciento cincuenta: un montón de gente a la que mostrarle Inis an Amplóra.

—¿Hay algún aseo por aquí cerca? —me pregunta un hombre con urgencia. Tiene mala cara y se tira del cuello de la camisa como si le estuviera estrangulando.

De hecho, algunos invitados tienen pinta de encontrarse fatal debajo de esa ropa tan elegante. Y eso que ahora mismo el mar no está muy picado. El agua está entre blanca y plateada, y brilla tanto a la luz fría del sol que casi hace daño mirarla. Me hago sombra en los ojos

169

con la mano, sonrío amablemente y les doy indicaciones. Quizá tenga que ofrecerles pastillas para el mareo para el viaje de vuelta, si va a hacer tanto viento como dice el pronóstico del tiempo.

Me acuerdo de la primera vez que vinimos aquí de pequeños, cuando bajamos del ferri de entonces. No nos mareamos, que yo recuerde. Nos pusimos en la proa, nos agarramos a la barandilla y chillábamos cada vez que remontábamos una ola y el agua se levantaba en grandes arcos y nos empapaba. Recuerdo que imaginábamos que íbamos montados en una enorme serpiente marina.

Hizo calor ese verano, para el que suele hacer en esta parte del mundo, y seguro que el sol nos secó enseguida. Los niños son muy duros, además. Recuerdo que corríamos por la playa y nos metíamos en el agua como si nada. Supongo que aún no había aprendido que no hay que fiarse del mar.

Una pareja elegante, de unos sesenta años, se baja del último barco. Adivino enseguida, antes incluso de que se acerquen y se presenten, que son los padres del novio. Will debe de haber salido a su madre en el físico y en el color de pelo, aunque ella ahora lo tiene cano. Lo que no tiene es la desenvoltura de su hijo, ni mucho menos. Da la impresión de que intenta esconderse incluso dentro de su propia ropa.

El padre tiene los rasgos afilados y duros. De un hombre así nadie diría que es guapo, aunque imagino que habrá algún busto de un emperador romano que tenga un perfil como el suyo: las cejas altas y arqueadas, la nariz ganchuda, la boca firme, de labios finos, un poco crueles. Da la mano con mucha fuerza; noto cómo me estruja los huesecillos de la mano cuando me la estrecha. Y tiene un aire de autoridad, como un político o un diplomático.

—Usted debe de ser la organizadora de la boda —dice con una sonrisa, pero tiene una mirada vigilante, calculadora.

—Sí —contesto.

—Bien, bien —dice—. Nos habrá puesto en primera fila en la capilla, espero.

En la boda de su hijo, es lo natural, pero creo que este hombre espera sentarse en primera fila en cualquier evento.

—Claro —le digo—. Los acompaño arriba.

—Tiene gracia, ¿sabe? —comenta mientras vamos hacia la capilla—. Soy director de un colegio masculino y un cuarto de los invitados a la boda fueron alumnos míos en el Trevellyan. Es curioso verlos otra vez, de adultos.

Sonrío cortésmente, mostrando interés.

—¿Los reconoce a todos?

—A la mayoría. Pero no a todos, no a todos. Principalmente, a los más carismáticos, por decirlo de algún modo. —Se ríe—. Ya he visto la cara de pánico que han puesto algunos al verme. Tengo fama de ser un poco estricto. —Parece orgulloso de ello—. Seguro que se les ha metido el miedo en el cuerpo al verme aquí.

Seguro que sí, me digo. Tengo la sensación de conocer a este hombre, aunque es la primera vez que lo veo. Me desagrada instintivamente.

Después, voy a dar las gracias a Mattie, que ha pilotado el último barco.

—Muchas gracias —le digo—. Ha ido todo de maravilla. Lo has sincronizado a la perfección.

—Y tú te las has arreglado estupendamente para conseguir que celebren aquí su boda. El novio es famoso, ¿no?

—Sí, y ella también, un poco. —Aunque dudo que Mattie sepa mucho de revistas femeninas *online*—. Les hemos hecho una rebaja importante, pero valdrá la pena, por la publicidad.

Asiente con la cabeza.

—Seguro que este sitio se hará famoso. —Mira hacia el mar, guiñando los ojos para protegerse del sol—. Esta mañana ha sido fácil cruzar —dice—. Luego será más complicado, seguro.

—Estaré pendiente del parte meteorológico —le digo. Cuesta imaginar que vaya a cambiar el tiempo, con el sol cegador que hay ahora.

—Sí —dice Mattie—. Se va a levantar viento. Parece que esta tarde hará malo. Se está formando una buena tormenta en el mar.

—¿Una tormenta? —pregunto, sorprendida—. Pensaba que solo iba a hacer un poco de viento.

Me lanza una mirada que deja claro lo que opina de mi ingenuidad dublinesa: Freddy y yo siempre seremos forasteros, da igual el tiempo que llevemos aquí.

—No hace falta que lo diga un hombre del tiempo sentado en un estudio de Galway —afirma—. No hay más que tener ojos en la cara.

Señala y sigo la dirección de su dedo hasta una mancha de oscuridad, muy a lo lejos, sobre el horizonte. No soy marino, como Mattie, pero hasta yo veo que no tiene buena pinta.

—Ahí la tienes —dice, triunfante—. Ahí está tu tormenta.

JOHNNO

El padrino

Will y yo nos estamos preparando en la habitación libre. Los otros vendrán enseguida y primero quiero decirle a Will lo que tengo pensado. Se me dan mal estas cosas, hablar de lo que siento, pero, de todos modos, ahí voy:

—Quería decirte una cosa, tío —digo volviéndome hacia él—. Pues eso, que… que estoy muy orgulloso de ser tu padrino.

—No pensé en nadie más —contesta—. Ya lo sabes.

Bueno, a ver, no estoy totalmente seguro de que eso sea verdad. Fue un poco desesperado lo que hice. Porque puede que me equivoque, pero tengo la impresión de que, desde hace un tiempo, Will intenta darme de lado. Desde que está metido en todo ese rollo de la tele, casi no le veo el pelo. Ni siquiera me contó que iba a casarse, tuve que enterarme por los periódicos. Y eso me dolió, no voy a negarlo. Así que lo llamé y le dije que quería invitarlo a tomar una copa para celebrarlo.

Y mientras tomábamos algo le solté: «¡Acepto! ¡Ya tienes padrino!».

¿Puso un poco de mala cara en ese momento? Con Will es difícil saberlo: finge muy bien. Se quedó callado un segundo y luego dijo: «Me has leído el pensamiento».

La verdad es que no fue una idea que yo me saqué de la manga. Él me lo había prometido cuando éramos niños, en el Trevellyan.

«Tú serás mi padrino, Johnno», me dijo una vez. «El número uno. Mi padrino». Yo no lo olvidé. La historia nos une, a él y a mí. La

173

verdad es que creo que los dos sabíamos que yo era el único que podía hacer ese papel.

Me miro al espejo y me enderezo la corbata. El traje de repuesto de Will me queda de pena. Y no me extraña, teniendo en cuenta que yo uso como tres tallas más y que tengo cara de no haber pegado ojo en toda la noche, lo que es cierto. Ya estoy sudando, embutido en esta funda de lana. Al lado de Will tengo peor facha aún, porque a él parece que le ha cosido el traje al cuerpo una puta bandada de ángeles. Y en cierto modo así es, porque se lo hicieron a medida en Savile Row.

—No estoy muy guapo que se diga —digo. Por decir algo.

—Te lo tienes merecido por haberte olvidado el traje —dice Will riéndose de mí.

—Sí. Mira que soy idiota. —Yo también me río de mí mismo.

Fui a comprar mi traje con Will hace un par de semanas. Él propuso que fuéramos a Paul Smith. Obviamente, los dependientes me miraron como si fuera a robar algo. «Es un buen traje», me dijo Will, «seguramente el mejor que se puede comprar sin ir a Savile Row». Me gustó el aspecto que tenía con él, de eso no hay duda. Nunca había tenido un buen traje. No me ponía nada tan elegante desde el colegio. Y me gustó que me hiciera menos tripa. Me he descuidado un poco estos últimos años. «¡La vidorra que me doy!», decía dándome palmadas en la barriga. Pero no estoy orgulloso de ello. El traje disimulaba todo eso. Me hacía parecer el puto amo, lo que desde luego no soy.

Me pongo de perfil para mirarme al espejo. Los botones de la chaqueta parecen a punto de saltar por los aires. Sí, añoro esa lana de Paul Smith que disimulaba mi tripa. Pero, en fin, a lo hecho, pecho, como diría mi madre. Además, ¿qué sentido tiene que me ponga vanidoso? De todos modos, nunca he sido un tío atractivo.

—¡Hostias! ¡Johnno! —Duncan entra de repente en la habitación, muy elegante con su traje, que le queda como un guante—. ¿Qué cojones llevas puesto? ¿Es que ha encogido al lavarlo?

Pete, Femi y Angus entran detrás.

—Buenos días, buenos días, chicos —dice Femi—. Ya están llegando todos. He bajado al muelle y me he encontrado con un montón de gente del Trev.

Pete suelta una risotada.

—¡Joder, Johnno! Esos pantalones te están tan estrechos que se te ve hasta lo que has desayunado, tronco.

Extiendo los brazos para que sobresalgan las muñecas de las mangas y me pavoneo un poco, haciendo el tonto, como siempre.

—Madre mía, fíjate —dice Femi mirando a Will—. Parece que no ha roto un plato en su vida.

—Sí, siempre ha sido un mosquita muerta —dice Duncan, y se inclina para revolverle el pelo a Will, que enseguida coge un peine y vuelve a alisárselo—. ¿Verdad que sí? Con esa cara tan guapa… Nunca te regañaban los profes, ¿a que no?

Will nos sonríe y se encoge de hombros.

—Es que siempre me portaba bien.

—¡Y una mierda! —grita Femi—. Lo que pasa es que siempre te ibas de rositas. Nunca te pillaban. O hacían la vista gorda, como eras el hijo del director…

—Qué va —dice Will—. Era más bueno que el pan.

—Pues yo todavía no entiendo cómo sacaste sobresaliente en la reválida si no dabas ni un palo al agua.

Le lanzo una mirada a Will, intentando que me mire. ¿Lo habrá adivinado Angus?

—Qué potra tienes, cabrón —añade, y se inclina para darle un pellizco a Will en el brazo.

No, qué va, no parece que sospeche nada. Solo es admiración.

—No le quedaba más remedio —dice Femi—. ¿Verdad, tío? Tu padre te habría desheredado.

Femi siempre ha sido muy agudo; cala enseguida a la gente. Will se encoge de hombros.

—Sí, eso es verdad.

175

Podría haber sido un estigma social, ser el hijo del director, pero Will lo superó. Tenía sus tácticas. Como lo de dejar que pasaran de mano en mano por toda la clase las fotos en toples de aquella chica del instituto del pueblo con la que se enrolló. Después de aquello, fue intocable. Y la verdad es que siempre era Will quien me animaba a hacer cosas, seguramente porque sabía que a él no le pasaría nada, mientras que a mí, por lo menos al principio, me daba miedo que me quitaran la beca. Para mis padres habría sido un mazazo.

—¿Os acordáis de la novatada aquella que hacíamos, la de las algas? —pregunta Duncan—. Fue idea tuya, chaval —dice señalando a Will.

—No —contesta él—. Seguro que no.

Lo fue, no hay duda.

Los más pequeños, a los que nunca se lo habíamos hecho, se cagaban de miedo mientras nosotros nos partíamos de risa, tumbados en nuestras camas, escuchándolos. Pero así sucedían las cosas si eras de los pequeños. Todos habíamos pasado por eso. Tenías que aguantar lo que te echasen. Y sabías que, al final, te tocaría a ti estar al otro lado.

Hubo un chaval del Trevellyan que se lo tomó muy bien cuando le metimos las algas en la cama. Uno de primero. Tenía un nombre raro, como de chica. El caso es que lo llamábamos el Solitario, porque el mote le pegaba. Estaba totalmente obsesionado con Will, que era el jefe de su casa en el colegio. Puede que hasta estuviera un poco enamorado de él, aunque no en un sentido sexual. Por lo menos, eso creo. Era más bien esa idolatría que a veces sienten los chavales pequeños por los grandes. Empezó a peinarse igual que él y nos seguía a todas partes. A veces nos lo encontrábamos espiándonos escondido detrás de un arbusto o de otro sitio, y venía a ver todos nuestros partidos de *rugby*. Era el niño más pequeño del colegio, hablaba con un acento raro y llevaba unas gafas enormes, así que era el candidato perfecto para llevarse todas las hostias. Pero se esforzaba un montón por caerle bien a la gente. Y recuerdo que me impresionó bastante que superara el primer curso sin derrumbarse, como les pasaba a otros chavales. Cuando le hicimos la bromita de las algas, no se puso a lloriquear ni montó un pollo, como ese amigo suyo gordito —Tarugo, creo que lo llamábamos—, que fue corriendo a chivarse a la gobernanta. Recuerdo que eso me impresionó mucho.

Vuelvo a sintonizar la conversación de los otros, y es como si acabara de sacar la cabeza de debajo del agua.

—Siempre nos la cargábamos los demás —está diciendo Duncan—. Siempre nos tocaba a nosotros pagar el pato.

—Sobre todo, a mí —dice Femi—. Evidentemente.

—Hablando de algas —comenta Will—, no tuvo gracia. Lo de anoche, digo.

—¿El qué? —Miro a los demás. No parecen saber de qué les habla. Will levanta las cejas.

—Ya lo sabéis. Las algas de la cama. Jules se asustó mucho. Estaba muy cabreada.

—Pues yo no fui, tronco —digo—. Te lo juro.

Yo no haría nada que nos traiga recuerdos de nuestros tiempos en el Trev.

—Ni yo —dice Duncan—. No tuve oportunidad. Georgina y yo estuvimos un poco liados antes de la cena, tú ya me entiendes. Tenía mejores cosas que hacer que andar por ahí recogiendo algas.

Will frunce el ceño.

—Pues uno de vosotros tuvo que ser —dice, y me lanza una mirada larga.

Llaman a la puerta.

—¡Salvados por la campana! —grita Femi.

Es Charlie.

—Me han dicho que las flores para el ojal están aquí —dice sin mirarnos. Pobre chaval.

—Sí, están ahí —contesta Will—. Dale una, ¿quieres, Johnno?

Cojo un ramillete de hojas verdes con flores blancas y se lo lanzo a Charlie, pero con poca fuerza, para que no le llegue. Se lanza a por él, pero no lo atrapa y tiene que agacharse a recogerlo. Luego se marcha a toda prisa sin decir nada. Y por un momento es como si fuéramos adolescentes otra vez, como si no pudiéramos refrenarnos.

—¿Chicos? —se oye gritar a Aoife—. ¿Johnno? Ya han llegado todos los invitados. Están en la capilla.

—¡Vale! —responde Will—. ¿Qué aspecto tengo?

—Estás feísimo, cabrón —contesto.

—Gracias. —Se alisa la chaqueta delante del espejo. Luego, mientras los otros se adelantan, se vuelve hacia mí—. Una cosa, tío —dice en voz baja—. Antes de que bajemos, como sé que luego no voy a poder decírtelo… El discurso. No me pondrás mucho en evidencia, ¿no?

Lo dice con una sonrisa, pero me doy cuenta de que habla en serio. Sé que hay cosas de las que no quiere que hable, pero no tiene por qué preocuparse. Yo tampoco quiero entrar en eso. Quedaríamos los dos en mal lugar.

—Qué va, tío —le digo—. Voy a hacer que te sientas orgulloso.

JULES

La novia

Me pongo la corona de oro y veo —no puedo evitar fijarme— que el temblor de mis manos delata que estoy nerviosa. Giro la cabeza a un lado y al otro. La corona es el único elemento caprichoso de mi atuendo, la única concesión a una fantasía romántica. La encargué en una sombrerería de Londres. No quería decantarme por una corona de flores porque me parecía un poco jipi; en cambio esto era una solución con estilo. Una referencia sutil a las novias del folklore irlandés, digamos.

El brillo de la corona queda precioso en contraste con mi pelo negro, eso salta a la vista. Saco del jarrón de cristal mi ramo de novia, un montón de flores silvestres autóctonas de esta región: verónicas, flores del cuco y *sisyrinchium*.

Luego bajo la escalera.

—Estás preciosa, cariño.

Papá, muy elegante, está esperando en el salón. Sí, es él quien va a llevarme hasta el altar. La verdad es que sopesé otras posibilidades. Evidentemente, mi padre no es la persona más indicada para representar los gozos del matrimonio, pero al final ganó la niñita que llevo dentro, la que desea orden ante todo, la que quiere que las cosas se hagan como es debido. Además, ¿quién iba a hacerlo, si no? ¿Mi madre?

—Los invitados ya están sentados en la capilla —dice—. Solo faltamos nosotros.

Dentro de unos minutos recorreremos el caminito de grava que separa el Torreón de la capilla. Me da un vuelco el estómago al pensarlo, aunque sea una tontería. No recuerdo cuándo fue la última vez que sentí algo parecido. El año pasado di una charla TEDx sobre edición digital delante de ochocientas personas y no me puse tan nerviosa.

Miro a papá.

—Bueno —digo, más por distraerme del malestar que noto en el estómago que por otra cosa—, por fin has conocido a Will. —La voz me sale rara, un poco ahogada. Carraspeo un poco—. Mejor tarde que nunca.

—Sí. Ya lo creo.

Yo intento mantener un tono ligero.

—¿Qué quieres decir con eso?

—Nada, Juju. Solo eso, que… que sí, que por fin lo he conocido.

Sé, antes incluso de que salga de mis labios, que no debería hacer esta pregunta, pero no puedo dejar de hacerla. Necesito saber qué opina, me guste o no. Siempre he buscado la aprobación de mi padre, más que la de cualquier otra persona. Cuando abría mis notas en el aparcamiento del colegio y veía que tenía sobresaliente en todo, era su cara de alegría la que me imaginaba, no la de mi madre. Era él a quien veía diciendo: «¡Qué alegría, mi niña!». Así que hago la pregunta de todos modos.

—¿Y? —digo—. ¿Qué te ha parecido?

Él levanta las cejas.

—¿De verdad quieres que hablemos de eso ahora, Jules? ¿Media hora antes de que te cases con ese chico?

Tiene razón, supongo. Es el peor momento posible, pero, ya que hemos empezado a hablar del tema, no hay marcha atrás. Además, empiezo a sospechar que el hecho de que se resista a contestar es en sí mismo una respuesta.

—Sí —digo—. Quiero saberlo. ¿Te cae bien?

Hace una especie de mueca.

—Parece muy simpático, Juju. Y es muy guapo, además. Eso hasta yo lo veo. Seguro que es un buen partido.

De esto no puede salir nada bueno. Y, aun así, no puedo contenerme.

—Pero te habrás hecho una idea de cómo es —digo—. Siempre dices que calas a la gente a la primera. Que es una cualidad muy importante en los negocios y que uno tiene que ser capaz de juzgar a la gente a simple vista y bla, bla, bla.

Hace un ruido, una especie de gruñido, y se pone las manos en las rodillas como si se estuviera armando de valor. Y yo siento que esa bola de miedo, pequeña y dura, que tengo en el estómago desde que vi la nota esta mañana empieza a abrirse y a desplegarse.

—Dímelo —digo notando en los oídos el golpeteo de mi propia sangre—. Dime qué te ha parecido.

—Mira, no creo que eso sea importante. Yo solo soy tu padre, un viejo. ¿Qué sabré yo? Y ya llevas con él…, ¿cuánto? ¿Dos años? Yo diría que es tiempo suficiente para que le conozcas.

No son dos años, en realidad. Ni mucho menos.

—Sí —digo—. Es tiempo suficiente para saber que estoy haciendo bien.

Es lo que les he dicho muchas veces a mis amigos y a mis compañeros de trabajo. Es lo que dije anoche en el brindis. Y siempre lo digo convencida de ello. Por lo menos, eso creía. Así que ¿por qué ahora, de pronto, me suenan tan huecas esas palabras? Ahora tengo la impresión de que lo digo no para convencer a mi padre, sino para convencerme a mí misma. Desde que volví a ver esa nota, la duda me asalta de nuevo. Pero, como no quiero pensar en eso, cambio de táctica.

—Es igual —digo—. Si te soy sincera, papá, seguramente lo conozco mejor a él que a ti, teniendo en cuenta que he pasado contigo como un mes y medio en toda mi vida.

Lo he dicho para hacerle daño y noto que lo he conseguido: se echa hacia atrás como si le hubiera golpeado.

—Bueno —dice—, ahí lo tienes. No hay más que hablar. No necesitas mi opinión.

—De acuerdo —contesto—. Vale, papá. Pero ¿sabes qué? Que por una vez podías haber hecho un esfuerzo y haberme dicho que es un chico estupendo. Aunque tuvieras que morderte la lengua y mentir. Tú sabes lo que necesito que me digas. Tu actitud es... es muy egoísta.

—Mira, lo siento, pero... No puedo mentirte, hija. Así que, si no quieres que te lleve hasta el altar, lo entiendo.

Lo dice en tono magnánimo, como si me estuviera haciendo un gran favor. Y yo siento una punzada de dolor que me atraviesa de parte a parte.

—Vas a llevarme hasta el puto altar, faltaría más —le suelto—. Casi no has estado presente en mi vida. Te ha costado hacer un hueco en tu agenda para venir a mi boda. Sí, sí, ya sé que a los gemelos les están saliendo los dientes y todo eso. Pero yo soy tu hija desde hace treinta y cuatro años. Sabes lo importante que eres para mí, aunque ojalá no lo fueras. Eres uno de los motivos por los que decidí celebrar la boda aquí, en Irlanda. Valoro mis raíces irlandesas porque sé lo mucho que las valoras tú. Ojalá no me importara lo que piensas, pero me importa, joder. Así que vas a llevarme hasta el altar. Es lo menos que puedes hacer. Vas a acompañarme por ese puñetero pasillo y vas a poner cara de que estás encantado por mí cada paso del camino.

Llaman a la puerta. Aoife asoma la cabeza.

—¿Listos para salir?

—No —digo—. Necesito un momento más.

Subo la escalera y entro en la habitación. Busco algo del tamaño y el peso adecuados. Lo sabré cuando lo vea. Está la vela perfumada. No, mejor el jarrón donde estaba el ramo de novia. Lo cojo y lo sopeso, me preparo. Luego lo lanzo contra la pared y veo satisfecha cómo la mitad de arriba se rompe en mil pedazos.

Me envuelvo la mano en una camiseta —siempre tengo mucho cuidado de no cortarme: no es cuestión de autolesionarse—, recojo la base, que no se ha roto, y la estrello varias veces contra la pared, hasta que se hace añicos y yo me quedo jadeando por el esfuerzo, con los dientes apretados. Hacía mucho tiempo, demasiado, que no hacía esto. No quería que Will viera esta faceta de mi carácter. Se me había olvidado lo bien que sienta. Lo liberador que es. Dejo de rechinar los dientes. Respiro hondo, exhalo.

Ahora que ha pasado, lo veo todo más claro, con más calma.

Recojo los pedazos, como hago siempre, pero sin prisa. Este es mi día. Que se jodan y esperen.

Delante del espejo, levanto las manos y me recoloco la corona, que se había ladeado un poco. Veo que el esfuerzo le ha dado un tono muy favorecedor a mi cutis. Y muy apropiado, además: la novia ruborizada. Me llevo las manos a las mejillas y me las masajeo; cambio el gesto, lo recompongo hasta poner cara de felicidad y alegría expectante.

Si Aoife y mi padre han oído algo, no se les nota cuando salgo. Les hago un gesto de asentimiento.

—Lista.

Luego llamo a Olivia. Sale de ese cuartito de al lado del comedor. Está todavía más pálida que de costumbre, si cabe. Pero, milagrosamente, está lista, con su vestido y sus zapatos, y su guirnalda de flores en la mano. Le quito mi ramo a Aoife y salgo por la puerta adelantándome a Olivia y a mi padre.

Me siento como una reina guerrera camino de la batalla.

Mientras avanzo por el pasillo, me cambia el ánimo, mi seguridad se tambalea. Veo que se vuelven todos para mirarme y sus caras me parecen extrañamente amorfas, como un borrón indistinguible. La voz de la cantante folk irlandesa ondula a mi alrededor y de pronto me doy cuenta de lo triste que suenan las notas, aunque se supone que es una canción de amor. Las nubes se deslizan a toda velocidad por encima del campanario en ruinas: van demasiado deprisa, como en una pesadilla. Se ha levantado el viento y se lo oye silbar entre las piedras.

Por un instante, tengo la sensación de que nuestros invitados son todos desconocidos, de que me observa en silencio una congregación de personas a las que no conozco de nada. Siento que el miedo se agita dentro de mí como si me estuviera metiendo en un tanque de agua helada. No conozco a ninguno de ellos, ni siquiera al hombre que espera al final del pasillo y que gira la cabeza mientras me acerco. Esa horrible conversación con mi padre resuena dentro de mi cerebro, pero las palabras que oigo más altas y claras son las que no me ha dicho. Aflojo la mano con que me agarro a su brazo, trato de poner algo de distancia entre los dos, como si sus opiniones fueran contagiosas.

Luego, de pronto, como si se despejara una niebla, vuelvo a ver con claridad la cara de amigos y familiares, que sonríen y saludan con la mano. Ninguno de ellos, gracias a Dios, nos apunta con el teléfono. Nos aseguramos de que así fuera incluyendo una nota muy seria en la invitación, en la que les pedíamos que se abstuvieran de hacer fotografías durante la ceremonia. Consigo descongelar mi cara y volver a sonreír. Y luego, más allá de todos ellos, de pie al final del pasillo, envuelto literalmente en una aureola por la luz que se ha abierto paso fugazmente entre las nubes, veo a mi futuro marido. Está impecable con su chaqué. Resplandece, más guapo que nunca. Me sonríe y su sonrisa es como el sol, que ahora me calienta las mejillas. A su alrededor se alza la capilla en ruinas, con su cruda belleza, abierta al cielo.

Es perfecto. Es absolutamente como yo lo había planeado; mejor, incluso. Y lo mejor de todo es el novio —tan guapo, tan radiante— que me espera ante el altar. Al verlo, al avanzar hacia él, es imposible creer que ese hombre no sea como yo sé que es.

Sonrío.

HANNAH

La acompañante

Para la ceremonia me he sentado sola, apretujada en un banco con varios primos de Jules. Como forma parte del cortejo nupcial, Charlie tiene un asiento reservado en primera fila. Ha habido un momento un poco raro cuando Jules venía por el pasillo. Tenía una expresión que yo no le había visto nunca, hasta hoy. Parecía casi asustada, con los ojos abiertos de par en par y la boca tirante. No sé si alguien más se habrá fijado, o si habrán sido imaginaciones mías, porque cuando ha llegado al lado de Will ya estaba sonriendo, como la novia radiante que todo el mundo espera ver, al encontrarse con el novio. A mi alrededor se han oído muchos suspiros y la gente ha comentado en voz baja lo buena pareja que hacen.

Desde entonces va todo como la seda. Los novios no se equivocan ni titubean al hacer los votos, como en algunas bodas a las que he ido. Hablan los dos en voz alta, muy claramente, mientras los demás los miramos en silencio y el único ruido que se oye es el silbido de la brisa entre las piedras. Aun así, yo no estoy mirando a Jules y Will. Estoy intentando ver a Charlie, en primera fila. Quiero ver qué cara pone cuando Jules dé el «Sí, quiero». Pero no hay manera: solo le veo la parte de atrás de la cabeza y los hombros. Me regaño un poco a mí misma. ¿Qué creía que iba a ver, de todas formas? ¿Qué prueba estoy buscando?

Y de pronto todo termina. La gente se levanta a mi alrededor con un estallido repentino de ruido, risas y cháchara. La mujer que ha cantado mientras Jules entraba en la capilla vuelve a cantar, y las notas del violín que la acompaña se atropellan para seguirla. Canta en gaélico y su voz etérea, aguda y clara, resuena con un eco ligeramente fantasmal entre los muros desmoronados.

Sigo a la fila de invitados que salen, sorteando enormes arreglos florales: grandes haces de ramas y coloridas flores silvestres que supongo que son muy elegantes e ideales para este marco incomparable. Pienso en nuestra boda y en el descuento que nos hizo en las flores Karen, la amiga de mi madre. Tenía todo un tono pastel bastante retro, pero no podía quejarme. No podíamos pagar a una florista que nos gustara más. Me pregunto qué se siente al tener tanto dinero que uno puede hacer exactamente lo que se le antoja.

Las demás invitadas van muy bien vestidas y calzadas. Antes, cuando estábamos en la capilla y eché un vistazo alrededor, me di cuenta de que ninguna lleva tocado, solo yo. ¿A lo mejor no están de moda en estos círculos? Todas las demás llevan pamelas con pinta de ser carísimas, de esas que seguramente vienen con su propia caja, hecha a medida. Me siento como aquella vez que Alice y yo no nos dimos cuenta de que era el día que podíamos llevar nuestra ropa al colegio y nos presentamos con el uniforme. Recuerdo que, mientras estaba sentada en la asamblea, deseé entrar en combustión espontánea para no tener que pasarme el día sintiendo que todos me miraban.

Nos dan pétalos de rosa secos para que se los lancemos a los novios cuando salen de la capilla, pero la brisa sopla tan fuerte que enseguida los dispersa. Creo que ni uno solo llega a los recién casados. El viento se los lleva formando una gran nube, hacia el mar. Charlie siempre me dice que soy muy supersticiosa, pero, si yo fuera Jules, esto no me gustaría nada.

El cortejo nupcial se va a hacer las fotografías mientras los demás nos dirigimos a la carpa, frente a la que está montada la barra. Necesito entonarme un poco, me digo. Avanzo con cuidado por el césped, pero cada dos pasos se me hunden los tacones en la tierra. Hay un par de camareros atendiendo la barra y agitando cocteleras. Pido un *gin-tonic* y me lo sirven con una ramita bien grande de romero dentro del vaso.

Charlo un rato con los camareros porque parecen los más simpáticos que hay por aquí. Son dos chavales de la zona que han vuelto de la universidad a pasar el verano en casa: Eoin y Seán.

—Normalmente trabajamos en el hotel grande de la península, ese que antes era de los Guinness —me cuenta Seán—. Un castillo enorme, junto a un lago. Suele ser ahí donde se casa la gente. Nunca hemos oído que se hicieran bodas aquí, aunque a lo mejor antiguamente las había. ¿Sabes que dicen que este sitio está embrujado?

—Sí. —Eoin se inclina hacia mí y baja la voz—. Mi abuela cuenta unas historias sobre este sitio que te ponen los pelos de punta.

—Los cadáveres de la turbera —añade Seán—. Nadie sabe con seguridad cómo murieron, pero se cree que los descuartizaron los vikingos. No están enterrados en tierra consagrada y por eso dicen que son almas en pena.

Sé que seguramente me están tomando el pelo, pero aun así noto un hormigueo de inquietud.

—Y se rumorea que por eso se marcharon al final los últimos habitantes de la isla —dice Eoin—. Porque no soportaban las voces que se oían en la ciénaga. —Sonríe a Seán y luego a mí—. No me apetece nada estar aquí cuando se haga de noche, de verdad os lo digo. En esta isla hay fantasmas.

—Disculpe —dice secamente detrás de mí un hombre con gafas de aviador y chaqueta de espiguilla—. Seguro que lo que está contando es apasionante, pero ¿le importaría servirme un *old fashioned*?

Me lo tomo como una indicación de que conviene que los deje trabajar.

Decido echar un vistazo al interior de la carpa y entro por la puerta iluminada con antorchas. Dentro hay un montón de velas carísimas que despiden un olor floral delicioso. Y aun así (y no me siento orgullosa de que esto me agrade) huele un poco a loneta mohosa. A fin de cuentas, supongo, esto es una tienda de campaña gigantesca. Pero ¡qué tienda! O tiendas, mejor dicho, porque en una más pequeña, al fondo, hay una pista de baile con suelo de tarima y un escenario para la orquesta, y al otro lado hay otra tienda con una barra de bar. Madre mía. ¿Por qué tener una barra en tu boda si puedes tener dos? En la tienda principal, la más grande, los camareros vestidos con camisa blanca se mueven con la agilidad de bailarines de balé, colocando tenedores y sacando brillo a las copas.

En medio de todo, sobre un soporte plateado, hay una tarta enorme. Es tan bonita que me da pena que Jules y Will vayan a cortarla. No quiero ni imaginar lo que cuesta una tarta así. Seguramente, más de lo que costó mi boda.

Salgo de la carpa y me da un escalofrío al notar cómo sopla el aire. Decididamente, se está levantando el viento. A lo lejos, en el mar, se ve espuma blanca; empieza a haber oleaje.

Miro a la gente. Las únicas personas a las que conozco en esta boda forman parte del cortejo nupcial. Si no me animo a hablar con alguien, estaré aquí sola hasta que vuelva Charlie, y supongo que en cuanto acabe la sesión de fotos, tendrá que asumir su papel de maestro de ceremonias. Así que le doy un buen trago a mi *gin-tonic* y me arrimo a un grupo que tengo cerca.

Son bastante simpáticos, o por lo menos lo aparentan, pero enseguida noto que son un grupo de amigos que se está poniendo al día, y yo sobro. Así que me quedo callada, bebiéndome mi copa y procurando no clavarme el romero en el ojo. ¿Cómo se las apaña la gente que ha pedido un *gin-tonic* para no lesionarse? Puede que sea algo que se enseña en los colegios privados: «Cómo beber un cóctel con aderezos engorrosos». Porque lo que está clarísimo es que aquí todo el mundo ha ido a un colegio privado.

—¿Sabes cuál es el *hashtag*? —pregunta una mujer—. El de la boda, digo. Lo busqué en la invitación, pero no lo vi.

—No sé si hay *hashtag* —contesta su amiga—. Pero, de todos modos, aquí hay tan poca cobertura que no podrás ver nada mientras estés en la isla.

—A lo mejor por eso eligieron este sitio —dice la primera en tono sagaz—. Como Will es famosillo…

—A mí me extrañó —dice la otra—. Yo esperaba que fuera en Italia. O en los Lagos, quizá. Parece que son tendencia, ¿no?

—Ya, pero, claro, Jules marca tendencia —comenta una tercera—. Puede que esta sea la nueva moda. —Una racha de viento casi le arranca la pamela, y ella se la agarra con firmeza—. Celebrar tu boda en un islote en medio de la nada.

—Es bastante romántico, ¿no? Con este paisaje y las ruinas… Me recuerda a ese poeta irlandés, Keats.

—Yeats, tesoro.

Tienen las tres ese moreno intenso y auténtico que se te queda después de pasar las vacaciones de verano en las islas griegas. Lo sé porque enseguida se ponen a hablar de ese tema y a comparar las ventajas de Hidra frente a Creta.

—Dios mío —dice una de ellas—, ¿a quién se le ocurre viajar en clase turista con niños? Eso sí que es empezar las vacaciones con mal pie.

Me pregunto qué dirían si yo metiera baza y me pusiera a comparar las ventajas y los inconvenientes de dos cámpines de New Forest. «Personalmente, creo que la clave está en cuál de los dos tenga los mejores váteres químicos», podría decir en el mismo tono en que ellas están debatiendo qué restaurante del paseo marítimo tiene mejores vistas. Tendré que guardarme el chiste y acordarme de contárselo luego a Charlie. Aunque Charlie siempre se pone un poco raro cuando está con gente pija, como quedó claro anoche. Se acompleja un poco y se pone a la defensiva.

El tipo que tengo a mi derecha se vuelve hacia mí. Es como un colegial grandote; tiene una cara redonda, blanca y sonrosada que no pega ni con cola con su calvicie.

—Bueno —dice—. Hannah, ¿verdad? ¿De la novia o del novio?

Me alegro tanto de que alguien me dirija la palabra que casi me dan ganas de besarlo.

—Eh… De la novia.

—Yo soy del novio. Fui al colegio con ese cabrón. —Me tiende la mano, se la estrecho. Tengo la sensación de haber entrado en su despacho para hacer una entrevista de trabajo—. ¿Y de qué conoces a Julia?

—Bueno —digo—, estoy casada con Charlie, el amigo de Jules. Uno de los caballeros de honor.

—¿Y ese acento de dónde es?

—Pues… de Manchester. Bueno, del extrarradio. —Aunque yo siempre tengo la sensación de haberlo perdido, después de llevar tanto tiempo viviendo en el sur.

—Yo soy del Manchester United, ¿y tú? Estuve allí hace un par de años, por un asunto de empresa. El caso es que fui a un partido. Contra el Southampton, creo que era. Quedaron dos a uno, o uno a cero. No empataron, en todo caso. Eso habría sido un puto coñazo. Pero la comida era un horror. Una puta mierda.

—Ah —digo—. Pues mi padre es del…

Pero ya se ha dado la vuelta, aburrido, y se ha puesto a conversar con el tipo de al lado.

Así que me presento a una pareja mayor. Más que nada, porque no parecen estar hablando con nadie.

—Soy el padre del novio —dice el hombre. Me choca un poco esa forma de expresarlo. ¿Por qué no ha dicho: «Soy el padre de Will»? Señala con sus largos dedos a la señora que está con él—. Y esta es mi mujer.

—Hola —dice ella, y se mira los pies.

—Estarán ustedes muy orgullosos —digo.

—¿Orgullosos? —Él me interroga con la mirada, frunciendo el ceño. Es alto y no está nada encorvado, así que tengo que estirar un poco el cuello para mirarlo a la cara. Y quizá sea porque tiene la nariz larga y aguileña, pero tengo la sensación de que me mira con desdén. Noto una ligera tensión en la tripa que me recuerda a lo que sentía cuando un profe me regañaba en la escuela.

—Bueno, sí —contesto, azorada. No creía que fuera necesario explicarlo—. Por la boda, sobre todo, supongo, pero también por *Sobrevivir a la noche*.

—Mmm. —Parece pensárselo—. Aunque eso no es una profesión, ¿no?

—Pues… Supongo que no en un sentido tradicional…

—Nunca fue el mejor de su clase. Se metió en unos cuantos líos, ¿sabe? Pero, a pesar de todo, es un chico bastante inteligente. Consiguió entrar en una universidad bastante buena. Podría haberse dedicado a la política o al derecho. Quizá no en un puesto de primera fila, pero sí en una posición respetable.

Santo Dios… Acabo de acordarme de que el padre de Will es director de un colegio. Es como si estuviera hablando de cualquier exalumno, no de su propio hijo. Jamás se me habría ocurrido compadecerme de Will, que parece tenerlo todo en la vida, y ahora mismo creo que me está dando pena.

—¿Tiene usted hijos? —me pregunta—. ¿Algún varón?

—Sí, Ben, es…

—Pues yo le recomendaría que lo mandara al Trevellyan. Sé que hay quien considera que nuestros métodos son un poco… estrictos, pero hemos conseguido labrar grandes hombres partiendo de una materia prima muy poco prometedora.

Me horroriza la idea de dejar a Ben en las garras de este individuo tan frío. Me encantaría poder decirle que, aunque pudiera permitírmelo y aunque Ben tuviera edad de ir a un internado, ni loca mandaría a mi hijo a un colegio que dirigiera él. Pero sonrío educadamente y pongo un pretexto para marcharme. Si los padres de Will están aquí, el cortejo nupcial habrá vuelto ya de la sesión de fotos. Y, si es así, ¿por qué no ha venido Charlie a buscarme? Busco entre la multitud y por fin lo veo entre un grupo grande, con el resto de los caballeros de honor y otros invitados. Noto un pequeño arrebato de ira y me acerco a él todo lo rápido que puedo con estos tacones.

—Charlie —digo, procurando no parecer enfadada—. Dios mío, parece que has estado fuera horas. He tenido una conversación de lo más extraña…

—Hola, Han —dice, un poco distraído.

Por la forma en que me mira, entornando un poco los ojos, y quizá por otro cambio más sutil en sus facciones, me doy cuenta de que ya ha empinado el codo. Tiene una copa de champán en una mano, pero no creo que sea la primera. Intento recordarme que Charlie siempre controla, que sabe dónde está su límite. Que es una persona adulta.

—Ah, por cierto —dice—. Creo que ya puedes quitarte esa cosa de la cabeza.

Se refiere a mi tocado. Noto que me arden las mejillas mientras me lo quito. ¿Se avergüenza de mí?

Uno de los tipos con los que estaba hablando se acerca y le da una palmada en el hombro.

—¿Esta es tu parienta, Charlie?

—Sí. Rory, mi mujer, Hannah. Hannah, Rory. Estuvo en la despedida de soltero.

—Encantado de conocerte, Hannah —dice Rory enseñando los dientes.

Derrochan amabilidad, todos estos niños de colegio pijo. Me acuerdo de los caballeros de honor, en la puerta de la capilla: «¿Puedo ofrecerle un programa? ¿Quiere pétalos de rosa?». Como si no hubieran roto un plato en su vida. Pero yo los vi anoche en su salsa. Y no me fío de ellos ni un pelo.

—Hannah —añade Rory—, creo que debería disculparme por el estado en que mandamos a tu chico a casa después de la despedida. Pero fue todo de coña, ¿verdad que sí, Charlie, tío? Marica el último y todo eso.

No sé a qué se refiere exactamente, pero estoy mirando a Charlie y veo cómo sucede: cómo se transforma la cara de mi marido. Cómo se tensan sus facciones, cómo desaparecen sus labios formando una línea recta, hasta que pone la misma cara que tenía cuando fui a recogerlo al aeropuerto después de aquel fin de semana.

—¿Qué estuvisteis haciendo? —le pregunto a Rory en un tono jovial—. Porque Charlie no me ha contado nada.

Rory parece aliviado.

—Bien hecho —dice, y vuelve a darle una palmada en el hombro—. Lo que pasa en la despedida, se queda en la despedida y esas cosas. —Me guiña un ojo—. Nos lo pasamos en grande, de todas formas. Los tíos, ya sabes cómo somos.

—Charlie, ¿has bebido? —le pregunto cuando Rory se marcha y nos quedamos solos.

—Solo un trago —contesta. No sé si se le está trabando la lengua—. Para soltarme un poco y eso.

—Charlie…

—Han —dice con firmeza—, no voy a perder los papeles por tomarme un par de copas.

—¿Y se puede saber qué pasó en la despedida? —Me acuerdo de él saliendo del aeropuerto de Stansted con la mirada perdida, como si aún estuviera alucinando—. ¿De qué hablaba ese tipo?

—Ah, por favor… —Se pasa una mano por el pelo y hace una mueca—. No sé por qué me afectó tanto. Será… Bueno, será porque no soy de su pandilla, supongo. Pero la verdad es que fue bastante horrible.

Una sensación de inquietud empieza a agitarse dentro mi estómago.

—Charlie —digo—, ¿qué hicieron?

Y entonces mi marido se gira hacia mí y murmura entre dientes, con esa nota desagradable en la voz, como si algo o alguien —otra persona— hablara por su boca:

—Joder, Hannah, no quiero hablar de eso.

Ya está. Dios, yo tenía razón: ha estado bebiendo.

JOHNNO

El padrino

Me acabo mi copa de champán y le cojo otra a una camarera que pasa. Esta también voy a bebérmela rapidito, a ver si así me siento más…, no sé, más yo. Esta mañana, al ver todo esto, al ver todo lo que ha conseguido Will, me he sentido…, en fin, un poco cutre. Y no es que esté orgulloso de ello. Al contrario, me siento fatal. Will es mi mejor amigo. Me encantaría poder alegrarme por él. Pero volver a estar con los chicos ha removido muchas cosas, y es como si a él nada de eso lo afectara, como si no tuviera ningún poder sobre él, mientras que yo siempre he sentido, no sé, que no me merecía ser feliz.

Hay tantas caras conocidas entre la gente, fuera de la capilla: tíos que estaban en la despedida y otros que no fueron, pero que iban al colegio con nosotros. «¿Has venido solo, Johnno?», me han preguntado. «Así que ¿esta noche vas a intentar entrarle a alguna tía con suerte?».

«Puede ser», les he dicho. «Puede ser».

Han hecho apuestas sobre con qué tía voy a intentar montármelo y luego se han puesto a hablar de sus trabajos y sus casas, de carteras de acciones y opciones de compra, y han contado una anécdota sobre un político —o política— que ha hecho el gilipollas. No tengo mucho que aportar a la conversación porque no he pillado el nombre y, aunque lo hubiera pillado, seguramente no lo conocería. Me quedo parado, sintiéndome como un imbécil, como si estuviera fuera de mi elemento. Como me sentía siempre en el colegio.

Ahora toda esta gente tiene trabajos importantes. Hasta los que no eran muy despiertos, que yo recuerde. Físicamente han cambiado mucho desde los tiempos del colegio. Es lógico, si se tiene en cuenta que han pasado casi veinte años, aunque no parece que sean tantos. Por lo menos, a mí no me lo parece, ahora que estoy aquí, en este sitio. Viendo la cara de cada uno, da igual cuánto tiempo haya pasado, o que tengan una calva donde antes tenían pelo, o que sean morenos en vez de rubios, o que ahora lleven lentillas en vez de gafas. Los ubico a todos.

Porque, incluso ahora, aunque yo les haya decepcionado, mis viejos siguen teniendo la foto del colegio en un lugar de honor, sobre la repisa de la chimenea del cuarto de estar. Nunca la he visto con una mota de polvo. Están superorgullosos de esa foto… «Mirad, es nuestro chico, en su colegio de ricachones. Es uno de ellos». El colegio al completo en las canchas, delante del edificio principal, con los acantilados al otro lado. Todos encaramados a una de esas gradas metálicas, en perfecto estado de revista, bien peinados, con la raya a un lado hecha por la gobernanta, y una sonrisa enorme y bobalicona: «¡Sonreíd para la foto, chicos!».

Ahora les sonrío a todos, como en esa foto. Me pregunto si, al mirarme, piensan lo mismo que entonces: Johnno, el vago, el *pringao*; estaba bien para echarte unas risas, nada más, y ha acabado como era de esperar.

Pero ahí es donde se equivocan, y voy a demostrárselo. Porque puedo contar lo del negocio de *whisky*, ¿no?

—Johnno, tío. ¡Cuánto tiempo!

Greg Hastings: tercera fila, segundo por la izquierda. Su madre estaba muy buena, pero está claro que él no ha heredado su físico.

—¡Hostia, Johnno! Mira que olvidarte del traje. ¡Cómo eres!

Miles Locke: quinta fila, más o menos por el centro. Era bastante empollón, pero no se daba muchos aires, así que nos llevábamos bien.

—¡Por lo menos te has acordado de los anillos! Ojalá te los hubieras olvidado. ¡Habría sido la bomba!

Jeremy Swift: arriba del todo, en la esquina derecha. Se tragó una moneda de cincuenta peniques por un reto y tuvieron que llevarlo al hospital.

—¡Johnno, campeón! Para que lo sepas, todavía me estoy recuperando de la despedida. Me dejaste hecho polvo. ¡Madre mía, y ese pobre chaval! Se quedó hecho mierda. Está aquí, ¿no?

Curtis Lowe: cuarta fila, quinto por la derecha. Estuvo a punto de ser jugador profesional de tenis, pero acabó siendo contable.

¿Ves? Creen que soy un zote, pero la verdad es que tengo muy buena memoria.

Hay una cara en esa foto que no me atrevo a mirar. Fila de abajo, con los niños más pequeños, a un lado, a la derecha. El Solitario, el chavalín que idolatraba a Will, que era capaz de hacer cualquier cosa con tal de complacerle. Todo lo que le pedíamos. Robaba rosquillas y mantequilla de la cocina para nosotros, nos quitaba el barro de las botas de *rugby* y nos limpiaba el dormitorio. Siempre cosas que no nos hacían falta o que podíamos hacer nosotros mismos. Pero era divertido, en cierto modo, inventar tareas para mandárselas al Solitario.

Cada vez le pedíamos cosas más absurdas. Una vez le dijimos que se subiera al tejado del colegio y ululase como un búho, y lo hizo. Otra vez le hicimos activar todas las alarmas de incendios. Costaba no seguir inventando cosas para ver hasta dónde era capaz de llegar. A veces revolvíamos sus cosas, nos comíamos los dulces que le mandaba su madre o hacíamos como que nos la cascábamos mirando la foto de su hermana mayor en la playa. O buscábamos las cartas que escribía para mandarlas a casa y las leíamos en voz alta, como lloriqueando: *os echo mucho de menos*. A veces también le zurrábamos un poco. Si no nos había limpiado bien las botas, por ejemplo, o si decíamos que no las había limpiado bien, porque la verdad es que siempre las dejaba perfectas. Yo le mandaba quedarse quieto y le pegaba en el culo con los clavos de la bota, como «incentivo». A ver hasta dónde aguantaba. Y el chaval lo aguantaba todo.

Cojo otra copa de champán y me la bebo de un trago. Esta, por fin, me hace efecto. Me noto un poco más ligero, como si flotase. Me acerco al grupo de exalumnos del Trevellyan. Quiero contarles lo del negocio de *whisky*. Charlar de ello media hora o así, para que se enteren de una vez de que estoy a su altura. Pero han cambiado de conversación y no sé cómo volver a sacar el tema.

Alguien me da una palmada en el hombro, con fuerza. Me giro y me encuentro cara a cara con el señor Slater. El padre de Will, pero, sobre todo, siempre, el director del Trevellyan.

—Jonathan Briggs —dice—. No has cambiado nada.

No lo dice como un cumplido.

Qué putada, yo esperaba no tener que hablar con él. Verlo me produce el mismo efecto que siempre. Pensaba que ahora que soy adulto sería distinto, pero no: me sigue acojonando tanto como antes. Y es curioso, porque de hecho fue él quien me salvó el culo en su momento.

—Hola, señor —digo, y noto como si tuviera la lengua pegada a la garganta—. Digo, señor Slater.

Creo que él preferiría que lo llamara «señor» a secas. Miro hacia atrás. El grupo con el que estaba antes ha cerrado filas, y nos hemos quedado fuera: solos él y yo. No tengo escapatoria.

Me mira de arriba abajo.

—Veo que sigues vistiendo igual. Aquella chaqueta que llevabas en el colegio te quedaba grande al principio y pequeña al final.

Sí, porque mis padres no podían permitirse comprarme otra.

—Y veo que sigues pegado a mi hijo —añade.

Nunca le gusté. Claro que no creo que le guste nadie; ni siquiera su propio hijo.

—Sí —contesto—. Somos muy amigos.

—No me digas. Siempre tuve la impresión de que tú le hacías el trabajo sucio, nada más. Como cuando forzaste la puerta de mi despacho para robar esos exámenes.

Por un momento, todo a mi alrededor se queda en silencio. Estoy tan sorprendido que me quedo sin palabras.

—Sí, lo sé —continúa él sin inmutarse—. ¿Creías que solo porque no informé de ello me engañaste? Si se hubiera sabido, habría sido un descrédito para el colegio y para mi reputación.

—No, no sé de qué me habla —contesto.

Pero lo que de verdad estoy pensando es: usted no sabe ni la mitad. O puede que sí lo sepa y tenga la cara más dura aún de lo que yo creía.

Después de esto, consigo escaquearme y voy a buscar otra copa. Algo más fuerte. Han montado una barra cerca de la carpa, pero los camareros no dan abasto. La gente pide dos o tres copas a la vez fingiendo que son para amigos o acompañantes, pero en realidad veo que se las beben por el camino. Esta noche la gente va a desparramar de lo lindo, sobre todo con el material que ha traído Peter Ramsay. Cuando cojo mi *whisky* —el que yo he traído—, noto que me tiembla la mano.

Entonces veo a un tipo que conozco, al otro lado de la muchedumbre de invitados. Me mira con el ceño fruncido, pero no es del Trevellyan. Tiene unos cincuenta años; es demasiado mayor para estar en esa foto. Al principio no recuerdo de qué lo conozco, y eso me fastidia.

Lleva el pelo cortado a lo hípster, aunque lo tiene canoso y se está quedando un poco calvo, y viste traje y unas deportivas. Parece como si acabara de salir de una de esas oficinas modernitas del Soho y no supiera cómo ha acabado aquí, en una isla perdida en medio del mar.

Durante un par de minutos, me quedo a cuadros porque no sé dónde he podido conocer a un tipo como él. Luego creo que nos acordamos los dos al mismo tiempo. ¡Joder, es el productor de *Sobrevivir a la noche*! Tiene un nombre francés o algo así, muy fino. Piers, eso es.

Se acerca a mí.

—Johnno —dice—, me alegro de verte.

Me siento un poco halagado por que se acuerde de mi nombre y se acuerde de mi cara. Y luego me acuerdo de que mi cara no le gustó lo suficiente para que saliera en su programa, y mi entusiasmo se viene un poco abajo.

—Piers —digo tendiéndole la mano.

No tengo ni puta idea de por qué quiere hablar conmigo. Solo nos hemos visto una vez, cuando fui a hacer la prueba con Will. ¿No podríamos habernos saludado levantando la copa por encima de las cabezas de la gente y ya está? Seguro que habría sido menos violento.

—Cuánto tiempo sin verte, Johnno —dice meciéndose adelante y atrás sobre los talones—. Casi no te reconozco, con el pelo tan largo.

Lo dice por decir algo, porque de hecho no tengo el pelo mucho más largo. Claro que seguramente parezco quince años más viejo que la última vez que nos vimos. Será por la bebida, supongo.

—¿Y qué has estado haciendo? —pregunta—. Ya imagino que te habrás dedicado a algo muy rentable.

Me ha sonado un poco raro cómo lo ha dicho, pero me hago el tonto.

—Bueno —digo sacando pecho—, ahora me dedico a hacer *whisky*, Piers.

Intento darme importancia, pero la verdad es que no se me va de la cabeza que este tío me despachó con un par de líneas en un *email*.

No das el perfil para el programa.

Es una cosa de la que la gente no se da cuenta. Ven al Johnno de siempre, al salvaje, al loco, al que no tenía nada en la mollera. Y a mí, claro, me gusta que piensen eso, porque le saco partido. Pero yo también tengo sentimientos y esta conversación me humilla, igual que me humilló que la productora pasara de mí. En fin, por lo menos me pagaron un par de miles de libras por la idea.

Porque, a ver, la idea del programa fue mía. No estoy diciendo que se me ocurriera a mí todo, pero el germen partió de mí. Hace un año o así, Will y yo quedamos para tomar algo en un *pub*. Siempre era yo quien proponía que quedáramos. Will andaba muy liado, aunque en aquella época todavía no había hecho casi nada en la tele, solo tenía un agente. Pero, aunque me diera largas un par de veces, nunca me dejaba plantado. Hay un vínculo muy fuerte entre nosotros, demasiado fuerte para que esta amistad se acabe. Y él lo sabe.

Yo debí de agarrarme un buen pedo, porque hasta me puse a hablar de Supervivencia, el juego ese al que jugábamos en el colegio. Recuerdo que Will me lanzó una mirada rara. Creo que le daba miedo lo que podía decir a continuación, pero yo no pensaba entrar en eso. Nunca hablamos de ese tema. La noche anterior, yo había estado viendo un programa de aventura que me pareció muy flojo. Así que dije:

«Supervivencia sí que sería una buena idea para un programa y no esos rollos que ponen en la tele, ¿no crees?».

Entonces, de pronto, me miró de otra forma.

«¿Qué pasa?», le pregunté.

«Johnno», me dijo, «puede que esa sea la mejor idea que has tenido nunca».

«Sí, pero no podría hacerse. Ya sabes, por lo que pasó».

«Eso fue hace mil años», me soltó. «Y, además, fue un accidente, ¿recuerdas?».

Y como yo no contestaba, volvió a preguntar: «¿Recuerdas?».

Yo lo miré. ¿Lo creía de verdad? Estaba esperando una respuesta.

«Sí», dije. «Sí, eso fue».

Lo siguiente que supe fue que nos había conseguido una prueba con una productora. Y el resto, como suele decirse, es historia. Para él, por lo menos. Porque, evidentemente, al final mi careto no les interesó.

Me doy cuenta de que Piers me está mirando de una forma un poco rara. Creo que acaba de preguntarme algo.

—Perdona —digo—, ¿qué has dicho?

—Te estaba diciendo que parece que has encontrado tu vocación. Supongo que lo que perdimos nosotros lo ha ganado la industria del *whisky*.

¿Lo que perdieron? Pero si no perdieron nada: no me quisieron y punto.

Le doy un buen trago a mi copa.

—Piers —digo—, no me queríais en el programa. Así que, sin ningún ánimo de faltarte al respeto, ¿de qué cojones estás hablando?

AOIFE

La organizadora de bodas

El temporal se va extendiendo por el horizonte, como una mancha cada vez más oscura. El viento sopla cada vez más fuerte. Los vestidos de seda ondean, un par de pamelas han rodado por el suelo y las sombrillitas de las copas vuelan por el aire.

Aun así, la voz de la cantante se alza por encima del aullido del viento:

Is tusa ceol mo chroí,
Mo mhuirnín,
is tusa ceol mo chroí.

Eres la música de mi corazón,
amor mío,
eres la música de mi corazón.

Por un momento, casi me olvido de respirar. Esa canción. Mi madre nos la cantaba de pequeños. Me obligo a tomar aire, a exhalar. Concéntrate, Aoife. Tienes muchas cosas de las que ocuparte.

Los invitados ya me están asediando a preguntas:

«¿Hay canapés sin gluten?».

«¿Dónde hay buena cobertura?».

«¿Puede decirle al fotógrafo que nos haga unas fotos?».

«¿Puede cambiarme de mesa en el comedor?».

Deambulo entre ellos con aire tranquilizador, contestando a sus preguntas, indicándoles dónde están los aseos, el guardarropa, el bar… Parece haber muchos más de ciento cincuenta: están por todas partes, entran y salen por las puertas ondeantes de la carpa, se apelotonan delante de la barra, se apiñan en el césped, posan para hacerse fotos con el móvil, se besan, ríen y se comen los canapés que sirve un batallón de camareros. Ya he tenido que avisar a algunos de que se alejaran del pantano, antes de que se metieran en un lío.

—Por favor —digo cortándole el paso a otro grupo que intenta entrar en el cementerio con las copas en la mano como si esto fuera una atracción de feria—. Algunas de estas lápidas son muy antiguas y frágiles.

—Esto tiene pinta de que no lo visita nadie desde hace una eternidad —comenta un hombre en tono de fastidio, como diciendo «Tranquila, bonita», mientras se alejan de mala gana—. La isla está desierta, ¿no? No creo que nadie vaya a ofenderse.

Está claro que aún no ha visto la parcelita de mi familia, y me alegro. No quiero que anden entre las lápidas vertiendo sus bebidas, pisoteando esta tierra sagrada con sus tacones de aguja y sus zapatos de charol y leyendo las inscripciones en voz alta. Porque mi tragedia está escrita ahí, a plena vista.

Me había preparado de antemano, sabiendo que sería muy extraño tener a toda esta gente aquí. Es un mal necesario. A fin de cuentas, es lo que yo quería: traer gente a la isla otra vez. Pero no era consciente de hasta qué punto iba a sentirme invadida.

OLIVIA

La dama de honor

La ceremonia ha durado horas, o eso me ha parecido. Yo no dejaba de tiritar con mi vestidito. Apretaba tan fuerte el ramo de flores que las espinas de las rosas han traspasado la cinta de seda blanca y se me han clavado en las manos. Me he tenido que lamer las gotitas de sangre de las palmas cuando nadie miraba.

Y, cuando por fin se ha terminado la ceremonia, han venido las fotografías. Me duele la cara de intentar sonreír. Tengo agujetas en las mejillas. El fotógrafo no paraba de meterse conmigo. «¡A ver si desfrunces el ceño y sonríes un poco, guapa!», me decía. Yo lo intentaba. Seguro que a los demás no les parecía que estuviera sonriendo. Seguro que parecía que estaba enseñando los dientes, porque es lo que sentía que estaba haciendo. He notado que Jules se estaba enfadando conmigo, pero yo no podía remediarlo. No me acordaba de cómo se sonríe de verdad. Mamá me ha puesto una mano en el hombro y me ha dicho: «¿Estás bien, Livvy?». Imagino que se ha dado cuenta de que me pasa algo. De que no estoy nada bien.

La gente se agolpa a mi alrededor: tías, tíos y primos a los que hace siglos que no veo.

—Livvy, ¿sigues con ese chico? ¿Cómo se llamaba? —pregunta mi prima Beth.

Es un poco más pequeña que yo, tiene quince años, y siempre me ha parecido que me miraba con admiración. Recuerdo que le hablé de

Callum el año pasado, cuando mi tía cumplió cincuenta años, y que me sentí muy orgullosa porque estaba pendiente de cada palabra que decía.

—Callum —digo—. No, ya no.

—¿Y ya has terminado el primer curso en Exeter? —pregunta mi tía Meg.

O sea, que mi madre no les ha dicho que he dejado la carrera. Cuando intento asentir, noto que me pesa mucho la cabeza; tanto es así que mi cuello casi no puede con ella.

Me esfuerzo por contestar a todas sus preguntas, pero es todavía más cansado que sonreír. Me dan ganas de gritar. Por dentro, estoy gritando. Noto que algunos me miran extrañados. Hasta he visto que se miran entre sí en plan «¿Qué le pasa?». Miradas de preocupación. Supongo que no me parezco a la Olivia que recuerdan, esa chica extrovertida y parlanchina que siempre se estaba riendo. Claro que tampoco soy la Olivia que recuerdo yo. No sé si alguna vez volveré a serlo, ni cómo. Y no puedo interpretar un papel delante de ellos. Yo no soy como mi madre.

De pronto siento otra vez que no puedo respirar, que no me entra aire en los pulmones. Quiero escapar de sus preguntas y de sus caras de preocupación y cariño. Les digo que tengo que ir al servicio. No parece molestarles. Al contrario, puede que se alegren. Me aparto del grupo y me parece oír que mi madre me llama, pero sigo andando y ella no vuelve a llamarme, seguramente porque se habrá distraído hablando con otra persona. Le encanta tener público. Ando un poco más deprisa. Me quito los dichosos tacones, que ya están cubiertos de polvo. No sé muy bien adónde voy, aparte de lejos de ellos.

A mi izquierda hay acantilados de piedra negra que brillan mojados por las salpicaduras del oleaje. En algunos sitios, la tierra cae en picado como si un gran trozo hubiera desaparecido de pronto en el mar, dejando una línea desigual. Me pregunto cómo sería que el suelo se hundiera de repente y desapareciera bajo mis pies, y yo me hundiera con él. Me doy cuenta de que me he parado un momento, casi como si deseara que ocurriera.

Al final del sendero por el que voy, veo huequecitos entre los acantilados, con playas de arena blanca. Las olas son grandes, y las más lejanas tienen espuma blanca. Dejo que el viento me sacuda hasta que parece que va a arrancarme el pelo de la cabeza y a ponerme los párpados del revés. El viento me empuja como si intentase tirarme por el acantilado. Noto en la cara el picor de la sal.

A lo lejos el agua es azul clara, como el mar en una foto de una isla del Caribe, como esa a la que fue mi amiga Jess con su familia el año pasado y de la que colgó como quinientas fotos en Instagram de ella en bikini (todas retocadas, claro, para que pareciera que tenía las piernas más largas, la cintura más estrecha y las tetas más grandes). Supongo que lo que estoy viendo es precioso, pero no siento que lo sea. Ya no soy capaz de disfrutar de las cosas buenas, como el sabor de la comida, o el sol en la cara, o una canción que me gusta en la radio. Al mirar el mar, lo único que siento es un dolor sordo en algún punto debajo de las costillas, como una herida de hace tiempo.

Encuentro un camino menos empinado, por donde el terreno baja hacia la playa formando una ladera, no un precipicio. Me cuesta avanzar entre los matorrales, pequeños, duros y espinosos. El vestido se me engancha en ellos al pasar y luego me tropiezo con una raíz y me precipito hacia delante resbalando y dando tumbos. Noto que se raja la tela —Jules se va a poner hecha una fiera— y me caigo al suelo. Me araño las rodillas y lo único que se me pasa por la cabeza es que la última vez que me caí así fue en el colegio, cuando era una cría, hace unos nueve años. Quiero llorar como una niña mientras bajo tropezando a la playa, porque tendría que dolerme, debería dolerme todo el cuerpo, y aun así no me salen las lágrimas. Hace muchísimo tiempo que no consigo que salgan. Si pudiera llorar, quizá mejorarían las cosas, pero no puedo. Es como una habilidad que he perdido, como un idioma que he olvidado.

Me siento en la arena mojada y noto que se me cala el vestido. Tengo las rodillas llenas de arañazos como una colegiala: rosas, despellejadas, cubiertas de gravilla. Abro mi bolsito de pedrería y saco con cuidado la navaja. Me subo la tela del vestido y acerco la navaja a mi piel. Veo brotar la sangre en gotitas rojas: despacio al principio; luego más deprisa. Aunque noto el dolor, no me parece que esa sea mi sangre, mi pierna. Así que aprieto la navaja para que salga más sangre, esperando sentir que me pertenece.

La sangre es de un color rojo intenso, preciosa a su modo. Acerco un dedo y me lo chupo, noto su sabor metálico. Me acuerdo de la sangre, después de la «intervención», como la llamaban ellos. Dijeron que era completamente normal «manchar un poquito», pero a mí me pareció que duraba semanas. Aquella mancha marrón oscura aparecía en mis bragas como si algo dentro de mí se estuviera oxidando.

Recuerdo perfectamente dónde estaba cuando me di cuenta de que no me había venido la regla. Estaba con mi amiga Jess en una fiesta que daban unas chicas de segundo en su casa y Jess me estaba contando que había tenido que registrar los armarios del baño buscando un tampón porque a ella se le había adelantado. Recuerdo que cuando me lo dijo tuve una sensación extraña, como una opresión en el pecho, como si me faltara el aire, un poco como ahora. Me di cuenta de que no me acordaba de cuándo había sido la última vez que me había puesto un tampón o una compresa. Y de que me notaba rara, como hinchada, cansada y gorda, pero pensaba que era por la comida basura que comía y porque estaba hecha una mierda por cómo me iban las cosas con Steven. Hacía bastante tiempo, en todo caso. Algunos meses tengo la regla muy suave y casi ni me entero, pero siempre me viene. Tengo un periodo muy regular.

Estábamos a mitad de curso. Fui al médico de la universidad y me llevé un test de embarazo porque no me fiaba de hacerlo bien yo sola. La doctora me dijo que era positivo. Me quedé allí sentada, mirándola como si no me lo creyera, como si estuviera esperando que me dijera que era una broma. La verdad es que no creía que pudiera ser cierto. Y entonces se puso a hablarme de posibles opciones y me preguntó si tenía a alguien con quien hablar del tema. No pude contestar. Recuerdo que abrí la boca un par de veces y que no salió nada, ni siquiera aire, porque otra vez me faltaba la respiración. Tenía la sensación de que iba a ahogarme. Me quedé allí sentada, con cara de pena, pero, claro, la médica no iba a acercarse y a darme un abrazo, por temas legales y esas cosas. Y en ese momento me hacía muchísima falta un abrazo.

Salí de allí temblando, tan hecha polvo que casi no podía ni andar. Me sentía como si me hubiera atropellado un coche. Mi cuerpo no parecía mío: todo ese tiempo había estado haciendo algo extraño, secreto, sin que yo me enterara.

No podía ni manejar el teléfono porque los dedos no me obedecían, pero por fin conseguí desbloquearlo y le mandé un wasap a Steven. Vi que lo leía enseguida. Vi aparecer los tres puntitos arriba: estaba «escribiendo». Luego, desaparecieron. Volvieron a aparecer y estuvo «escribiendo» como un minuto. Después, nada otra vez.

Lo llamé, porque obviamente tenía el teléfono en la mano. No contestó. Volví a llamarlo, y nada. La tercera vez saltó directamente el buzón de voz. Había rechazado la llamada. Así que le dejé un mensaje, aunque me temblaba tanto la voz que no estoy muy segura de que se entendiera lo que dije.

Mi madre me llevó a la clínica para solucionarlo. Vino en coche de Londres a Exeter, casi cuatro horas de viaje. Me esperó mientras me lo hacían y luego me llevó a casa.

«Es lo mejor», me dijo. «Es lo mejor, Livvy, cariño. Yo tuve un bebé a tu edad. Pensaba que no tenía elección. Estaba empezando mi vida, mi carrera. Y eso lo echó todo a perder».

Seguro que a Jules le habría encantado oírlo. Una vez las oí discutir y Jules le gritó a mamá: «¡Tú no me querías! ¡Sé que fui una desgracia para ti!».

No tenía alternativa, pero habría sido mucho más fácil si él hubiera respondido, si me hubiera dicho que lo entendía perfectamente y que él también lo sentía. Solo una línea; no habría hecho falta más.

«Menudo cabrón», dijo mi madre. «Dejar que pases por esto tú sola».

«Mamá», le dije, por si por casualidad se encontraba con Callum y le soltaba alguna bordería, «él no lo sabe, no quiero que lo sepa».

No sé por qué no le dije que no era de Callum. Mi madre no es ninguna santurrona, no iba a juzgarme por haberme liado con Steven. Pero supongo que sabía que me sentiría mucho peor si hablaba de ello y revivía ese rechazo.

Me acuerdo muy bien del viaje de vuelta desde la clínica. Me acuerdo de que mi madre estaba muy alterada; yo nunca la había visto así. Vi que agarraba muy fuerte el volante, tan fuerte que la piel de las manos se le puso blanca. No paraba de refunfuñar y de soltar tacos en voz baja, y conducía aún peor que de costumbre.

Cuando llegamos a casa, me dijo que fuera a tumbarme en el sofá, me llevó galletas y un té y me arropó con una manta, aunque hacía bastante calor. Luego se sentó a mi lado con su taza. Creo que era la primera vez que yo la veía tomar té. De hecho, no se lo bebió, solo se quedó allí sentada agarrando la taza con las dos manos, tan fuerte como había agarrado el volante.

«Me gustaría matarlo», dijo otra vez con una voz grave y áspera que no parecía la suya. «Debería haberte acompañado hoy», dijo con aquella voz tan rara. «Suerte que no sé cómo se apellida, porque no sé qué haría si lo supiera».

Me quedo mirando las olas. Creo que me sentiré mejor si me meto en el mar. De repente, creo que es lo único que me aliviará. Parece tan limpio, tan bello y perfecto, que meterse en él tiene que ser como estar dentro de una piedra preciosa. Me levanto, me sacudo la arena del vestido. Joder, qué frío hace con este viento. Pero la verdad es que es un frío agradable, no como el frío de la capilla. Es como si el viento se llevara el resto de mis pensamientos.

Dejo los zapatos en la arena mojada. No me molesto en quitarme el vestido. Me meto en el agua y está diez grados más fría que el aire, absolutamente congelada, tan fría que se me acelera la respiración y solo puedo tomar pequeñas bocanadas de aire. Me escuece el corte de la pierna cuando me entra la sal en él, pero sigo avanzando hasta que el agua me llega al pecho y luego a los hombros y ya no puedo respirar, es como si llevara un corsé. Pequeños fuegos artificiales me estallan dentro de la cabeza y en la piel. Todos los pensamientos malos se aflojan y de pronto me cuesta menos mirarlos.

Meto la cabeza debajo del agua y la sacudo para que todas esas ideas se vayan flotando. Viene una ola y me llena la boca de agua. Está tan salada que me dan arcadas, y entonces trago más agua y no consigo respirar, y me entra más agua, también por la nariz, y cada vez que abro la boca para tragar aire me entra más agua, grandes, enormes tragos salados. Noto el movimiento del mar bajo mis pies y tengo la sensación de que tira de mí hacia algún sitio, como si quisiera llevarme consigo. Es como si mi cuerpo supiera algo que yo no sé, porque se resiste y lucha. Mis brazos y mis piernas se agitan frenéticamente. Me pregunto si esto es un poco como ahogarse. Y luego me pregunto si me estoy ahogando.

JULES

La novia

Will y yo nos hemos alejado del bullicio para hacernos las fotos junto a los acantilados. Se ha levantado el viento, no hay duda. Empezó a soplar con fuerza en cuanto salimos de la capilla, donde estábamos resguardados, y se llevó hacia el mar, sin que llegaran a rozarnos, los puñados de confeti que nos tiraron los invitados. Menos mal que al final opté por llevar el pelo suelto; así los elementos no podrán despeinarme del todo. Noto cómo me ondea la melena a la espalda, y la cola de mi vestido se agita como un torrente de seda. Al fotógrafo le encanta.

—¡Parece una reina gaélica antigua con esa corona y ese pelo! —exclama.

Will sonríe.

—Mi reina gaélica —dice en voz baja.

Yo le devuelvo la sonrisa. Mi marido.

Cuando el fotógrafo nos pide que nos besemos, le meto la lengua en la boca y él me sigue la corriente, hasta que el fotógrafo, un poco nervioso, comenta que a lo mejor estas fotos son un poco «subiditas de tono» para el álbum oficial.

Ahora volvemos con nuestros invitados. Se giran para vernos pasar, con la cara sonrosada por la alegría y el alcohol. Delante de ellos me siento extrañamente desnuda, como si el estrés de hace un rato se me notase en la cara. Intento recordarme que es un placer tener reunidos aquí a nuestros amigos y seres queridos, y que se estén divirtiendo. Me recuerdo, además, que todo ha salido bien: he organizado una boda de la que la gente se acordará mucho tiempo, de la que hablarán y que intentarán emular, seguramente sin conseguirlo.

En el horizonte se amontonan nubarrones que amenazan tormenta. Las mujeres se sujetan la pamela a la cabeza y la falda a los muslos, chillando de risa. Noto que el viento también tira de mi vestido. Me levanta la pesada falda como si fuera ligera como la gasa y silba por entre los intersticios de mi coronita como si quisiera arrancármela de la cabeza y arrojarla al mar.

Miro a Will para ver si lo ha notado. Está rodeado por un grupo de invitados, y aunque se comporta con su encanto habitual, me da la sensación de que está un poco distraído. Mira continuamente por encima del hombro de los familiares y amigos que se acercan a saludarnos, como si buscase a alguien.

—¿Pasa algo? —le pregunto, y lo agarro de la mano, que de pronto me parece distinta, ajena, con su sencilla alianza de oro.

—¿Ese de allí… es Piers? —pregunta—. ¿El que está hablando con Johnno?

Sigo su mirada. Efectivamente, es Piers Whiteley, el productor de *Sobrevivir a la noche*. Tiene la cabeza calva un poco inclinada y está escuchando atentamente lo que le dice Johnno.

—Sí —digo—, es él. ¿Por qué? ¿Qué pasa?

Porque pasa algo, estoy segura. Lo noto por cómo frunce el ceño. Es una expresión que le veo pocas veces, esa mirada distraída y un poco ansiosa.

—Nada en especial —contesta—. Solo que… es un poco incómodo. Como a Johnno lo rechazaron para el programa… La verdad es que no sé para cuál de los dos es más violento. Quizá debería ir a rescatarlos.

—Son mayorcitos —digo—. Seguro que pueden arreglárselas.

Will no parece haberme oído. De hecho, me suelta la mano y echa a andar hacia ellos por el césped, abriéndose paso amablemente pero con decisión entre los invitados que se giran para saludarlo.

Qué raro. Lo sigo con la mirada, extrañada. Pensaba que la sensación de inquietud se me pasaría después de la ceremonia y de pronunciar esos votos tan trascendentales, pero sigo teniéndola, la noto en la boca del estómago como una náusea. Presiento que algo malo me acecha, algo que parece agitarse al borde mismo de mi campo de visión y que no consigo ver en ningún momento. Pero eso es un disparate. Solo necesito estar sola un momento, me digo, lejos de todo este ajetreo.

Me aparto rápidamente de los invitados, bordeando el gentío con la cabeza agachada y paso decidido, por si acaso alguno intenta detenerme. Entro en el Torreón por la puerta de la cocina. ¡Qué maravilla, la paz que se respira aquí dentro! Cierro los ojos un rato, aliviada. En la isla del centro de la cocina, sobre la tabla, hay algo tapado con un paño grande; será algo para la comida de luego. Busco un vaso, lo lleno de agua fría y escucho el tictac tranquilizador del reloj de la pared. Me quedo de pie, de cara al fregadero, y mientras me bebo el agua cuento hasta diez del derecho y del revés. «No seas ridícula, Jules. Son fantasías tuyas».

No sé qué es lo que hace que me dé cuenta de que no estoy sola. Un instinto animal, tal vez. Me giro y en la puerta veo…

¡Dios mío! Ahogo un grito y me echo hacia atrás con el corazón latiéndome a mil por hora. En la puerta hay un hombre con un cuchillo enorme en la mano y la pechera manchada de sangre.

—Cielo santo —musito.

Me aparto de él y consigo a duras penas no soltar el vaso de agua. Un instante de puro miedo, un subidón de adrenalina y luego la lógica se impone. Es Freddy, el marido de Aoife. Sujeta un cuchillo de trinchar y las manchas de sangre son las del delantal de carnicero que lleva atado a la cintura.

—Perdona —dice con esa torpeza suya—. No quería asustarte. Estoy cortando las chuletas aquí. Es más cómodo que en la tienda del cáterin.

Como para demostrármelo, retira el paño de la tabla y veo debajo varios costillares de cordero: la carne brillante y carmesí, los huesos blancos y curvos.

Cuando se me calma el corazón, me avergüenza pensar que se me habrá notado claramente el miedo en la cara.

—Estupendo —digo, tratando de insuflar a mi voz un tono de autoridad—. Seguro que estará delicioso. Gracias.

Y salgo de la cocina al instante, procurando no apresurarme.

Al volver a reunirme con mis invitados, noto enseguida que el ambiente ha cambiado. Hay como un runrún de curiosidad. Parece que está pasando algo en el mar. Todo el mundo empieza a girarse y a mirar, sorprendido por lo que ocurre.

—¿Qué pasa? —pregunto. Me pongo de puntillas para ver por encima de las cabezas, pero no distingo nada.

La gente se dispersa a mi alrededor, se aleja hacia el mar sin decir palabra, tratando de ver mejor lo que sucede.

Puede que sea un animal marino. Aoife me ha dicho que desde aquí suelen verse delfines y, con menos frecuencia, alguna ballena. Sería todo un espectáculo; un toque precioso. Pero el ruido que hacen los invitados situados en primera fila no se corresponde con esa posibilidad. Yo esperaría gritos y exclamaciones de emoción, gestos de euforia. La gente mira intensamente lo que está ocurriendo, pero apenas hace ruido. Y eso me pone nerviosa. Augura algo malo.

Avanzo deprisa. La gente se empuja, se apiña como si intentara conseguir el mejor sitio en un concierto. Antes, yo, la novia, era una reina entre ellos: la multitud se abría a mi paso allá donde iba. Ahora están distraídos, concentrados en lo que está pasando.

—¡Dejadme pasar! —grito—. Quiero ver.

Por fin se apartan y avanzo casi hasta el frente.

Hay algo allí. Entornando los ojos y haciéndome sombra con la mano, distingo la forma oscura de una cabeza. Podría ser una foca o algún otro animal marino, si no fuera porque de vez en cuando se ve también una mano blanca.

Hay alguien en el agua. Desde aquí no se distingue quién es, pero tiene que ser un invitado o una invitada, porque desde la península no se puede llegar hasta aquí a nado. No me extrañaría que fuera Johnno, pero no puede ser, porque estaba charlando con Piers hace un momento. Así que, si no es él, quizá sea algún otro invitado con ganas de exhibirse, uno de los caballeros de honor, dando la nota. Pero, al fijarme más, me doy cuenta de que no está mirando hacia la playa, sino hacia el mar. Y no nada, ahora lo veo. De hecho...

—¡Se está ahogando! —grita una mujer. Creo que es Hannah—. ¡Se la está llevando la corriente! ¡Mirad!

Avanzo un poco más para ver mejor, abriéndome paso entre el cúmulo de espectadores. Y entonces, por fin, llego al frente y lo veo todo con claridad. O quizá sea ese extraño conocimiento instintivo, como cuando reconocemos de lejos a un ser querido, aunque solo veamos la parte de atrás de su cabeza.

—¡Olivia! —grito—. ¡Es Olivia! ¡Dios mío, es Olivia!

Intento echar a correr, pero la falda se me engancha en los tacones y me impide avanzar. Oigo que se raja la seda, pero no hago caso. Me quito los zapatos, sigo corriendo, me tambaleo cuando los pies se me hunden en la tierra húmeda y pantanosa. Nunca se me ha dado bien correr, y encima llevo puesto el vestido de boda. Tengo la impresión de que me muevo increíblemente despacio. Por suerte Will no tiene ese problema, porque me adelanta a toda velocidad, seguido por Charlie y varias personas más.

Cuando por fin llego a la playa, tardo unos segundos en asimilar lo que está pasando, en comprender la escena que tengo delante de mí. Hannah, que también debe de haber echado a correr, llega a mi lado jadeando. Charlie y Johnno están metidos en el agua hasta el muslo, y detrás de ellos, en la orilla, hay varios hombres más: Femi, Duncan y otros. Y más allá, saliendo de las profundidades, está Will, con Olivia en brazos. Ella parece forcejear, resistirse, hace aspavientos con los brazos, patalea desesperadamente. Él la sujeta con fuerza. Ella tiene el pelo mojado y negro. El vestido se le transparenta por completo. Está tan pálida que su piel tiene un tinte azulado.

—Podría haberse ahogado —dice Johnno al volver a la playa. Parece angustiado. Por primera vez, siento un pelín de simpatía por él—. Menos mal que la hemos visto. ¡Qué cabeza loca! Cualquiera ve que aquí hay resaca. Podría haberla arrastrado mar adentro.

Will llega a la playa y suelta a Olivia. Ella se aparta bruscamente y se queda mirándonos. Tiene los ojos negros, impenetrables. Su cuerpo casi desnudo se ve a través del vestido empapado: el cerco oscuro de los pezones, la minúscula depresión del ombligo. Tiene un aire de pureza primitiva, como un animal salvaje.

Veo que Will tiene arañazos en el cuello y la cara, marcas rojas que se destacan, amoratadas, sobre su piel. Al verlas, es como si alguien pulsara un interruptor dentro de mí. Si hace un segundo estaba muerta de miedo por ella, ahora siento un arrebato de ira furiosa, incandescente como el destello del sol.

—Esa puta loca —digo.

—Jules —dice Hannah suavemente, pero no tanto como para que yo no note su tono de reproche—. Creo que Olivia no está bien. Me parece que necesita ayuda…

—Venga ya, Hannah. —Me giro hacia ella—. Mira, ya sé que eres muy buena, muy maternal y todo eso, pero Olivia no necesita una madre, joder. Ya tiene una, que, para que lo sepas, le hace mucho más caso del que nunca me ha hecho a mí. Olivia no necesita ayuda. Lo que tiene que hacer es espabilar de una puta vez. No pienso permitir que me estropee la boda. Así que no te metas en esto, ¿vale?

Veo que retrocede, casi tambaleándose. Soy vagamente consciente de su expresión dolida y horrorizada. Me he pasado de la raya, lo sé, pero ya está hecho. Además, ahora mismo me da igual. Me vuelvo hacia Olivia.

—¿Se puede saber qué coño haces? —le grito.

Se limita a mirarme aturdida, sin decir nada. Es como si estuviera borracha. La agarro de los hombros. Tiene la piel helada al tacto.

Me dan ganas de zarandearla, de darle una bofetada, de tirarle del pelo y exigirle que conteste. La miro fijamente, tratando de entender qué pasa. Es como si intentara decir algo y no le salieran las palabras. Me da un escalofrío al ver la expresión de sus ojos, esa intensa mirada de súplica. Por un momento, siento que intenta con todas sus fuerzas transmitirme un mensaje que soy incapaz de descifrar. ¿Es una disculpa? ¿Una explicación?

Pero antes de que me dé tiempo a pedirle que vuelva a intentarlo, llega mi madre.

—¡Ay, mis niñas! ¡Mis niñas!

Nos aprieta a las dos con sus brazos huesudos. Por debajo de la nube de Shalimar que la envuelve, me llega un olor acre, penetrante, a sudor y miedo. Es a Olivia a quien quiere estrujar, por supuesto, pero por un instante me permito el lujo de abandonarme a su abrazo.

Luego miro detrás de mí. Los otros invitados se van acercando. Oigo el murmullo de sus voces, percibo el nerviosismo que emana de ellos. Necesito desdramatizar todo esto.

—¿A alguien más le apetece un baño? —pregunto en voz alta.

Pero nadie se ríe. El silencio parece propagarse. Ahora que el espectáculo ha terminado, es como si aguardaran una indicación de hacia dónde deben dirigirse. De cómo deben comportarse. No sé qué hacer. Esto no lo tenía previsto. Así que me quedo parada, mirándolos, mientras noto como la humedad de la arena me empapa la falda del vestido.

Por suerte Aoife aparece entre ellos, impecable con su sobrio vestido azul marino y sus zapatos de tacón bajo, perfectamente dueña de sí misma. Veo que se vuelven hacia ella como si percibieran su autoridad.

—¡Escúchenme todos! —grita. Para ser una mujer tan menuda y discreta, su voz tiene una resonancia impresionante—. Síganme, por favor. Por aquí. El banquete está a punto de comenzar. ¡Todos a la carpa!

JOHNNO

El padrino

Míralo, haciéndose el héroe, sacando a la hermana de Jules del mar… Hay que joderse. Qué bien se le ha dado siempre que la gente vea solamente lo que él quiere que vea.

Conozco a Will mejor que otras personas, puede que sea la persona que mejor lo conoce del mundo. Me juego el cuello a que lo conozco mucho mejor que Jules; seguramente, mucho mejor de lo que lo conocerá nunca. Con ella se pone la máscara, se calza el disfraz, pero yo le he guardado mucho tiempo sus secretos, porque son secretos de los dos.

Siempre he sabido que era un cabrón implacable. Lo sé desde el colegio, cuando robó esos exámenes, pero pensaba que yo estaba a salvo de esa vertiente de su carácter, porque soy su mejor amigo.

Eso pensaba hasta hace una hora.

«Fue un palo saber que no querías hacerlo», me ha dicho Piers. «Porque Will tiene a las mujeres en el bolsillo, claro. Está hecho para la tele. Pero también puede resultar un poquitín… blando. Y, entre tú y yo, creo que a los hombres no les hace mucha gracia. El estudio de mercado que hemos hecho demuestra que lo encuentran un poco… En fin, creo que la expresión que utilizó un participante fue "un poco capullo". Algunos telespectadores, sobre todo los hombres, sienten rechazo por los presentadores que consideran demasiado guapos. Tú habrías equilibrado las cosas y…».

«Espera, espera», le he dicho. «¿Por qué creíais que yo no quería hacerlo?».

Al principio ha puesto un poco cara de ofendido: creo que es el típico tío al que no le gusta que le interrumpan cuando está soltando una parrafada sobre datos de mercado. Luego ha fruncido el ceño como si se diera cuenta de lo que acababa de decirle.

«¿Que por qué creíamos…?». Se ha parado y ha meneado la cabeza. «Pues porque no viniste a la reunión, por eso».

Yo no tenía ni idea de qué me estaba hablando.

«¿Qué reunión?».

«La reunión de planificación que tuvimos para hablar del proyecto. Will vino con su agente y nos dijo que habíais hablado largo y tendido y que lamentablemente habías decidido que no te interesaba el asunto. Que no "tenías madera para salir en la tele"».

O sea, lo que le he estado diciendo a la gente desde entonces. Solo que nunca se lo dije a Will. Por lo menos, en aquel momento, justo antes de una reunión importante.

«Yo no me enteré de esa reunión», le he dicho a Piers. «Recibí un *email* diciendo que no os interesaba para el programa».

Ha parecido tardar un momento en darse cuenta. Luego ha abierto la boca y la ha cerrado tontamente, en silencio, como un pez: *blup*, *blup*, *blup*. Por fin ha dicho:

«Eso no puede ser».

«Pues lo es», le he dicho. «Te lo aseguro: es la primera noticia que tengo de esa reunión».

«Pero si mandamos un correo…».

«Sí, ya. Pero no a mi cuenta, ¿a que no? Porque no la teníais. Todo pasaba a través de Will y su agente. Ellos lo manejaban todo».

«Pues…», ha dicho Piers. Creo que acababa de darse cuenta de que había metido la pata hasta el fondo. «En fin», ha añadido como si hubiera decidido que, ya que estaba, era mejor soltarlo todo de una vez. «Lo que está claro es que nos dijo que no te interesaba el proyecto. Que estabas pasando por una crisis personal y que le habías dicho que no querías hacerlo. Y fue una verdadera pena, porque Will y tú, juntos, como teníamos planeado… El blando y el duro. Habría sido pura dinamita».

No tenía sentido seguir insistiendo. Piers ya tenía cara de querer teletransportarse a otro sitio. «Estamos en un islote, chaval», me han dado ganas de decirle. «No hay donde ir». Pero no me sorprende que estuviera así. He visto que miraba hacia atrás como buscando a alguien que lo sacara del apuro.

Aun así, no era con él con quien yo estaba cabreado, sino con ese tipejo que yo creía que era mi mejor amigo.

Y, hablando del rey de Roma, justo en ese momento Will se nos ha acercado sonriendo, hecho un puto pincel, sin un pelo fuera de su sitio a pesar del viento que hacía.

«¿Qué estáis chismorreando?», ha preguntado. Estaba tan cerca que he visto que tenía gotas de sudor en la frente. Y Will es uno de esos tíos que no sudan casi nunca. Ni siquiera cuando jugaba al *rugby*. Pocas veces lo he visto sudar, y ahora estaba sudando.

«Llegas tarde, chaval», he pensado. «Llegas tarde, cabronazo».

Creo que ya entiendo lo que pasó. Will es demasiado listo: no podía dejarme fuera desde el principio, porque la idea de *Sobrevivir a la noche* se me ocurrió a mí y los dos lo sabíamos. Si hubiera hecho eso, yo podría haberme ido de la lengua, podría haberle contado a todo el mundo lo que pasó cuando éramos unos críos. A fin de cuentas, tenía mucho menos que perder que él. Así que me incluyó en el asunto, procuró que me sintiera parte del proyecto y luego se las arregló para que pareciera que eran otros los que habían decidido darme la patada; que no era culpa suya, en absoluto. «Lo siento mucho, tío. Qué pena. Me habría encantado trabajar contigo».

Recuerdo cómo disfruté haciendo la prueba. Me sentí muy a gusto hablando de todos esos temas, porque son temas que controlo. Sentía que tenía cosas que contar, cosas que la gente querría saber. Si me hubieran pedido que recitara las tablas de multiplicar o que hablara de política, la habría cagado. Pero de escalada, de rápel y tal… Yo enseñaba esas cosas en el centro de ocio y aventura. Hasta me olvidé de la cámara pasados unos minutos.

Lo que más me jode es lo sencillo que tuvo que parecerle a Will. El tonto de Johnno, ¡qué fácil es pegársela! Ahora entiendo por qué desde hace un tiempo casi no le veo; por qué tenía esa sensación de que me estaba dando de lado; por qué casi tuve que suplicarle que me dejara ser su padrino. Cuando aceptó, debió de pensar que era una especie de premio de consolación, como ponerme una tirita. Pero ser su padrino no lo compensa. Esta herida no la cura una tirita. Me ha utilizado todo el tiempo, desde que íbamos al colegio. Siempre le he hecho el trabajo sucio y él, cómo no, no quiso compartir conmigo su momento de gloria. Al final, me dejó tirado como una colilla.

Me bebo mi *whisky* de un trago. Qué traidor hijo de puta. Tendré que encontrar la forma de tomarme la revancha.

HANNAH

La acompañante

Olivia no es mi hermana ni mi hija. Quizá no debería meterme en esto, como me ha dicho Jules, pero no puedo. Mientras los demás entran en la carpa, me descubro yendo en dirección contraria, hacia el Torreón.

—¿Olivia? —la llamo al entrar, pero nadie contesta.

Las paredes de piedra devuelven el eco de mi voz. Qué silencioso, oscuro y vacío parece ahora el Torreón. Cuesta creer que haya alguien dentro. Sé dónde está la habitación de Olivia, es la puerta de al lado del comedor. Decido probar allí primero. Llamo a la puerta.

—¿Olivia?

—¿Sí?

Me parece oír su vocecilla dentro y abro la puerta. Está sentada en la cama, con una toalla echada sobre los hombros.

—Estoy bien —dice sin mirarme—. Ahora mismo voy. Solo tengo que cambiarme. Estoy bien —repite, pero tampoco ahora suena convincente.

—La verdad es que no lo parece —digo.

Se encoge de hombros, pero no dice nada.

—Mira —le digo—, ya sé que me estoy metiendo donde no me llaman y que casi no nos conocemos, pero, cuando hablamos ayer, me dio la sensación de que estabas pasando por una época muy mala. Y supongo que debe de ser muy duro poner buena cara estando tan mal.

221

Sigue callada, sin mirarme.

—Así que —continúo— quería preguntarte… ¿Por qué te has metido en el agua?

Se encoge de hombros otra vez.

—No sé —contesta, y hace una pausa—. Estaba… muy agobiada. La boda y toda esa gente diciéndome que debía estar muy contenta por Jules y preguntándome cómo me va y qué tal en la universidad… —Se interrumpe y se mira las manos. Veo que tiene las uñas mordidas como una niña, con las cutículas despellejadas y rojas en contraste con la piel clara—. Solo quería alejarme de todo eso.

Jules ha dado a entender que era todo una pose, que Olivia era una teatrera, que solo quería llamar la atención. Sospecho que es más bien lo contrario. Creo que intentaba desaparecer.

—¿Puedo contarte una cosa? —le pregunto. Y, como no dice que no, continúo—: ¿Te acuerdas de que anoche te hablé un poco de mi hermana Alice?

—Sí.

—Pues… creo que me recuerdas un poquito a ella. Espero que no te importe que te lo diga. Te prometo que es un cumplido. Fue la primera persona de mi familia que llegó a la universidad. Sacaba unas notas buenísimas, todo sobresaliente.

—Yo no soy tan lista —masculla.

—¿No? Yo creo que eres más lista de lo que quieres aparentar. Estudiabas Literatura inglesa en Exeter. Es una buena carrera, ¿no?

Se encoge de hombros.

—Alice quería dedicarse a la política —le cuento—. Sabía que para conseguirlo debía tener un expediente impecable y sacar muy buenas notas. Las sacaba, claro, y la aceptaron en una de las mejores universidades del Reino Unido. Y luego, en primer curso, cuando se dio cuenta de que sacaba sobresaliente en todos los trabajos que entregaba sin esforzarse demasiado, se relajó un poco y empezó a salir con un chico, su primer novio. A mis padres y a mí nos hizo mucha gracia, porque de pronto estaba ilusionadísima con él.

Alice me habló de aquel chico cuando vino a casa para las vacaciones de Navidad. Lo había conocido en la Sociedad Reeling, una especie de club pijo al que se había apuntado porque celebraban un baile muy elegante a final de curso. Recuerdo que pensé que le ponía tanto entusiasmo a aquella relación como a sus estudios. «Está buenísimo, Han», me dijo. «Y le cae bien a todo el mundo. No me puedo creer que se haya fijado *en mí*». Me contó que se habían acostado y me hizo jurar que no se lo diría a nadie. Era el primer chico con el que se acostaba. Me dijo que se sentía muy unida a él, que hasta entonces no había sido consciente de que estas cosas pudieran ser así. Pero recuerdo que intentó matizar y que dijo que seguramente eran las hormonas y la idealización sociocultural del amor juvenil. Mi preciosa hermana, siempre tan inteligente, tratando de racionalizar sus sentimientos... Típico de Alice.

—Pero luego empezó a desengañarse —le digo a Olivia.

Ella levanta las cejas.

—¿Hubo algo que no le gustó de él? —De pronto parece más interesada.

—Creo que sí. En Pascua ya no habló tanto de él. Cuando le pregunté, me dijo que se había dado cuenta de que no era como ella creía. Y que había estado tan volcada en él que había perdido mucho tiempo y tenía que ponerse las pilas y centrarse en los estudios. Se dio cuenta cuando le pusieron un seis en un trabajo de clase. Eso fue lo que la hizo reaccionar.

—Madre mía, qué empollona —dice Olivia poniendo los ojos en blanco, y luego se da cuenta de su error—. Perdona.

Yo sonrío.

—Lo mismo le dije yo, pero así era Alice. El caso es que, como no quería portarse mal con él, se lo dijo en persona.

Eso también era muy propio de ella.

—¿Cómo se lo tomó él? —pregunta Olivia.

—Mal. Se puso hecho una fiera. Dijo que no iba a permitir que lo humillara. Y que se las pagaría.

Eso se me quedó grabado porque recuerdo que me pregunté qué podía hacer aquel tipo. ¿Cómo haces «pagar» a alguien por dejarte?

—Alice no me contó qué hizo para vengarse —le digo a Olivia—. Tampoco se lo contó a mis padres. Le daba demasiada vergüenza.

—Pero ¿tú te enteraste?

—Después —contesto—. Me enteré después. Tenía un vídeo grabado de ella.

Subió un vídeo de Alice a la intranet de la universidad. Era un vídeo que mi hermana le dejó grabar después de ese baile de gala en la Sociedad Reeling. La universidad lo eliminó del servidor en cuanto se enteró del asunto, pero para entonces se había corrido la voz y el daño ya estaba hecho. Había gente del campus que lo había grabado en su ordenador. Apareció en Facebook. Volvieron a eliminarlo. Y lo colgaron otra vez.

—Entonces, ¿fue… una pornovenganza? —pregunta Olivia.

Digo que sí con la cabeza.

—Así es como se le llama ahora, pero entonces no era un asunto tan conocido, la gente era menos precavida con esas cosas. Ahora una es consciente de que hay que tener mucho cuidado con ese tema, ¿no? Todo el mundo sabe que, si dejas que te hagan fotos o vídeos, pueden acabar colgados en Internet.

—Supongo que sí —dice Olivia—. Pero, en el momento, te olvidas. O si te gusta mucho alguien y te lo pide y tal… Entonces, imagino que lo vio todo el mundo en la uni de tu hermana, ¿no?

—Sí. Pero lo peor es que nosotros no nos enteramos en su momento. Ella no nos lo dijo. Le daba mucha vergüenza, creo que porque pensaba que dañaría la imagen que teníamos de ella. Siempre había sido tan perfecta… Aunque, claro, nosotros no la queríamos por eso.

El hecho de que no me lo contara *a mí*, eso es lo que todavía me duele tanto.

—A veces —digo—, creo que es más difícil contarles ciertas cosas a las personas que tienes más cerca. A la gente que más quieres. ¿No te parece?

Olivia asiente en silencio.

—Por eso quiero que sepas que a mí me puedes contar lo que sea, ¿vale? Porque siempre es mejor sacarlo fuera, ¿entiendes?, aunque sea algo que te avergüenza y aunque creas que los demás van a pensar mal de ti. Ojala, Alice me hubiera contado lo que le pasaba. Creo que así habría podido quitarle importancia, verlo desde otra perspectiva.

Olivia me mira y luego aparta los ojos.

—Sí —dice casi susurrando.

Y en ese momento se oye, a lo lejos, la megafonía de la carpa.

—Señoras y caballeros. —Me doy cuenta de que es la voz de Charlie, en su papel de maestro de ceremonias—. Por favor, tomen asiento para el banquete.

No hay tiempo de contarle lo demás a Olivia y quizá sea mejor que no lo sepa. Por eso no le digo que todo aquello se convirtió en una especie de mancha enorme que cubrió la vida y la persona de Alice. Era como si lo llevara tatuado en la piel. Nosotros no nos dimos cuenta de lo frágil que era. Siempre nos había parecido tan capaz, tan centrada. Sacaba unas notas estupendas, hacía deporte, había entrado en la universidad… Era una máquina. Pero, por debajo de todo eso, alimentando todos sus éxitos, había una maraña de ansiedad que ninguno de nosotros supo ver hasta que era ya demasiado tarde. No pudo soportar aquella humillación. Sabía que ya nunca podría dedicarse a la política, como soñaba. Y no solo por no tener un título universitario, porque dejó los estudios, sino porque había un vídeo circulando por Internet en el que aparecía haciéndole una mamada —y otras cosas— a un chico. Era una mancha imborrable.

Por eso no le cuento a Olivia que, en junio, dos meses después de dejar la universidad y volver a casa, Alice se tomó un cóctel de calmantes y otras medicinas que encontró en el armario del cuarto de baño mientras mi madre iba a buscarme al entrenamiento de baloncesto. Ni que este mes hace diecisiete años que mi preciosa e inteligentísima hermana se quitó la vida.

AOIFE

La organizadora de bodas

Es culpa mía, lo que acaba de pasar con la dama de honor. Tendría que haberlo adivinado. Lo adiviné, de hecho: sabía que esa chica traería problemas. Lo intuí esta mañana, cuando le puse el desayuno. Aguantó durante la ceremonia, aunque se le notaba en la cara que quería dar media vuelta y salir huyendo de allí. Después, claro, procuré vigilarla, pero había tantas cosas de las que tenía que estar pendiente... Los invitados se pusieron pesados y estaban tan ansiosos que los camareros —que son casi todos chavales de instituto o universitarios de vacaciones— no daban abasto para atenderlos.

En cuanto me descuidé, se armó el lío, vi a la chica en el agua y aquello me hizo revivir un día muy distinto. Ser incapaz de ayudar, haber visto las señales y no haber hecho nada hasta que ya era demasiado tarde. Las imágenes que se me aparecen una y otra vez en sueños: la marea subiendo y yo tendiendo las manos como si pudiera hacer algo...

Esta vez sí ha sido posible el rescate. Pienso en el novio, en el salvador, saliendo del mar con ella en brazos. Pero quizá yo podría haber impedido que esto ocurriera, si hubiera estado más atenta. Me enfado conmigo misma por haberme descuidado. He conseguido aparentar calma y profesionalidad delante de los invitados el tiempo justo para llevarlos a la carpa para el banquete. Y, aunque no hubiera podido dominarme, dudo que alguien se hubiera dado cuenta. A fin de cuentas, mi trabajo consiste en ser invisible.

Necesito a Freddy. Freddy siempre hace que me sienta mejor.

Lo encuentro en la zona de cáterin, al fondo de la carpa, donde los invitados no pueden verlo, emplatando junto a un pequeño batallón de ayudantes. Consigo llevármelo un momento fuera, lejos de la mirada curiosa de los pinches.

—La chica podría haberse ahogado —le digo.

Cuando me acuerdo, me falta la respiración. Vuelvo a verlo todo: lo que podría haber ocurrido sucede ante mis ojos. Es como si me hubiera retrotraído a otro día, a un día en el que no hubo un final feliz.

—Dios mío, Freddy, podría haberse ahogado. No he estado lo bastante atenta.

Es el pasado, repitiéndose otra vez. Todo es culpa mía.

—Aoife —dice agarrándome con firmeza por los hombros—, no se ha ahogado. No pasa nada.

—No —digo—. Él la salvó, pero ¿y si…?

—Nada de peros. Los invitados están en la carpa y todo va perfectamente, te lo aseguro. Vuelve ahí dentro y haz lo que se te da mejor. —Freddy siempre se las arregla para tranquilizarme—. Ha sido un tropiezo, nada más. Aparte de eso, todo está saliendo de maravilla.

—Pero es muy distinto a como me lo imaginaba —digo—. Es muy duro tenerlos a todos aquí, rondando por todas partes. Esos hombres, anoche, con sus juegos repugnantes… Y esto… esto ha hecho que me acuerde de todo…

—Ya casi ha terminado —dice Freddy con firmeza—. Solo tienes que aguantar unas horas más.

Digo que sí con un gesto. Tiene razón. Y sé que tengo que calmarme. No puedo perder los nervios. Hoy, no.

AHORA

La noche de bodas

Ya distinguen al hombre, a Freddy; camina hacia ellos tan deprisa como puede. Lleva una linterna en la mano: eso es todo, nada siniestro. Cuando se aproxima, la luz de las antorchas hace brillar la pátina de sudor de su frente pálida.

—Deberían volver a la carpa —grita, jadeante—. Hemos llamado a la Garda.

—¿Qué? ¿Por qué?

—La camarera se ha recuperado un poco. Dice que cree haber visto a alguien más aquí fuera, en la oscuridad.

—¡Tendríamos que hacerle caso y esperar a la policía! —les grita Angus a los otros cuando Freddy se marcha—. Esto es peligroso.

—¡Qué va! —grita Femi—. Ya que hemos venido hasta aquí…

—¿De verdad crees que van a venir corriendo, Angus? —pregunta Duncan—. ¿La policía? ¿Con este tiempo? Joder, ni hablar. Tenemos que apañárnoslas solos.

—Pues mejor me lo pones. Es peligroso…

—¿No nos estaremos precipitando? —grita Femi.

—¿Qué quieres decir?

—Que Freddy solo ha dicho que a la chica le ha parecido ver a alguien.

—Pero, si es verdad —responde Angus—, entonces…

—¿Qué?

—Pues que, si hay alguien más implicado, puede que… que no haya sido un accidente.

No lo dice en voz alta, pero todos lo oyen igualmente. *Asesinato.*

Empuñan con más fuerza las antorchas.

—Son buenas armas —grita Duncan—. Si hacen falta.

—Sí —contesta Femi, y cuadra un poco los hombros—. Somos unos cuantos. Cuatro contra uno.

—Espera. ¿Dónde está Pete? —pregunta Angus de repente.

—¿Qué? Joder… No.

—¿Se habrá ido con ese tal Freddy?

—No, Fem —responde Angus—. Y con el colocón que llevaba, joder…

Empiezan a llamarlo a voces:

—¡Pete!

—¡Pete, tío! ¿Dónde estás?

Nadie responde.

—¡Dios! Pues yo no pienso andar por ahí buscándolo —grita Duncan con un temblor en la voz, ligero pero revelador—. Además, no es la primera vez que se pone así, ¿no? Ya es mayorcito. No va a pasarle nada.

Los otros sospechan que se está esforzando por parecer convencido, cuando no lo está en absoluto. En todo caso, no van a llevarle la contraria. Ellos también quieren creerlo.

Antes, ese mismo día

JULES

La novia

Aoife ha creado algo mágico en el interior de la carpa. Hace calor aquí dentro y se agradece, porque fuera el viento sopla cada vez más frío. A través de la puerta veo moverse, subir y bajar la llama de las antorchas, y de vez en cuando el techo de la carpa se infla y se desinfla suavemente, doblándose al viento. Pero así, en cierto modo, esto parece aún más acogedor. Está todo perfumado por las velas, y las caras congregadas en torno a su luz parecen enrojecidas, lozanas y juveniles, aunque en realidad se deba a que han pasado la tarde bebiendo en medio del afilado viento irlandés. Todas mis expectativas se han cumplido. Miro a los invitados y veo en sus caras una expresión de asombro y admiración. Así que... ¿por qué me siento tan vacía?

Todos parecen haberse olvidado ya del espectáculo que ha dado Olivia. Es como si hubiera ocurrido otro día. Beben vino sin parar, lo engullen, y a medida que aumenta la animación, crece también el ruido. El ambiente festivo ha retornado y la boda sigue su curso normal, pero yo no me olvido. Cuando pienso en la cara de Olivia, en su mirada suplicante cuando intentaba hablar, se me eriza el vello de la nuca.

Retiran los platos, tan rebañados que están prácticamente limpios. El alcohol ha dado un hambre feroz a los invitados y Freddy es un cocinero excelente. He estado en un montón de bodas en las que tenía que hacer verdaderos esfuerzos por tragarme la pechuga de pollo correosa y las verduritas al estilo comedor escolar. Las chuletas de cordero con patatas chafadas al romero estaban tan tiernas que se deshacían en la lengua, suaves como terciopelo. Ha sido perfecto.

Ha llegado el momento de los discursos. Los camareros se despliegan por la sala llevando bandejas con botellas de Bollinger para los brindis. Noto cierta acidez y se me revuelve un poco el estómago cuando pienso en tomar más champán. Ya he bebido demasiado para no desentonar con mis invitados, que están eufóricos, y me siento rara, como si me costara controlarme. Todavía me ronda por la cabeza la imagen de ese nubarrón en el horizonte, durante el cóctel.

Se oye una cucharilla entrechocando con una copa: ¡*tin, tin, tin*!

La cháchara disminuye dentro de la carpa y un silencio obediente ocupa su lugar. Noto que la gente desvía su atención hacia otro lado. Las caras se vuelven hacia nosotros, hacia la mesa de los novios. La función está a punto de empezar. Me esfuerzo por poner cara de alegría e ilusión.

En ese instante, las luces de la carpa parpadean y se apagan. Quedamos sumidos en una penumbra crepuscular, muy parecida a luz mortecina de fuera.

—Les pido disculpas —dice Aoife levantando la voz desde el fondo de la carpa—. Es por el viento. La electricidad es un poco inestable en esta zona.

Alguien, creo que uno de los caballeros de honor, suelta un largo aullido. Otros se le unen y de pronto parece que hubiera toda una manada de lobos aquí dentro. A estas horas están ya todos borrachos y cada vez controlan menos. Me dan ganas de gritarles que se callen.

—Will, ¿podemos pedirles que paren? —susurro.

—Solo conseguiríamos que aullaran más aún —me dice en tono tranquilizador, y me aprieta la mano—. Seguro que la luz vuelve enseguida.

Justo cuando creo que ya no puedo soportarlo más, que de verdad voy a ponerme a gritar, vuelven a encenderse las luces. Los invitados gritan de alegría.

Mi padre se levanta primero para dar su discurso. Quizá debería habérselo prohibido en el último momento, como castigo por cómo se ha portado antes, pero habría parecido raro, ¿no? Y me he dado cuenta de que, en esto de las bodas, lo que importa son las apariencias. Si aparentamos que estamos todos alegres y satisfechos, quizá consigamos sofocar cualquier fuerza siniestra que se agite hoy bajo la superficie. Seguro que la mayoría de la gente cree que todo este lujo y este despliegue se lo debo a la generosidad de mi padre. Pues no, se equivocan.

Todo el mundo me pregunta que por qué decidí celebrar aquí la boda. Estaba preparando un reportaje para *The Download* y lancé una convocatoria en las redes sociales: «Véndeme tu salón de bodas». Aoife me mandó una propuesta. Me gustó su grado de planificación, la atención que dedicaba a los detalles prácticos. Parecía muchísimo más decidida que el resto. Se lo llevó de calle, de hecho. Pero no fue eso lo que nos convenció. La verdad pura y dura es que decidí celebrar aquí la boda porque era bonito y barato.

Porque mi queridísimo papá, ese que ahora está ahí de pie, tan ufano, me había cerrado el grifo. O, si no fue él directamente, me lo cerró Séverine.

Nadie lo diría, ¿verdad?, al ver esa tarta que me ha costado tres mil libras, o los anillos de servilleta de plata con el nombre de los invitados grabado, o las velas de Cloon Keen Atelier (la producción anual entera de la tienda). Pero ese era el tipo de cosas que mis invitados esperaban de mí. Y solo he podido permitírmelas —y permitirme una boda del nivel al que estoy acostumbrada— porque Aoife me ofreció un cincuenta por ciento de descuento si la celebraba aquí. Puede parecer aburrida, pero es muy espabilada. Así fue como lo consiguió. Sabe que sacaré el Torreón en la revista y que tendrá mucha publicidad gracias a Will. Al final, saldrá ganando.

—Para mí es una gran satisfacción estar aquí —dice mi padre ahora—, en la boda de mi pequeña.

«Su pequeña». Por favor… Noto que se me endurece la sonrisa.

Papá levanta su vaso. Veo que está bebiendo Guinness: siempre se empeña en no beber champán, por hacer honor a sus raíces. Sé que debería estar mirándolo con adoración, pero sigo tan enfadada por lo que ha dicho antes que casi no soporto mirarlo.

—Claro que, en realidad, Julia nunca ha sido mi pequeña —continúa.

Hacía años que no lo oía hablar con un acento tan fuerte. Se le marca mucho más cuando se emociona… o cuando está bebido.

—Siempre ha tenido mucho temperamento. Hasta cuando tenía nueve años, siempre sabía exactamente lo que quería. Aunque yo intentara… —carraspea intencionadamente— convencerla de lo contrario. —Se oyen risas entre los invitados—. Iba siempre a por lo que quería con empeño y decisión. —Esboza una sonrisa remolona—. Si quisiera darme aires, podría decir que en ese aspecto ha salido a mí, pero no es cierto. Yo no tengo tanto carácter, ni mucho menos. Hago como que sé lo que quiero, cuando en realidad solo me encapricho de las cosas. Jules es muy suya, y ¡pobre de aquel que le lleve la contraria! Seguro que los que trabajáis con ella me daréis la razón.

Se oyen algunas risas un poco nerviosas en la mesa de *The Download*. Yo les lanzo una sonrisa beatífica: tranquilos, que no os lo voy a tener en cuenta. Hoy, no.

—La verdad —continúa mi padre— es que, si os soy sincero, no soy precisamente un modelo en esto del matrimonio. Esta noche están aquí presentes dos de mis esposas: la primera y la quinta, si no me fallan las cuentas, así que supongo que podría decirse que estoy abonado al club, aunque no sea un miembro ejemplar, que digamos. —El chiste no ha tenido mucha gracia, pero algunos espectadores sueltan una risita obediente—. Jules, ejem, me lo dejó bien claro esta mañana, cuando intenté darle algunos consejos paternales.

«Consejos paternales», ¡ja!

—Aun así, creo que alguna cosa he aprendido con los años sobre cómo mantener a flote un matrimonio. La clave está en encontrar a esa persona a la que conoces mejor que a nadie en el mundo. Y no me refiero a saber cómo toma el café, o cuál es su película favorita, o cómo se llamaba su primer gato. Me refiero a conocerla a un nivel más profundo. A conocer su alma. —Sonríe a Séverine, que se esponja visiblemente—. Además, yo no soy el más indicado para darle ese tipo de consejos. Sé que no he estado muy presente en su vida. Mejor dicho, que casi nunca he estado presente en su vida. Ninguno de los dos lo ha estado. Seguramente, Araminta estará de acuerdo conmigo en eso.

Vaya. Miro a mi madre. Tiene un rictus tan tenso como el mío, aunque intente sonreír. Seguro que lo de la primera esposa no le ha hecho ninguna gracia porque se habrá sentido vieja, y estará furiosa porque haya dado a entender que ha descuidado sus deberes maternales, con lo que estaba disfrutando ella haciendo el papel de gentil madre de la novia.

—Así que, en nuestra ausencia, Julia tuvo que forjarse su propio camino. ¡Y qué camino se ha forjado! Sé que no siempre lo demuestro como es debido, pero estoy muy orgulloso de ti, Juju, de todo lo que has conseguido.

Pienso en la ceremonia de entrega de premios del colegio. En mi graduación. En la presentación de la revista. Mi padre no asistió a ninguno de esos actos. Pienso en cuántas veces he deseado oír esas palabras. Y ahora por fin las ha dicho; precisamente ahora, cuando más enfadada estoy con él. Noto que se me saltan las lágrimas. Mierda. Me ha pillado desprevenida. Yo nunca lloro.

Se vuelve para mirarme.

—Te quiero muchísimo. Mi hija, tan lista, tan complicada y valiente.

Ay, Dios. No es un llanto bonito, además: no es un sutil humedecimiento de los ojos ni nada por el estilo. Las lágrimas me corren por las mejillas y tengo que limpiármelas primero con la mano y luego con la servilleta, intentando que paren. ¿Qué me pasa?

—El caso es —añade dirigiéndose a los invitados— que, aunque Jules sea una mujer tan independiente e increíble, me gusta pensar que es mi pequeña. Porque hay ciertos sentimientos a los que, como padre, uno no puede sustraerse, da igual que hayas sido una porquería de padre o que no tengas ningún derecho a ellos. Y uno de esos sentimientos es el instinto de protección. —Se vuelve hacia mí otra vez y no me queda más remedio que mirarlo. Tiene una expresión de ternura auténtica. Noto una punzada en el pecho.

Y entonces se vuelve hacia Will.

—William, pareces... un tipo estupendo. —¿Me lo he imaginado o ha recalcado sospechosamente el «pareces»?—. Pero...

Sonríe. Yo conozco esa sonrisa. No es en absoluto una sonrisa, es un enseñar los dientes.

—Más te vale cuidar bien de mi hija. Más te vale no cagarla. Porque, si le haces daño a mi niña... Bueno, es muy sencillo. —Levanta la copa como en un brindis—. Iré a por ti.

Se hace un silencio tenso. Yo suelto una risa forzada, que acaba sonando como un sollozo. Su estela genera una onda y otros invitados se ríen también, aliviados quizá porque ahora saben cómo tomárselo: «¡Ah, es una broma!».

Solo que no lo es. Yo lo sé, mi padre lo sabe y sospecho, por la cara que ha puesto, que Will también lo sabe.

OLIVIA

La dama de honor

El padre de Jules se sienta. Jules está hecha polvo, con la cara toda roja y manchada. Antes la he visto secarse los ojos con la servilleta. Porque mi hermana tiene sentimientos, aunque se haga siempre la dura. Me siento fatal por lo de antes, sinceramente. Sé que Jules no me creerá si se lo digo, pero lo siento de verdad. Todavía tengo frío; es como si el frío del mar se me hubiera metido debajo de la piel. Me he puesto el vestido que llevaba anoche porque he pensado que así Jules se enfadaría menos, pero ojalá pudiera ponerme mi ropa normal. Tengo los brazos cruzados, a ver si así entro en calor, pero de todas formas me castañetean los dientes.

Se oyen vivas y silbidos, y también unos cuantos abucheos cuando Will se levanta. Luego la sala se queda en silencio. Todo el mundo está pendiente de él. Will surte ese efecto sobre la gente, supongo que por su físico y por cómo es; por la seguridad que tiene en sí mismo. Porque siempre parece que lo tiene todo dominado.

—En nombre de mi flamante esposa y en el mío propio —dice, pero casi no se le oye entre los gritos, los hurras, los golpes en las mesas y los zapatazos. Sonríe mirando alrededor, hasta que todo el mundo se calla—. En nombre de mi flamante esposa y en el mío propio, muchísimas gracias por estar aquí hoy. Sé que Jules estará de acuerdo conmigo si digo que es maravilloso poder celebrarlo con nuestros seres queridos, con las personas a las que más apreciamos y a las que nos sentimos más unidos. —Se vuelve hacia Jules—. Me siento el hombre más afortunado del mundo.

Ella ya se ha secado los ojos y, cuando mira a Will, su expresión ha cambiado por completo, se ha transformado. De pronto parece tan feliz que casi hace daño mirarla; es como mirar fijamente una bombilla encendida. Will le sonríe, radiante.

—Madre mía —oigo que murmura una mujer en la mesa de al lado—. Son *demasiado* perfectos.

Will sigue sonriendo a todo el mundo.

—Y fue pura suerte, de verdad —dice—. Nuestro primer encuentro, quiero decir. Si no hubiera estado en el lugar adecuado en el momento justo… Como Jules suele decir, fue nuestro momento decisivo, ese momento en el que podríamos habernos subido al tren o haberlo dejado pasar. —Levanta su copa—. Así que: ¡por la suerte! Y porque cada cual se forje la suya… o le eche una manita, si hace falta.

Guiña un ojo. Los invitados se ríen.

—En primer lugar —continúa—, es costumbre decirles a las damas de honor lo guapas que están, ¿no? Nosotros solo tenemos una, pero creo que estaréis de acuerdo conmigo en que es tan guapa que vale por siete. Así que ¡un brindis por Olivia, mi nueva hermana!

Me miran todos levantando sus copas. No puedo soportarlo. Clavo la mirada en el suelo hasta que se callan y Will empieza a hablar otra vez.

—Y, en segundo lugar, por mi esposa. Mi bella e inteligente Jules… —Los invitados se ponen a armar jaleo otra vez—. Sin ti, la vida sería aburridísima. Sin ti, no habría amor ni alegría. Eres mi compañera, mi igual. Así que, por favor, ¡poneos en pie para que brindemos por Jules!

Los invitados se levantan a mi alrededor.

—¡Por Jules! —gritan, risueños.

Sonríen todos a Will, sobre todo las mujeres, que no le quitan ojo. Yo sé lo que ven. Ven a Will Slater, la estrella de la televisión. Y, ahora, el marido de mi hermana. Un héroe: fíjate en cómo me sacó antes del mar. Un tío estupendo en todos los sentidos.

—¿Sabéis cómo nos conocimos Jules y yo? —pregunta cuando vuelven a sentarse—. Fue obra del destino. Ella dio una fiesta en el Museo Victoria y Alberto, para la revista. Yo era solo un acompañante: fui con una amiga. El caso es que mi amiga tuvo que marcharse y yo me quedé solo. Estaba decidiendo si me iba a casa o no y, al final, no sé por qué, decidí quedarme. Total, que ¿quién sabe qué habría pasado si no hubiera vuelto a entrar en la fiesta? ¿Nos habríamos conocido? Así que, aunque Jules trabaje tanto que a veces tengo celos de la revista, también quiero darle las gracias por habernos unido. ¡Por *The Download*!

Los invitados vuelven a levantarse.

—¡Por *The Download*! —repiten como loros.

No conocí al novio de Jules hasta que ya estaban prometidos. Ella se lo había tenido muy callado. Era como si no quisiera traerlo a casa hasta que tuviera el anillo en el dedo, por si acaso se asustaba al conocernos. A lo mejor parezco una zorra por decirlo así de claro, pero la verdad es que Jules siempre ha sido implacable con esas cosas. Y no la culpo del todo, creo. Mamá puede armar cada número…

Jules lo preparó todo hasta el último detalle, como siempre. Vendrían a tomar café a casa de mamá, se quedarían media hora y luego iríamos los cuatro a comer al River Café (su restaurante favorito, nos dijo Jules; ya había reservado mesa). Las instrucciones que nos dio a mamá y a mí eran muy claras: no me fastidiéis esto.

Yo no quería estropear aquel primer encuentro con el novio de Jules, de verdad que no. Pero, cuando llegaron y los vi entrar por la puerta, tuve que irme corriendo al baño a vomitar. Luego me di cuenta de que no podía moverme. Me senté en el suelo, al lado del váter, y me quedé allí un buen rato. Me faltaba la respiración, como si me hubieran dado un puñetazo en el estómago.

Me di perfecta cuenta de cómo había ocurrido. Él volvió al museo después de meterme en el taxi. Allí conoció a mi hermana, la reina del baile: mucho más adecuada para él, por supuesto. Cosas del destino. Recuerdo, además, lo que me dijo cuando nos conocimos: «Si tuvieras diez años más, serías mi mujer ideal». Lo vi con toda claridad.

Pasado un rato —supongo que porque tenía que cumplir su importantísimo horario—, Jules subió a buscarme. «Olivia», me dijo, «tenemos que irnos a comer. Me encantaría que vinieras, claro, pero, si no te encuentras bien, no pasa nada». Me di cuenta de que sí que pasaba, claro, pero en aquel momento eso era lo que menos me preocupaba.

No sé cómo, pero conseguí que me saliera la voz. «No, no puedo ir», le dije a través de la puerta. «Me encuentro mal». En ese instante, me pareció lo más fácil; seguirle la corriente y ya está. Y, además, era cierto que no me encontraba bien: tenía náuseas, como si me hubiera intoxicado.

Desde entonces le he dado muchas vueltas. ¿Qué hubiera pasado si en ese momento le hubiera echado valor, hubiera abierto la puerta y le hubiera contado la verdad, allí mismo, a la cara, en lugar de esperar y esconderme hasta que ya era demasiado tarde?

«Vale», me dijo. «Muy bien. Siento mucho que no puedas venir». No parecía sentirlo en absoluto. «No voy a echarte la bronca por esto, Olivia. Puede que sea verdad que te encuentras mal. Voy a concederte el beneficio de la duda, pero me gustaría de verdad que me apoyaras en esto. Mamá me ha dicho que estás pasando una mala racha, y lo siento. Pero, por una vez, me gustaría que intentaras alegrarte por mí».

Me apoyé contra la puerta del baño y traté de seguir respirando.

¡Con qué rapidez reaccionó él! Fue visto y no visto. Cuando entró por la puerta aquella primera vez, cuando nos «conocimos», se quedó paralizado una décima de segundo, como mucho. Seguramente yo fui la única que lo notó. El temblor de un párpado, una ligera tensión en la mandíbula. Nada más. Qué bien disimuló. Con qué soltura.

Así que es normal que no pueda pensar en él como en Will. Para mí siempre será Steven. No lo pensé cuando me registré con un nombre falso en la aplicación de citas. No se me ocurrió que a lo mejor él también había mentido.

El día de la fiesta de compromiso, decidí que no podía seguir escondiéndome. Me pasé los dos meses anteriores pensando en cómo podría haber reaccionado para sentirme menos patética, para hacer bien las cosas en vez de pirarme y vomitar. A fin de cuentas, yo no había hecho nada malo. Esta vez me enfrentaría a él. Era él quien tenía que dar explicaciones, a mí y a Jules. Era él quien tendría que estar sintiéndose como una puta mierda. La primera vez, había dejado que se saliera con la suya. Ahora iba a darle una lección.

Pero me descolocó desde el principio. Cuando llegué, me recibió con una sonrisa enorme. «¡Olivia!», dijo. «Espero que estés mejor. Qué lástima que la última vez no pudiéramos presentarnos como es debido».

Me quedé tan sorprendida que no supe qué decir. Estaba fingiendo que no nos conocíamos, así, en mi cara. Hasta hizo que empezara a dudar de mí misma. ¿De verdad era él? Pues claro que era él. No había duda. Desde más cerca, vi que la piel de alrededor de los ojos se le arrugaba igual y que tenía los dos mismos lunares en el cuello, debajo de la mandíbula. Y me acordé muy claramente de cómo había reaccionado al verme la primera vez, en una fracción de segundo.

Sabía perfectamente lo que hacía: me estaba poniendo obstáculos para que no pudiera contar la verdad. Y estaba seguro, además, de que yo era demasiado cobarde para contárselo a Jules y que temía que mi hermana no me creyera.

Y tenía razón.

HANNAH

La acompañante

Ha habido algo que me ha chocado en el discurso de Will, hace un momento. Algo que me ha resultado extrañamente familiar, como si lo hubiera oído ya antes. No sé qué es, pero, mientras a mi alrededor todo el mundo lanzaba hurras y aplaudía, yo he notado una especie de desazón en el estómago.

—Allá vamos —oigo que susurra alguien sentado cerca de mí—. ¿Listos para el plato fuerte?

Charlie no está en mi mesa. Está en la de los novios, a la izquierda de Jules. Es lógico, supongo. Al fin y al cabo, yo no formo parte del cortejo nupcial y él sí. Pero todas las demás parejas parecen haberse sentado juntas. De pronto caigo en la cuenta de que casi no he visto a Charlie desde esta mañana y, cuando lo he visto fuera, en el cóctel, me he sentido, no sé por qué, más apartada de él que si no nos hubiéramos visto. En apenas veinticuatro horas, es como si se hubiera abierto un abismo entre nosotros.

Los invitados sentados a mi lado han hecho una porra sobre cuánto va a durar el discurso del padrino. Han apostado cincuenta libras cada uno, así que he pasado. También le han puesto nombre a nuestra mesa: «la mesa de los desobedientes». Son como niños que hubieran pasado demasiado tiempo encerrados. En la última hora o así, se han bebido botella y media cada uno, como mínimo. Peter Ramsay, que está sentado a mi lado, habla tan deprisa que está empezando a

241

marearme. Puede que sea por la costra de polvillo blanco que tiene alrededor de uno de los orificios nasales. Tengo que refrenarme para no inclinarme y limpiársela con la punta de la servilleta.

Charlie, en su papel de maestro de ceremonias, se levanta y le coge el micro a Will. Me sorprendo mirándolo atentamente, a ver si descubro algún indicio de que ha bebido más de la cuenta. ¿Tiene la cara ligeramente más flácida, lo que delataría que ha estado bebiendo? ¿Se tambalea un poco, quizá?

—Y ahora —dice, pero se oye un chirrido de retorno y la gente (sobre todo, los caballeros de honor) empieza a quejarse, a abuchear y a taparse los oídos. Charlie se pone colorado, y a mí me da un poco de vergüenza ajena. Lo intenta otra vez—: Y ahora le toca el turno al padrino. Un gran aplauso para Jonathan Briggs.

El discurso del padrino siempre me resulta penoso de ver. Genera tanta expectación… Y además siempre está el peligro de ponerse un pelín demasiado formal o un pelín demasiado ofensivo. Es mejor, creo yo, pecar de políticamente correcto que pasarse de la raya para hacerse el gracioso. Pero me da la sensación de que a Johnno no le preocupa ofender a alguien; no es de esos.

A lo mejor son imaginaciones mías, pero parece que se tambalea un poco cuando Charlie le pasa el micrófono. A su lado, mi marido parece completamente sereno. Al rodear la mesa para ponerse delante, Johnno tropieza y casi se cae. Mis compañeros de mesa se ponen a abuchear y a lanzarle pullas. A mi lado, Peter Ramsay se mete los dedos en la boca y suelta un silbido que hace que me tiemblen los tímpanos.

Cuando por fin consigue ponerse delante de nosotros, queda clarísimo que está borracho. Se queda parado unos segundos sin decir nada y luego parece acordarse de dónde está y qué es lo que tiene que hacer. Da unos golpecitos al micro y el ruido retumba en toda la carpa.

—¡Venga, Johnners! —grita alguien—. ¡Que es para hoy!

Los invitados de mi mesa empiezan a dar golpes en la mesa con los puños y zapatazos.

242

—¡Que hable, que hable, que hable!

A mí se me pone la carne de gallina. Esto me recuerda a lo de anoche: ese ritmo tribal, esa sensación de amenaza.

Johnno hace un gesto con la mano: «Calma, calma». Sonríe. Luego se gira y mira a Will. Carraspea, respira hondo.

—Nos conocemos desde hace muchísimo tiempo, este tío y yo. ¡Vivan los trevellyanos! —Se oyen vítores, sobre todo entre los caballeros de honor—. Bueno… —continúa Johnno cuando la gente empieza a callarse, y señala a Will con un ademán—. Fijaos en él. ¿Verdad que sería muy fácil odiarle? —Hace una pausa, quizá un poco larga, y luego añade—: Lo tiene todo: un buen físico, simpatía, una carrera profesional exitosa, dinero… —¿Eso lo ha dicho con cierta sorna?—. Y, además, —señala a Jules— a su chica. Así que, pensándolo bien, creo que sí que le odio. ¿Soy el único?

Se oyen risitas en la sala. Alguien grita:

—¡Eso, eso!

Johnno sonríe. Sus ojos tienen un brillo salvaje, peligroso.

—Por si alguien no lo sabe, Will y yo fuimos juntos al colegio. Pero el nuestro no era un colegio normal, no. Era más bien…, no sé…, algo a medio camino entre un campo de prisioneros y *El señor de las moscas*. Por cierto, gracias por recordarnos el título anoche, Charlie, chaval. ¿Lo veis? Allí lo importante no era sacar buenas notas. Allí de lo que se trataba era de sobrevivir y nada más.

Me ha parecido, aunque no estoy segura, que recalcaba esa última palabra; que la decía como si fuera un nombre propio. Entonces me acuerdo del juego del que nos hablaron anoche, en la cena. ¿No se llamaba Supervivencia?

—Y que conste —continúa— que nos hemos metido en muchos marrones a lo largo de los años. Me refiero en particular a la época del Trevellyan. Fueron tiempos siniestros. Hubo momentos demenciales. A veces, parecía que éramos nosotros dos contra el mundo entero —mira a Will—, ¿verdad?

Will asiente, sonriendo.

Hay algo raro en el tono del discurso de Johnno. Un sesgo amenazador, la sensación de que podría hacer o decir cualquier cosa y echarlo todo a perder. Miro las otras mesas intentando descubrir si los demás invitados también lo notan. La sala se ha quedado un poco en silencio, de eso no hay duda; es como si estuviéramos todos conteniendo la respiración.

—Pero es lo que tienen los buenos amigos, ¿no? —añade—. Que siempre te respaldan.

Tengo la sensación de estar viendo una copa tambalearse en el filo de una mesa y no poder hacer nada, solo esperar a que se haga añicos. Miro a Jules y empiezo a agobiarme. Tiene la boca tensa. Se nota que está deseando que esto acabe de una vez.

—En cambio, fijaos en mí. —Johnno se señala a sí mismo—. Soy un puto gordinflón, un cerdo embutido en un traje que le queda pequeño. Por cierto —dice volviéndose a mirar a Will—, ¿recuerdas que te dije que se me había olvidado el traje en casa? Pues la cosa no acaba ahí. —Se gira y vuelve a mirar al público—. La verdad, la pura verdad, es que no había traje. O, mejor dicho, lo había y luego dejó de haberlo. Veréis, al principio yo pensaba que Will iba a pagarme el traje. No es que yo sea un entendido en estas cosas, pero sé que es lo que suele hacerse con el vestido de las damas de honor, ¿no?

Nos mira inquisitivamente. Nadie contesta. Se ha hecho un completo silencio en la carpa. Hasta Peter Ramsay, a mi lado, ha dejado de mover la pierna arriba y abajo.

—¿No los paga la novia? —pregunta Johnno—. Esa es la norma, ¿verdad? Vas a obligar a alguien a ponerse un puto traje de gala. No va a ponérselo porque le apetezca. Y, encima, aquí el bueno de Will quería que llevara un traje de Paul Smith. No se conformaba con menos.

Se está ambientando, se le nota. Se pasea delante de nosotros como un monologuista por el escenario.

—El caso es que estábamos en la tienda y, cuando vi la etiqueta del precio, pensé: «Hostias, qué espléndido se ha puesto». ¡Ochocientos pavos! Era uno de esos trajes con los que tienes un polvo garantizado,

¿sabéis? Pero ¿ochocientas libras? Prefiero pagar por echar un polvo. Porque ¿para qué quiero yo un traje tan caro? No es que vaya a fiestas elegantes cada dos semanas, que digamos. Pero, aun así, me dije: «Total, si es lo que quiere que me ponga, ¿para qué voy a llevarle la contraria?».

Miro a Will. Está sonriendo, pero su sonrisa parece forzada.

—Pero cuando llegamos a la caja —prosigue Johnno—, Will se hizo a un lado y dejó que pagara yo, lo que fue un poquitín violento. Pasé un mal rato rezando por que mi tarjeta de crédito tuviera saldo. Fue un puto milagro que lo tuviera, sinceramente. Y él mientras tanto allí, sin dejar de sonreír. Como si me hubiera comprado el traje. Como si tuviera que volverme y darle las gracias.

—Esto se pone interesante —murmura Peter Ramsay.

—Total, que al día siguiente devolví el traje. Evidentemente, no iba a decírselo a Will. Así que, mucho antes de venir aquí, ideé un plan. Fingiría que me lo había dejado en casa, por un despiste. No podían hacerme volver a Inglaterra para recogerlo, ¿no? Y, por suerte, vivo en el culo del mundo, así que ninguno de vosotros podía «ofrecerse amablemente» a ir a buscarlo. Menudo corte, si no, ¡ja, ja!

—¿Se supone que es gracioso? —pregunta una mujer enfrente de mí.

—Ochocientos pavos por un traje —dice Johnno—. ¡Ochocientos! ¿Y por qué? ¿Porque llevaba un nombre cosido en el forro de la chaqueta? Habría tenido que vender un riñón para comprarlo. Habría tenido que vender este cuerpazo en la calle. —Se pasa las manos por el cuerpo lascivamente y se oyen algunos abucheos desganados—. Y ya sabéis que los gordos peludos de treinta y tantos años no están muy solicitados.

Suelta una carcajada brutal y algunos invitados, como atendiendo a una señal, se echan a reír también. Son risas de alivio; la risa de quien ha estado conteniendo la respiración.

—Lo que quiero decir —añade Johnno, que no ha acabado todavía— es que Will podría haberme comprado el traje, ¿no? A fin de cuentas, está forrado. Sobre todo gracias a ti, Jules, guapa. Pero no, él es un puto tacaño. Lo digo con todo mi amor, por supuesto. —Mira a Will batiendo las pestañas, como en una parodia extraña y pasada de rosca.

Will ha dejado de sonreír. Yo ni siquiera me atrevo a mirar a Jules. Tengo la sensación de que no debería estar viendo esto. Es como ese impulso asqueroso y macabro de mirar el escenario de un accidente de tráfico.

—Bueno, es igual —dice Johnno—. Al final, me prestó su traje de repuesto sin hacer preguntas. Eso es portarse como un amigo de verdad, ¿eh? Aunque te advierto, colega —se estira y la chaqueta se tensa; el botón que la sujeta amenaza con saltar—, que seguramente no estará impecable cuando te lo devuelva. —Se gira otra vez para mirar a la gente—. Pero para eso están los amigos, ¿no? Para respaldarte en cualquier situación. Will puede ser un poquitín agarrado, sí, pero yo sé que siempre puedo contar con él.

Le pone una manaza en el hombro al novio, que parece doblarse un poco bajo su peso, como si le hubiera echado una losa encima.

—Y estoy seguro, segurísimo, de que jamás me haría una putada. —Se vuelve hacia Will y se inclina como si quisiera escudriñar su cara—. ¿Verdad que no, amigo?

Will levanta una mano y se limpia la cara. Parece que Johnno le ha salpicado de saliva.

Se hace un silencio: un silencio largo e incómodo, durante el cual queda claro que Johnno está esperando una respuesta. Por fin, Will dice:

—No, claro que no.

—¡Estupendo! —dice Johnno—. ¡Es genial! Porque, ja, ja… ¡Las cosas por las que hemos pasado juntos! Las cosas que sé de ti, tío. Sería una locura, ¿verdad? ¿Esa historia que compartimos? Te acuerdas, ¿verdad? Hace tantos años.

Se vuelve de nuevo hacia Will, que se ha puesto blanco.

—¿De qué cojones habla? —susurra alguien en la mesa—. ¿De qué va todo esto?

—Sí —oigo que contesta otra persona—. Es de locos.

—¿Y sabes qué? —pregunta Johnno—. Hace un rato tuve una charla con los caballeros de honor y llegamos a la conclusión de que sería bonito darle un toque de tradición a tu boda. Para recordar los viejos tiempos. —Hace una seña mirando a la sala—. ¿Chicos?

Los caballeros de honor se levantan, todos a una. Se acercan y rodean la silla de Will.

Él se encoge de hombros con buen humor.

—¿Qué estarán tramando?

Todo el mundo se ríe, pero veo que Will no está sonriendo.

—Es lo que toca—dice Johnno—. La tradición y todo eso. Vamos, chaval, ¡ya verás qué risa!

Y entre todos agarran a Will. Se ríen y vitorean. Si no lo hicieran, parecería todo mucho más siniestro. Johnno se quita la corbata y le venda los ojos con ella. Luego suben a Will a hombros y se marchan con él. Salen de la carpa, internándose en la oscuridad cada vez más espesa.

JOHNNO

El padrino

Dejamos a Will en el suelo de la Cueva de los Murmullos. Supongo que no le hace ninguna gracia que su precioso traje se manche de arena mojada, ni el olor que hay aquí, a algas podridas y azufre, que es como un puñetazo en la cara. Está empezando a oscurecer y hay que guiñar un poco los ojos para ver bien. Además, el mar está más revuelto que antes: se oye cómo se estrella contra las rocas al otro lado. Will no ha parado de reírse y de bromear durante el camino, mientras veníamos hacia aquí. «Chicos, más vale que no me llevéis a un sitio que esté sucio, porque, como me manche el traje, Jules me mata», decía. O: «¿No puedo sobornaros con una caja de champán del bueno para que me llevéis otra vez a la carpa?».

Los chicos se ríen. Para ellos, todo esto es un descojone, un desmadre como los de antes. Llevaban ya un par de horas en la carpa, cada vez más borrachos e inquietos; sobre todo los que, como Peter Ramsay, se han empolvado la nariz. Antes de soltar mi discurso yo también me he puesto una raya en el servicio con algunos de los chicos, y puede que haya sido mala idea. Me ha puesto aún más nervioso, y también ha hecho que lo vea todo extrañamente claro.

Los otros se han puesto eufóricos por estar al aire libre. Es un poco como en la despedida: estar todos juntos otra vez, como hace años. El viento, que ahora sopla con fuerza, hace que todo tenga un tinte más dramático. Hemos tenido que avanzar con la cabeza agachada, y nos ha costado mucho traer a Will hasta aquí.

Este sitio, la Cueva de los Murmullos, está muy bien. Muy apartado. Seguro que, si en el Trevellyan hubiera habido una cueva así, se habría usado para Supervivencia.

Will está tumbado sobre las piedras, no muy cerca del agua. No sé cómo son las mareas por aquí. Le hemos atado las muñecas y los tobillos con las corbatas, como manda la tradición del colegio.

—Vale, chicos —digo—. Vamos a dejarlo aquí un rato, a ver si consigue volver él solito.

—No vamos a dejarlo ahí de verdad hasta que se desate solo, ¿no? —me pregunta Duncan en voz baja mientras salimos de la cueva.

—No, qué va —le digo—. Si no ha vuelto en media hora, venimos a por él.

—¡Más os vale! —grita Will, que sigue comportándose como si fuera todo una broma—. ¡Me esperan en una boda!

Me dirijo a la carpa con el resto de los caballeros de honor.

—Ahora voy —les digo cuando pasamos junto al Torreón—. Tengo que echar una meada.

Los veo volver a la carpa riendo y empujándose. Ojalá pudiera ser como ellos. Ojalá para mí fueran solo recuerdos inofensivos del colegio, un rato de diversión y nada más. Ojalá pudiera seguir siendo un juego.

Cuando los pierdo de vista, doy media vuelta y vuelvo a la cueva.

—¿Quién es? —grita Will cuando me acerco.

Su voz retumba en las paredes y parece que son cinco Wills quienes lo preguntan.

—Soy yo, *amigo*.

—¿Johnno? —pregunta en voz baja.

Ha conseguido sentarse y está apoyado contra la pared de la cueva. Ahora que se han ido los chicos, ha dejado de fingir. Aunque sigue teniendo los ojos vendados, veo que está muy cabreado. Tiene la mandíbula tensa.

—¡Desátame y quítame esto de los ojos! Debería estar en la boda. Jules estará furiosa. Ya habéis hecho vuestra bromita, pero esto no tiene gracia.

—No —contesto—. No, sé que no la tiene. Yo tampoco me estoy riendo, ¿sabes? ¿Verdad que no es tan divertido cuando estás tú al otro lado? Claro que tú no podías saberlo. Nunca te tocó Supervivencia en el Trevs, ¿no? De eso también te librabas siempre, no sé cómo.

Veo que frunce el ceño detrás de la venda.

—Oye, Johnno —dice en tono ligero, cordial—, ese discurso y ahora esto… Me parece que se te ha ido un poco la mano con las golosinas. En serio, colega…

—Yo no soy tu colega —le digo—. Y creo que sabes por qué.

Mientras daba el discurso, he fingido que estaba más borracho de lo que estoy. No estoy tan pedo, en realidad. Además, la coca me ha despejado. Pienso con mucha claridad, como si alguien hubiera pulsado un interruptor y se hubiera encendido un gran foco dentro de mi cabeza. Muchas cosas se han iluminado de pronto y han cobrado sentido.

Es la última vez que alguien me toma por tonto.

—Hasta las dos de la tarde de hoy era tu amigo —le digo—. Pero ahora no. Ya no.

—Pero ¿qué dices? —Empieza a estar un poco inquieto. «Sí», pienso, «haces bien en asustarte».

Vi cómo me miraba mientras daba el discurso, preguntándose qué coño estaba haciendo, qué iba a decir a continuación, qué iba a contarles a sus invitados. Espero que estuviera cagado de miedo. Ojalá hubiera llegado hasta el final, ojalá lo hubiera contado todo, pero me he acobardado. Igual que me acobardé hace años, cuando debería haber acudido a los profesores y haber respaldado a quien se chivó, fuera quien fuese. Debería haberles contado con pelos y señales lo que hicimos. Porque, si hubiéramos sido dos quienes lo contábamos, tendrían que habernos hecho caso, ¿no?

Pero no me atreví entonces y tampoco me he atrevido al dar el discurso. Porque soy un puto cobarde.

Así que tengo que conformarme con esto.

—Antes he tenido una conversación muy interesante con Piers —digo—. Muy instructiva.

Veo que traga saliva.

—Mira —dice con cuidado, en un tono muy razonable, de hombre a hombre, que solo consigue que me enfurezca aún más—. No sé qué te habrá dicho Piers, pero…

—Me la jugaste. En realidad, no ha hecho falta que Piers me lo dijera. Lo he deducido yo solo. Sí, yo. El tonto de Johnno, el que no se entera de nada. No querías tenerme ahí, ¿eh? Habría sido un estorbo, recordándote siempre lo que fuiste una vez. Lo que hiciste.

Hace una mueca.

—Johnno, tío, yo…

—Tú y yo. Así tendría que haber sido: tú y yo, siempre dando la cara el uno por el otro. Nosotros dos contra el mundo entero, eso decías. Sobre todo, después de lo que hicimos, de lo que sabíamos el uno del otro. Nos cubríamos las espaldas mutuamente. O eso pensaba yo.

—Y así es, Johnno. Eres mi padrino…

—¿Puedo decirte una cosa? Lo del negocio del *whisky*…

—¡Ah, sí! ¡Hellraiser! —dice a toda prisa, ansiosamente. Esta vez, se ha acordado—. ¿Lo ves? ¡Ahí lo tienes! Te va de puta madre. No sé a qué viene ese rencor…

—No, qué va. —Le corto—. Verás, ese negocio no existe.

—¿De qué estás hablando? ¿Y esas botellas que has traído?

—Son falsas. —Me encojo de hombros aunque no pueda verme—. Es un *whisky* de malta normal y corriente, del supermercado. Lo cambié de botellas y le pedí a mi amigo Alan que me hiciera unas etiquetas.

—Johnno, ¿qué…?

—La verdad es que al principio pensé que podía hacerlo. Eso es lo más trágico de todo. Por eso le pedí a Alan que diseñara la etiqueta, al principio, para ver qué aspecto podía tener. Pero ¿sabes lo difícil que es lanzar una marca de *whisky* hoy en día? A no ser que seas David Beckham, claro. O que tus padres estén forrados, o que tengas contactos con gente de pasta. Pero yo no tengo nada de eso. Nunca lo he tenido. Los demás chicos del Trevs lo sabían. Sé que algunos me llamaban pobretón a mis espaldas. Pero nuestra amistad… Yo creía que eso era sincero.

Se remueve en el suelo, intenta incorporarse. No pienso ayudarlo.

—Johnno, tío, por Dios…

—Ah, sí, y no dejé el trabajo para montar una fábrica de *whisky*. Es patético, ya verás… Me despidieron por ir fumado a trabajar. Como un adolescente. Hubo un tipo, un gordo, en unas jornadas de convivencia de una empresa… Le solté demasiado rápido haciendo rápel y se rompió el tobillo. ¿Y sabes por qué estaba fumado?

—¿Por qué? —pregunta con recelo.

—Porque necesito fumar porros para ir tirando. Porque es lo único que me ayuda a olvidar. Verás, tengo la sensación de que mi vida entera se detuvo en ese punto, hace tantos años. Es como… como si desde entonces no me hubiera pasado nada bueno. Lo único bueno que me ha pasado desde que salimos del Trevs fue la oportunidad de participar en un programa de televisión. Y tú me lo quitaste. —Hago una pausa y respiro hondo, listo para decir en voz alta lo que he comprendido por fin, después de casi veinte años—. Pero para ti no ha sido así, ¿verdad? Es como si el pasado no te afectara. A ti no te importó en absoluto. Seguiste haciendo lo que te daba la gana. Y saliéndote con la tuya, como siempre.

HANNAH

La acompañante

Los cuatro caballeros de honor entran de pronto en la carpa. Peter Ramsay se desliza de rodillas por el suelo y casi choca con la mesa del inmenso pastel de bodas. Veo que Duncan se sube de un salto a la espalda de Angus y que le hace una llave apretándole el cuello con el brazo. Angus empieza a ponerse morado y se tambalea, medio riéndose, medio ahogándose. Luego Femi se echa encima de ellos y caen los tres al suelo, hechos un ovillo. Están como locos; excitados, supongo, por la bromita, por haberse llevado así a Will.

—¡Al bar, chicos! —grita Duncan poniéndose de pie de un salto—. ¡Vamos a desatar el infierno!

Los demás invitados no se lo piensan dos veces y los siguen, riendo y charlando. Yo me quedo en mi asiento. La mayoría de los invitados parecen encantados, entusiasmados por el discurso de Johnno y por el espectáculo de después. Yo no puedo decir lo mismo. Aunque Will no dejaba de sonreír, tenía todo un aire muy inquietante: la venda en los ojos, el que le hayan atado así de pies y manos… Miro a la mesa de los novios y veo que está casi completamente vacía; solo está Jules, sentada muy quieta, como ensimismada.

De pronto se oye jaleo en la tienda del bar. Voces furiosas.

—¡Eh, eh! ¡Calma!

—¿A ti qué coño te pasa, tío?

—Venga, tranquilos…

Y luego, inconfundible, la voz de mi marido. Ay, Dios. Me levanto y corro hacia el bar. Hay un grupo de gente apiñada, mirando ávidamente, como críos en el patio de un colegio. Me abro paso a empujones lo más rápido que puedo.

Charlie está en cuclillas en el suelo. Entonces veo que tiene el puño levantado y que está agazapado sobre otra persona: Duncan.

—Repítelo —dice.

Durante un segundo, solo puedo mirarlo: es mi marido, el profesor de Geografía, padre de dos hijos, normalmente tan pacífico… Hacía mucho tiempo que no lo veía así. Luego me doy cuenta de que tengo que reaccionar.

—¡Charlie! —digo precipitándome hacia él.

Se vuelve y por un instante me mira parpadeando como si no me reconociera. Está acalorado, temblando por el efecto de la adrenalina. Noto cómo le huele el aliento a alcohol.

—Charlie, pero ¿qué haces?

Al oírme parece volver un poco en sí. Y, por suerte, se levanta sin montar ningún escándalo. Duncan se recoloca la camisa, refunfuñando. Cuando Charlie me sigue, la gente se aparta para dejarnos pasar y noto que todos los invitados nos miran en silencio. Ahora que se me ha pasado el susto inicial, siento sobre todo vergüenza.

—¿Se puede saber qué ha pasado? —le pregunto cuando volvemos a la carpa principal y nos sentamos en la primera mesa que encontramos—. ¿Por qué te has puesto así, Charlie?

—Me he hartado —dice. Se le traba la lengua, no hay duda, y noto cuánto ha bebido por esa expresión agria que tiene su boca—. Se ha puesto a rajar sobre la despedida y me he hartado.

—Charlie —digo—, ¿qué pasó en la despedida?

Suelta un gruñido largo y se tapa la cara con las manos.

—Dímelo —le digo—. Tan malo no será. ¿No?

Se encorva, baja los hombros. De pronto parece resignado a contármelo. Respira hondo. Se hace un largo silencio. Y luego, por fin, empieza a hablar.

—Cogimos un ferri para ir a ese sitio, un par de horas de trayecto desde Estocolmo, y acampamos allí, en una isla del archipiélago. Era todo muy…, no sé, muy juvenil, una panda de chicos montando tiendas y encendiendo una fogata. Alguien había comprado chuletas y las hicimos a la parrilla. Yo no conocía a los demás, solo a Will, pero parecían todos majos, supongo.

Lo cuenta todo de corrido, a borbotones, como si el alcohol le hubiera aflojado la lengua de repente. Habían ido todos al Trevellyan, me cuenta, así que se pusieron a contar un montón de anécdotas aburridas sobre el colegio, y él se quedó allí, sonriendo y haciendo como que aquello le interesaba. Evidentemente, no quería beber mucho y se burlaron de él por eso. Luego, uno de ellos —Charlie cree que fue Pete— sacó unas setas.

—¿Comiste setas, Charlie? ¿Setas alucinógenas?

Casi me da la risa. Parece algo muy impropio de mi marido, tan sensato él, tan prudente. Yo soy la que está siempre dispuesta a probar cosas nuevas, la que de adolescente probó las setas un par de veces cuando salía de fiesta por Manchester.

Charlie hace una mueca.

—Sí, bueno, las comimos todos. Si estás con un grupo de tíos así, no puedes negarte, ¿no? Además, yo no había ido a ese colegio pijo, así que ya me sentía fuera de lugar.

«Pero tienes treinta y cuatro años», me dan ganas de decirle. ¿Qué le dirías a Ben, si sus amigos le animaran a hacer algo que él no quiere hacer? Entonces me acuerdo de anoche, de cómo me bebí esa copa mientras los demás me coreaban, a pesar de que no quería hacerlo, de que sabía que no tenía por qué hacerlo.

—Bueno, entonces, ¿comiste setas? —Estamos hablando de mi marido, el jefe de estudios, el que en su centro aplica una política de tolerancia cero con las drogas—. ¡Madre mía! —digo, y se me escapa la risa, no puedo evitarlo—. ¡Imagínate lo que diría el AMPA si lo supiera!

Charlie me cuenta entonces que se montaron en unas canoas y se fueron a otra isla. Allí se lanzaron al agua, desnudos. Los demás le retaron a que fuera nadando hasta otro islote —hubo retos de ese estilo a montones— y, cuando volvió, se habían marchado. Lo habían dejado allí, sin su canoa.

—No tenía ropa. Y era primavera, Han, pero estábamos en el puto Círculo Polar Ártico. Hace un frío horroroso de noche. Estuve horas allí, hasta que por fin vinieron a buscarme. Se me fue pasando el efecto de las setas y me dio un bajón. Tenía muchísimo frío. Pensé que iba a darme hipotermia, que iba a morir. Y cuando me encontraron estaba…

—¿Qué?

—Estaba llorando. Estaba tendido en el suelo, llorando como un niño.

Parece tan avergonzado que podría echarse a llorar ahora mismo, y a mí se me encoge el corazón al verlo. Quiero darle un abrazo, como haría con Ben, pero no sé cómo se lo tomaría. Sé que los hombres hacen estupideces en las despedidas de soltero, pero esto suena a algo premeditado, como si lo hubieran escogido a él en concreto como víctima propiciatoria. Y eso no está bien, ¿verdad que no?

—Eso es… es horrible —digo—. Es matonismo, Charlie. Lo digo en serio, son unos matones.

Tiene la mirada fija, como perdida. No puedo adivinar qué está pensando. ¡Qué arrogancia la mía, pensar que conozco a mi marido como la palma de mi mano! Llevamos años juntos, pero solo ha hecho falta que pasáramos veinticuatro horas o menos en este extraño lugar para que me dé cuenta de que esa convicción mía no es más que un espejismo. Lo he sentido desde que llegamos, desde que veníamos en el barco. Charlie ha ido pareciéndome cada vez más ajeno. Lo de la despedida es otra prueba más: el descubrimiento de una experiencia espantosa que me ha ocultado y que ahora sospecho que puede haberle cambiado profundamente, sin que yo me diera cuenta. La verdad es que creo que Charlie está un poco trastornado. O, por lo menos, no es el que yo conozco. Este sitio le ha afectado. Nos ha afectado a los dos.

—Fue idea suya —dice—. Estoy seguro.

—¿De quién? ¿De Duncan?

—No. Duncan es idiota. Un segundón. De Will. Era él quien llevaba la voz cantante. Se notaba. Y Johnno también. Los otros solo cumplían órdenes.

No me imagino a Will convenciendo a los otros de que hicieran algo así. Además, en las despedidas suelen ser los amigos del novio los que la lían, no el novio. No me cuesta nada imaginarme a Johnno tramando algo así, sobre todo después del número que acaba de montar. Tiene un aire un poco salvaje. No de malicia, pero sí como si fuera capaz de pasarse de la raya sin darse cuenta. A Duncan también me lo imagino, pero no a Will. Creo que Charlie prefiere echarle la culpa a él simplemente porque le cae mal.

—No me crees, ¿verdad? —pregunta poniendo mala cara—. No crees que fuera Will.

—Bueno —digo—, la verdad es que no, porque…

—¿Porque quieres follártelo? —me suelta—. ¿Qué pasa? ¿Es que crees que no me he fijado? Vi cómo lo mirabas anoche, Hannah. Hasta cómo decías su nombre. «Will, cuéntame lo de esa vez, cuando se te congelaron los dedos, eres tan machote…» —dice, poniendo una horrible vocecilla aflautada.

La ferocidad de su tono me sorprende tanto que me aparto de él bruscamente. Hacía tanto tiempo que no se emborrachaba que había olvidado hasta qué punto se transforma cuando bebe. Pero si reacciono así es también porque lo que ha dicho tiene un punto de verdad. Noto un chispazo de culpa al acordarme de cómo me deshice anoche con Will. Pero ese chispazo se convierte enseguida en ira.

—¡Charlie! —siseo—. ¿Cómo… cómo te atreves a hablarme así? ¿Te das cuenta de lo ofensivo que te estás poniendo? Y todo porque él se esforzó un poco por hacer que me sintiera a gusto, lo que tú no hiciste.

Y entonces me acuerdo de cómo tonteó anoche con Jules. Y de que volvió de madrugada y entró de puntillas en nuestro cuarto, aunque no había estado bebiendo con los demás.

—La verdad —digo levantando la voz— es que tienes mucha cara por decirme eso. ¿Y ese asqueroso jueguecito que te traías con Jules anoche? Siempre se comporta como si pudiera hacer contigo lo que quiera y tú le sigues la corriente. ¿Te has parado a pensar en cómo me siento? ¿Eh? —Se me quiebra la voz.

Tengo ganas de llorar y al mismo tiempo estoy rabiosa, y la tensión y la soledad que he sentido hoy me están pasando factura.

Parece un poco arrepentido y abre la boca para hablar, pero yo sacudo la cabeza.

—Te has acostado con ella, ¿verdad?

Antes nunca he querido saberlo, pero ahora por fin me siento con valor para preguntárselo.

El silencio se alarga. Él apoya la cabeza en las manos.

—Una vez —dice, pero su voz suena sofocada, entre los dedos—. Pero fue hace siglos, de verdad…

—¿Cuándo? ¿Cuándo fue? ¿Cuando erais adolescentes?

Levanta la cabeza. Abre la boca como si fuese a decir algo y luego vuelve a cerrarla. La cara que ha puesto… Oh, Dios mío. No fue cuando eran adolescentes. Me siento como si acabaran de darme un puñetazo en el estómago, pero ahora tengo que saberlo.

—¿Después? —pregunto.

Suspira y asiente en silencio.

Tengo la impresión de que se me cierra la garganta. Me cuesta que me salgan las palabras.

—¿Estábamos… estábamos juntos ya?

Se encoge sobre sí mismo, vuelve a esconder la cara entre las manos. Suelta un gemido largo, ronco.

—Han… Lo siento muchísimo. No significó nada, te lo juro. Fue una estupidez. Tú estabas… Bueno, fue cuando… cuando llevábamos un montón de tiempo sin acostarnos. Fue…

—Después de tener a Ben.

Se me revuelve el estómago. De pronto lo sé con total seguridad. Él no dice nada y con eso me basta.

Por fin dice:

—Ya sabes, estábamos pasando por un bache. Tú estabas, en fin…, tan desanimada todo el tiempo, y yo no sabía qué hacer, cómo ayudar…

—¿Te refieres a cuando tuve depresión posparto o casi? ¿Cuando todavía no se me habían curado los puntos? Dios mío, Charlie…

—Lo siento muchísimo. —Ya se le ha pasado la bravata. Casi parece sobrio del todo—. Perdóname, Han. Jules acababa de romper con su novio, fuimos a tomar algo después del trabajo y… bebí demasiado. Después los dos estuvimos de acuerdo en que había sido una pésima idea y en que no volvería a ocurrir. No significó nada. La verdad es que casi ni me acuerdo. Han… Mírame.

No puedo mirarlo. Ni quiero.

Me parece todo tan horrible que casi no puedo ni pensar en ello. Tengo la sensación de estar en *shock*, como si todavía no lo hubiera asimilado del todo, pero aun así sé que arroja una luz nueva y horrenda sobre todo ese coqueteo y ese contacto físico. Y me acuerdo de todas esas veces en que he sentido que Jules me excluía a propósito y acaparaba a Charlie.

Qué zorra.

—Así que todo este tiempo —digo—, mientras me decías que solo erais amigos de toda la vida, que no significaba nada que tontearas con ella, que para ti es como una hermana… Era todo una puta mentira, ¿no? No tengo ni idea de qué estuvisteis haciendo anoche. Y tampoco quiero saberlo. Pero ¿cómo te atreves?

—Han… —Alarga la mano y me toca la muñeca, indeciso.

—No me toques. —Aparto el brazo y me levanto—. Además, estás hecho un asco. Das vergüenza ajena. Da igual lo que te hicieran en la despedida, lo que acabas de hacer no tiene excusa. Sí, puede que fuera horrible, pero no te dejó secuelas, ¿no? Por amor de Dios, eres un hombre adulto, eres padre… —Casi añado «y marido», pero me contengo—. Tienes responsabilidades. ¿Y sabes qué te digo? Que estoy harta de cuidar de ti. Me da igual. Arréglatelas tú solito.

Doy media vuelta y me marcho.

JOHNNO

El padrino

—Johnno —dice Will con una risita que retumba en las paredes de la cueva—, te aseguro que no sé de qué estás hablando. Todo ese rollo sobre el pasado… No te sienta bien. Tienes que pasar página.

Sí, ya, me digo, pero no puedo. Es como si una parte de mí se hubiera quedado atascada allí. Por más que me esfuerzo por olvidarlo, sigo teniendo esa cosa tóxica metida en el centro de mi ser. Me siento como si no me hubiera pasado nada en la vida desde entonces; por lo menos, nada que importe. Y me gustaría saber cómo ha hecho Will para seguir como si nada, sin mirar nunca atrás.

—Dijeron que había sido un trágico accidente —digo—, pero no lo fue. Fuimos nosotros, Will. Fue culpa nuestra.

«He estado recogiendo el dormitorio», dijo el Solitario cuando llegamos del entrenamiento de *rugby*. Se lo había mandado yo, porque no se me ocurría nada más que mandarle. «Y he encontrado esto». Los sujetaba con una mano como si fuera a quemarse: un montón de exámenes de la reválida de secundaria.

Miró a Will. Por la cara que puso el chavalín, parecía que se había muerto alguien. Y supongo que, en cierto modo, así era para él: se había muerto su héroe.

—Déjalos donde estaban —le ordenó Will, muy tranquilo.

—No deberíais haberlos cogido —contestó, y a mí me pareció que demostraba mucho valor, porque éramos el doble de grandes que él. Cuando lo pienso (y procuro no hacerlo), me doy cuenta de que era un chaval muy valiente y muy honrado—. Es… hacer trampas —dijo meneando la cabeza.

Will me miró cuando el chico salió de la habitación.

—Eres un puto idiota —dijo—. ¿Por qué le has dicho que recogiera, sabiendo que eso estaba ahí?

Era él quien había robado los exámenes, no yo, aunque ahora me doy cuenta de que, si se hubiera sabido, no habría tenido ningún problema en echarme a mí la culpa.

Recuerdo que entonces puso una sonrisa que no era para nada una sonrisa.

—¿Sabes? —dijo—. Creo que esta noche vamos a jugar a Supervivencia.

—No pudiste soportarlo —le digo a Will—. Porque sabías que te expulsarían si llegaba a saberse. Y tu jodida reputación te ha importado siempre más que nada en el mundo. Siempre ha sido así. Haces lo que quieres y que se joda quien se interponga en tu camino. Incluido yo.

—Johnno —dice en tono tranquilo y racional—, has bebido mucho. No sabes lo que dices. Si hubiera sido culpa nuestra, habría habido consecuencias. ¿No crees?

Nos las arreglamos los dos solos, no hizo falta nadie más. Había cuatro niños en el dormitorio del Solitario esa noche; un par de críos se habían puesto malos y estaban en la enfermería, y eso ayudó. Me pareció que uno de ellos se removía cuando entramos, pero fuimos rapidísimos. Yo me sentía como un asesino a sueldo y aquello era una puta pasada. Era la hostia. La verdad es que en esos momentos no pensaba. Me corría adrenalina pura por las venas. Le metí un calcetín de *rugby* en la boca mientras Will le vendaba los ojos, así que, si hizo algún ruido, casi no se oyó. Sacarlo fue muy fácil: no pesaba nada.

Se resistió un poco, pero no se meó, como otros. Ya digo que era un chaval muy valiente.

Yo pensaba que iríamos al bosque, pero Will señaló hacia los acantilados. Lo miré sin entender. Me asusté un momento, creyendo que quería que lo tiráramos por el barranco. «El camino del acantilado», dijo en voz baja. «Sí, vale», contesté aliviado. Tardamos un siglo en bajar por aquel camino, porque la caliza se deshacía cada vez que dábamos un paso, resbalábamos y no podíamos agarrarnos a la barandilla clavada en la roca porque teníamos las manos ocupadas. El chico ya no se resistía. Se había quedado muy quieto. Recuerdo que me preocupó que no pudiera respirar y que fui a quitarle la mordaza, pero Will me dijo que no con la cabeza. «Puede respirar por la nariz», dijo. Creo que fue más o menos por entonces cuando empecé a sentirme mal, pero me dije que era una tontería. A fin de cuentas, todos habíamos pasado por eso, ¿no?

Seguimos bajando.

Cuando por fin llegamos a la playa, la arena estaba mojada. Yo no entendía qué hacíamos allí, porque, en cuanto le quitáramos la venda de los ojos, se daría cuenta de dónde estaba, hasta sin las gafas. La playa no quedaba muy lejos del colegio, y por aquel sendero podía subir cualquiera, y más aún un crío de su tamaño. Los chavales bajaban a la playa todo el rato. Pero pensé que a lo mejor Will quería ponérselo fácil, por todo lo que había hecho por nosotros: limpiarnos las botas, ordenar nuestro dormitorio y todo eso. Parecía lo más justo.

—Tú lo sabes, Will —digo. Un sonido, un gemido de dolor, me sube por el pecho. Puede que esté llorando—. Tendríamos que haber pagado por lo que hicimos.

***

Recuerdo que señaló el final del camino y que sacó unos cordones. Unos cordones gruesos, de botas de *rugby*.

«Vamos a atarlo», dijo.

Al final, fue sencillo. Will me hizo atarlo a la barandilla, al pie del sendero. Se me daban bien los nudos y eso. Por fin lo entendí: así sería un poco más difícil. El chico tendría que hacer un Houdini para salir de allí, y eso le llevaría más tiempo.

Luego nos fuimos y lo dejamos allí.

—Por amor de Dios, Johnno —dice Will—. Tú oíste lo que dijeron. Fue un accidente, una desgracia.

—Tú sabes que eso no es cierto.

—No. Es la verdad. No hay nada más.

Recuerdo que al día siguiente, cuando me desperté, miré por la ventana de nuestro dormitorio y vi el mar. Y entonces me di cuenta. No podía creer que hubiéramos sido tan imbéciles. Había subido la marea.

«Will», dije, «Will, no creo que haya podido desatarse. La marea… No lo pensé. Ay, Dios, a lo mejor se ha…».

Pensé que iba a vomitar.

«Cállate, Johnno», me dijo. «No ha pasado nada, ¿vale? Eso es lo primero que debemos tener claro. Si no, nos vamos a meter en un lío muy gordo, lo entiendes, ¿no?».

Yo no podía creer que estuviera pasando aquello. Quería irme a dormir y despertar y que no hubiera pasado nada. Era tan horrible, una putada tan grande, que no parecía real. Y todo por culpa de unas hojas de papel robadas.

«Vale», dijo Will. «¿Quedamos en eso? Nosotros estábamos en la cama. No sabemos nada».

¡Cómo se adelantó a los acontecimientos! Yo ni siquiera había pensado aún en esas cosas, en contárselo a alguien. Pero supongo que daba por sentado que era lo que teníamos que hacer: contarlo. Que era lo correcto, ¿no? Porque no se puede guardar algo así en secreto.

Pero no iba a llevarle la contraria a Will. Su cara me dio un poco de miedo. Le había cambiado la mirada; como si no hubiera luz detrás de sus ojos. Dije que sí con la cabeza, muy despacio. Creo que entonces no pensé en lo que aquello supondría después, en cómo me destrozaría por dentro.

«Dilo en alto», me dijo Will.

«Sí», dije con una voz que sonó como un graznido.

Estaba muerto. No había podido soltarse. Fue un Trágico Accidente. Eso nos dijeron una semana después, reunidos en asamblea, cuando el conserje del colegio encontró su cadáver en la playa, un poco más lejos. Supongo que los nudos se deshicieron por fin, aunque no a tiempo para que se salvara. De todos modos, lo lógico era que hubiera marcas. Pero el jefe de la policía local era amigo del padre de Will. Solían beber juntos en el despacho del director. Y supongo que eso influyó.

—Me acuerdo de sus padres —le digo a Will ahora—. Cuando vinieron al colegio, después. La madre parecía querer morirse ella también.

La vi desde arriba, desde el dormitorio, cuando salió del coche. Miró hacia arriba y tuve que apartarme, temblando.

Me agacho para ponerme al nivel de Will. Lo agarro de los hombros con fuerza y le obligo a mirarme de frente.

—Lo matamos nosotros, Will. Nosotros matamos a ese crío.

Intenta rechazarme moviendo los brazos a ciegas, como un loco. Me araña debajo del cuello de la camisa, y me hace daño. Lo empujo contra la roca con una mano.

—Johnno —dice jadeando—, tienes que controlarte. Cállate de una puta vez.

Y entonces es cuando me doy cuenta de que le tengo pillado. Will casi nunca dice tacos. Supongo que no encaja con su imagen de buen chico.

—Tú lo sabías, ¿verdad que sí? —le pregunto.

—Saber ¿qué? No sé de qué me hablas. Por Dios, Johnno, desátame. Ya está bien.

—¿Sabías que iba a subir la marea?

—Pero ¿qué dices? Se te está yendo la olla, Johnno. Me di cuenta anoche, tío, y ahora, cuando has dado el discurso. Bebes demasiado. ¿Tienes problemas con la bebida? Mira, somos amigos. Y siempre se puede hacer algo. Yo puedo ayudarte, pero deja ya de desbarrar.

Me aparto el pelo de los ojos. Aunque hace frío, noto cómo me sudan los dedos.

—Fui un puto idiota. Siempre he sido un poco corto, ya lo sé. No lo digo como excusa. Fui yo quien lo ató, sí, porque tú me lo dijiste, pero no pensé en la marea. No me di cuenta hasta la mañana siguiente, cuando ya era demasiado tarde.

—Johnno —dice en voz baja, como si le diera miedo que venga alguien y nos oiga.

Y a mí solo me dan ganas de hablar más alto.

—Todo este tiempo —digo—, todos estos años no he dejado de preguntármelo. Y te di el beneficio de la duda. Pensaba: sí, Will podía ser un capullo en el colegio a veces, pero como todos. Tenías que serlo para sobrevivir allí.

Aquel lugar nos convertía en animales. Pienso en el chico y me doy cuenta de que era un ejemplo de lo que te pasaba si no te embrutecías, si eras bueno y honrado y no entendías las normas.

—Pero pensaba: Will no es malo, no mataría a un niño, y menos aún por unos papeles, ni aunque le expulsaran por robarlos.

—Yo no lo maté —dice—. Nadie lo mató. Se ahogó. Puede que lo matara el juego, pero no nosotros. No es culpa nuestra que no se soltara a tiempo.

—Sí —digo—, sí, eso es lo que me he dicho todos estos años. Me he repetido muchas veces la historia que te inventaste. Que todo había sido culpa del juego. Pero el juego éramos nosotros, Will. Ese niño creía que éramos sus amigos. Confiaba en nosotros.

—Johnno —contesta, furioso, inclinándose hacia delante—, contrólate de una puta vez. No voy a permitir que lo eches todo a perder porque sientas remordimientos y tu vida sea una mierda y no tengas nada que perder. Un crío como ese no podía sobrevivir en el mundo real. Era un esmirriado. Si no hubiéramos sido nosotros, habría sido otra cosa.

El curso acabó antes de tiempo, por la muerte del chico. Todo el mundo se puso a pensar en las vacaciones de verano, como si aquel crío nunca hubiera existido. Y supongo que, para el resto del colegio, así era: estaba en primero, era un donnadie.

Lo malo fue que hubo un chivatazo. Un alumno nos delató. Siempre he creído que fue aquel amigo suyo, el gordito. Dijo que nos había visto entrar en el dormitorio y atar al crío, pero la cosa no llegó muy lejos. El padre de Will era el director del colegio, claro. Normalmente era un cabronazo; sobre todo, con Will. Pero aquella vez nos echó un cable, no solo a su hijo; también a mí.

Y Will y yo nos cubrimos las espaldas el uno al otro.

Y así hemos seguido todos estos años, unidos por los recuerdos y por las cosas chungas por las que pasamos, por lo que hicimos. Yo creía que él sentía lo mismo: que nos necesitábamos mutuamente. Pero lo del programa de televisión demuestra que todo este tiempo ha querido desprenderse de esa amistad, que para él solo soy un lastre. Quería distanciarse de mí. No me extraña que pareciera tan incómodo cuando le dije que iba a ser su padrino.

—Johnno —dice—, piensa en mi padre. Tú sabes cómo es. Por

eso necesitaba aprobar los exámenes. Tenía que aprobar. Si se hubiera enterado de que tenía esos papeles escondidos, me habría matado. Por eso quería darle un susto al chico…

—Ni se te ocurra, no empieces a hacerte la víctima —contesto—. ¿Sabes cuántas veces te has ido de rositas? ¿Por tu físico, por cómo convences a la gente de que eres un tío de puta madre? —Esa autocompasión me saca de quicio—. Voy a contarlo —digo—. No puedo soportarlo más. Voy a contarlo todo.

—No te atreverás. —Su voz ha cambiado: se ha vuelto más grave, más dura—. Nos arruinarías la vida. A los dos.

—¡Ja! —digo—. Yo ya la tengo arruinada. Ese asunto ha estado destruyéndome por dentro desde aquella mañana, desde que me dijiste que me callara la boca. Yo no me habría callado si no hubiera sido por ti. Desde que murió aquel chico, no ha habido ni un solo día que no haya pensado en ello, que no haya sentido que tendría que habérselo dicho a alguien. Tú, en cambio… A ti no te ha afectado lo más mínimo, ¿verdad? Tú has seguido como si tal cosa, como siempre. Sin consecuencias. Pues ¿sabes qué? Que creo que ya va siendo hora de que las haya. Para mí será un alivio. Voy a hacer lo que tendría que haber hecho hace años.

Entonces se oye un ruido en la cueva, una voz de mujer.

—¿Hola?

Nos quedamos paralizados.

—¿Will? —Es la organizadora de la boda—. ¿Estás ahí? —Dobla la esquina de la pared de roca—. Ah, hola, Johnno. Will, me han mandado a buscarte. Los otros me han dicho que te habían dejado aquí.

Habla en tono profesional, con mucha calma, y eso que estamos los tres en medio de una caverna y uno de nosotros está tirado en el suelo, atado y con los ojos vendados.

—Ha pasado casi media hora y Julia quería que viniera a…, bueno, a rescatarte. Te advierto que no está muy… —Parece buscar la manera de decirlo con delicadeza—. Muy contenta con este asunto. Además, la orquesta está a punto de empezar a tocar.

Espera mientras desato a Will y lo ayudo a levantarse, vigilándonos como una maestra de escuela. Luego la seguimos fuera de la cueva. No puedo evitar preguntarme si habrá oído o visto algo. Y qué habría hecho yo si no nos hubiera interrumpido.

AOIFE

La organizadora de bodas

En la carpa, la fiesta está en pleno apogeo. Los invitados se han acabado el champán y se han pasado a los licores más fuertes: piden cócteles y chupitos en la barra, eufóricos por gozar de libertad esta noche.

Cuando cambio las toallas en los aseos del Torreón, me encuentro polvillo blanco en el suelo y desperdigado por la encimera de pizarra del lavabo. No me sorprende: he visto a varios invitados pasarse furtivamente la mano por la nariz al volver a la carpa. Esta gente lleva todo el día portándose bien. Han recorrido largas distancias para estar aquí. Han traído regalos. Se han vestido conforme requería la ocasión y han soportado sentados la ceremonia, han escuchado los discursos poniendo la cara que tocaba y han dicho lo que correspondía. Pero son adultos que han abandonado momentáneamente sus responsabilidades. Son como niños sin la supervisión de sus padres. Esta parte de la noche es suya para hacer con ella lo que se les antoje. Y mientras los novios esperan para empezar su primer baile, ellos se agolpan alrededor de la pista, ansiosos por ocuparla.

Hace una hora, más o menos, en uno de mis viajes al Torreón, he oído un ruido extraño arriba. El resto del edificio está cerrado, claro, pero solo se puede impedir hasta cierto punto que los borrachos se cuelen donde no deben. He subido a inspeccionar y, al abrir la puerta de la habitación de los novios, me he encontrado a una pareja —y no eran los recién casados— tumbada en la cama. Al entrar yo se han

269

tapado a toda prisa; ella se ha bajado la falda y se ha puesto roja, y él se ha tapado la erección con el sombrero de copa. Un rato después, los he visto volver disimulando, cada uno a un extremo de la carpa. Me he fijado en que los dos llevaban alianza. Y sin embargo sé de buena tinta —porque seguramente conozco la distribución de las mesas tan bien como Julia— que todos los matrimonios estaban sentados juntos: cada mujer con su marido.

No les ha preocupado que los sorprendiera, aun así; al contrario. Cuando se les ha pasado el susto de verme entrar, les ha dado una risita nerviosa, de puro alivio. Saben que yo no voy a decir nada. Además, no me ha sorprendido especialmente. Lo he visto muchas veces. Estos comportamientos extremos son normales. En los márgenes de una boda, siempre hay secretos. Oigo las cosas que se dicen en voz baja, los comentarios malévolos, los chismorreos. Igual que he oído parte de lo que decía el padrino en la cueva.

Es lo que tiene organizar una boda. Puedo crear el día perfecto, siempre y cuando los invitados se porten como es debido y recuerden no traspasar ciertos límites. Pero, si no lo hacen, las consecuencias pueden durar mucho más de veinticuatro horas. Y no hay quien pueda controlar sus daños colaterales.

JULES

La novia

Ha empezado a tocar la orquesta. Will, que ha vuelto a la carpa un poco desaliñado, me coge de la mano cuando salimos a la pista de baile. Me doy cuenta de que le aprieto la mano tan fuerte que seguramente le estoy haciendo daño, y me digo que tengo que relajarme. Pero todavía estoy indignada por cómo han interrumpido el banquete los caballeros de honor con su bromita de mierda. Los invitados nos rodean, gritando y dando vivas. Están sudorosos y acalorados, enseñan los dientes y los ojos se les salen de las órbitas. Están borrachos, y no solo eso. Van acercándose, apiñados, y de pronto empiezo a agobiarme. Están tan cerca que puedo olerlos: perfume y colonia, el olor acre, como a levadura, de la Guinness y el champán, sudor, alientos que apestan a alcohol… Les sonrío porque es mi obligación. Sonrío tanto que noto un dolor sordo debajo de las orejas y tengo la sensación de que mi mandíbula es una goma tensada al máximo.

Espero estar dando la impresión de pasármelo bien. He bebido un montón, pero casi no me ha hecho efecto. Como mucho, me ha puesto aún más nerviosa, más alterada. Desde ese discurso, estoy cada vez más inquieta. Miro a mi alrededor. Los demás se lo están pasando en grande: se han soltado la melena. Para ellos, ese discurso desastroso no es, seguramente, más que una nota a pie de página: una anécdota divertida que contar.

271

Will y yo giramos a un lado y a otro. Me aparta de él haciéndome dar vueltas y vuelve a atraerme hacia sí. Los invitados vitorean estos pasos tan modestos. No hemos ido a clases de baile porque habría sido una horterada, pero Will es un bailarín nato. Lo malo es que un par de veces me pisa la cola del vestido y tengo que apartarla de un tirón para no caerme. No es propio de él ser tan torpe. Parece distraído.

—¿Se puede saber de qué iba todo eso? —le pregunto cuando me aprieta contra su pecho. Se lo susurro al oído como si le estuviera diciendo palabras de amor.

—Nada, una tontería —contesta—. Los chicos, ya sabes. Tenían que montarla. Debieron de quedarse con ganas de marcha después de la despedida.

Sonríe, pero parece nervioso. Al volver a la carpa, se ha bebido dos copas grandes de vino, una tras otra. Ahora se encoge de hombros.

—Una broma de Johnno.

—Lo de las algas de anoche también se suponía que era una broma —le digo—. Y no tuvo ni pizca de gracia. Y ahora esto, y ese discurso… ¿Qué ha querido decir? ¿A qué venía toda esa charla sobre el pasado y los secretos? ¿A qué secretos se refería?

—Pues no sé, Jules —dice Will—. Ha sido una gilipollez de las suyas. No pasa nada.

Giramos despacio por la pista. Reparo vagamente en las caras sonrientes, en las palmas.

—Pues parecía que sí pasaba —respondo—. Y algo muy serio, además. Will, ¿qué tiene Johnno contra ti?

—Por Dios, Jules, ya te lo he dicho —dice enérgicamente—. No pasa nada. Déjalo de una vez. Por favor.

Me quedo mirándolo. No son sus palabras lo que me extraña, sino su manera de decirlas; eso, y la fuerza con que me aprieta de pronto el brazo. Está claro que pasa algo, y algo grave, además.

—Me estás haciendo daño —le digo apartando el brazo.

Reacciona enseguida, contrito.

—Jules, oye, lo siento. —Su voz suena completamente distinta: ha desaparecido todo asomo de hostilidad—. No quiero que te enfades. Mira, ha sido un día muy largo. ¿Me perdonas?

Y me dedica una sonrisa, la misma sonrisa a la que no he podido resistirme desde que le vi aquella noche, en el Museo Victoria y Alberto. Y sin embargo ya no me hace el mismo efecto. Al contrario, me inquieta aún más, por la velocidad con que ha cambiado su expresión. Es como si se hubiera puesto una máscara.

—Ya estamos casados —le digo—. Se supone que tenemos que compartirlo todo. Confiar el uno en el otro.

Me hace girar bajo su brazo y vuelve a atraerme hacia sí. La gente aplaude la pirueta.

Luego, cuando estamos otra vez frente a frente, respira hondo.

—Mira —dice—, a Johnno se le ha ido la pinza por una cosa que dice que pasó hace muchos años, cuando éramos adolescentes. Está obsesionado, pero solo son fantasías suyas. Me ha dado lástima todos estos años. Ese ha sido mi error, creer que tenía que consentírselo todo porque a mí me ha ido bien y a él no. Y ahora tiene envidia de todo lo que tengo, de lo que tenemos. Y cree que le debo algo.

—Por favor —digo—. ¿Qué vas a deberle? Es él quien lleva años aprovechándose de ti.

No contesta. Me aprieta contra sí mientras la canción crece en intensidad. La gente grita, pero sus gritos me suenan de pronto muy lejanos.

—Ya está. Está decidido —dice con firmeza junto a mi pelo—. A partir de esta noche, se acabó. Voy a echarlo de mi vida; de nuestra vida. Te lo prometo. Estoy harto de él. Créeme. Voy a cortar por lo sano.

HANNAH

La acompañante

He entrado en la tienda del baile. Por suerte, el primer baile ya ha terminado y los invitados que estaban mirando han ocupado la pista en tromba. No sé muy bien qué ando buscando aquí. Algo que me distraiga del torbellino que tengo dentro de la cabeza, supongo. Charlie y Jules... Es tan doloroso que no quiero ni pensarlo.

Da la impresión de que todos los invitados están aquí, apretujados como sardinas en lata. La vocalista de la banda coge el micro.

—¿Listos para bailar, chicas y chicos?

Empiezan a tocar un tema frenético y machacón, cuatro violines a ritmo vertiginoso. Los cuerpos chocan entre sí mientras los invitados, borrachos, intentan bailar una jiga irlandesa o algo que se le parezca. Veo que Will agarra a Olivia y la separa del resto de la gente:

—¡Es hora de que el novio baile con la dama de honor!

Pero parecen extrañamente desacompasados mientras se dirigen a toda prisa a la pista de baile, como si uno de ellos se estuviera resistiendo. La cara de Olivia me da que pensar. Parece atrapada. Y está, además, ese asunto del discurso del novio, eso que me extrañó antes. ¿Qué era? Algo que me sonaba, como si ya lo hubiera oído antes. Rebusco en mi memoria intentando descubrir qué era.

El Museo Victoria y Alberto, eso es. Recuerdo que anoche Olivia me contó que llevó allí a Steven, a una fiesta que daba Jules. Y todo parece pararse de repente cuando me doy cuenta de que...

274

Pero eso es una locura. No puede ser. Sería absurdo. Debe de ser una coincidencia muy extraña.

—¡Eh! —me dice un tipo cuando paso a su lado y lo empujo sin querer—. ¡Cuánta prisa!

—Perdona —le contesto mirándolo vagamente—. Estaba… algo distraída.

—Pues a lo mejor te sienta bien bailar un poco —me dice sonriendo.

Lo miro con más atención. Es bastante atractivo: alto, con el pelo negro y un hoyuelo en la mejilla cuando sonríe. Antes de que me dé tiempo a contestar, me agarra de la mano y me acerca a él de un tirón para que salgamos a bailar. Yo no me resisto.

—Te he visto antes —grita para que le oiga por encima de la música—. En la iglesia. Estabas sentada sola y he pensado: «A esa chica merece la pena conocerla».

Otra vez esa sonrisa. Ay. Cree que estoy soltera y que he venido sola. No habrá visto la escenita de antes con Charlie, en el bar.

—Luis —grita ahora señalándose el pecho.

—Hannah.

Quizá debería explicarle que he venido con mi marido, pero ahora mismo no me apetece pensar en Charlie. Y al ver a través de sus ojos esa imagen de mí misma tan nueva y halagüeña (la de una mujer atractiva y misteriosa, en vez de una impostora mal vestida, como pensaba que era), decido no decir nada y me doy el gustazo de empezar a moverme con él al ritmo de la música. Dejo que se acerque un poco más, con los ojos fijos en los míos. Puede que yo también me arrime un poco a él. Lo suficiente para sentir que huele a sudor, pero a un sudor limpio, agradable. Noto un cosquilleo en la tripa. Un alfilerazo de deseo.

AHORA

La noche de bodas

La idea de que haya *alguien más ahí fuera* hace que se asusten de las sombras, que se aparten de los bultos que forma la oscuridad y que, aunque solo sea por un efecto óptico, parecen cernirse, amenazadores, sobre ellos. Avanzan en formación cerrada, temerosos de perder a otro de sus miembros. Pete sigue desaparecido.

Intuyen, con un cosquilleo de temor, la mirada de unos ojos desconocidos fijos en ellos. Se sienten más torpes, más vulnerables. Se tambalean al tropezar con las irregularidades del terreno y las matas de brezo invisibles. Intentan no pensar en Pete. No pueden permitírselo: tienen que pensar en sí mismos. De tanto en tanto se gritan unos a otros para tranquilizarse, sobre todo. Sus voces, extrañamente cálidas, son como otra luz que empuñan contra la noche.

—¿Todo bien, Angus?

—Sí. ¿Y tú, Femi? ¿Vas bien?

Así les es más fácil seguir adelante. Olvidar su miedo creciente.

—¡Dios! ¿Qué es eso?

Femi blande su antorcha describiendo un arco. Alumbra una forma erguida que se alza, pálida, entre las sombras, casi tan alta como un hombre. Luego aparecen varios bultos parecidos, algo más pequeños.

—Es el cementerio —dice Angus en voz más baja.

Miran las cruces celtas, las figuras de piedra desmoronadas: un ejército silencioso, espeluznante.

—¡Joder! —grita Duncan—. Pensaba que era una persona.

Lo han pensado todos por un instante: la forma redondeada del extremo y la base estrecha y vertical se han confabulado para parecer humanos por un segundo. Incluso ahora, mientras se apartan con cierta cautela, les cuesta sacudirse la impresión de que esos centinelas de piedra los observan con reproche.

Siguen durante un rato en otra dirección.

—¿Oís eso? —grita Angus—. Creo que estamos al lado del mar.

Se paran. Sienten muy cerca, apenas un poco más allá, el fragor de las olas chocando contra las rocas. Notan cómo se estremece el suelo a cada impacto.

—Vale, muy bien. —Femi se queda pensando—. Tenemos el cementerio detrás y delante el mar, así que creo que hay que ir… por ahí.

Comienzan a alejarse poco a poco del estruendo del oleaje.

—¡Eh, ahí hay algo!

Se paran en seco.

—¿Qué has dicho, Angus?

—Que ahí hay algo. Mirad.

Levantan las antorchas. La luz que proyectan tiembla sobre la tierra. Se preparan para ver un espectáculo horrendo. Y les sorprende, y les alivia, ver la luz de las antorchas reflejada en un brillo duro y metálico.

—¿Eso es una…? ¿Qué es?

Femi, el más valiente de todos, se adelanta y recoge el objeto. Se vuelve hacia ellos y, protegiéndose los ojos del resplandor de las antorchas, lo levanta para que lo vean. Lo reconocen de inmediato, a pesar de que está deformado, torcido y roto. Es una corona de oro.

Antes, ese mismo día

OLIVIA

La dama de honor

Me paseo por los rincones de la carpa. Me muevo entre las mesas. Cojo copas medio llenas, las sobras de bebida que ha dejado la gente, y me las bebo. Quiero emborracharme todo lo posible.

He intentado apartarme de Will lo antes posible, cuando me ha agarrado por sorpresa para que bailáramos. Me ha puesto enferma estar tan cerca de él, sentir su cuerpo pegado al mío y acordarme de las cosas que hice con él, de las cosas que me hizo hacer, del secreto horrible que guardamos. Él, en cambio, parecía estar gozando. Justo al final, me ha dicho al oído: «Esa gilipollez que has hecho antes ha sido la última, ¿vale? Se acabó. ¿Me has entendido? Se acabó».

Nadie parece fijarse en mí mientras voy por ahí bebiéndome lo que queda en las copas. A estas horas ya están todos borrachos y además han abandonado las mesas para ir a bailar. La pista está llena hasta arriba de treintañeros que se contonean y se restriegan unos con otros como si estuvieran en una discoteca de mierda bailando temas de 50 Cent, en vez de en una carpa, en una isla desierta, con unos tíos tocando el violín.

A la que yo era antes, le habría hecho gracia. Me imagino mandando mensajes a mis amigos, comentando la grima absoluta y la cutrez de lo que tengo delante, como en una retransmisión en directo.

Varios camareros están mirando a la gente desde las esquinas de la carpa, un poco al acecho. Algunos son más o menos de mi edad, o más jóvenes. Nos odian, es evidente. Y no me extraña. A mí también me parece odiosa esta gente; sobre todo, los hombres. Esta noche, algunos de esos tipejos, los presuntos amigos de Will y Jules, me han tocado el hombro, la cadera y el culo. Me han agarrado, acariciado, apretujado y sobado a espaldas de sus novias y esposas, como si fuese un trozo de carne. Qué asco.

La última vez que ha pasado, me he girado y le he lanzado al tío una mirada tan venenosa que se ha apartado de mí con cara de susto y ha levantado las manos como si fuera inocente, el muy imbécil. Creo que, si vuelve a pasar, no podré controlarme.

Bebo un poco más. Tengo un sabor asqueroso en la boca: agrio y rancio. Necesito beber hasta que dejen de importarme esas cosas. Hasta que no note ningún sabor ni sienta nada.

Y entonces me agarra mi prima Beth y me lleva a rastras hacia la tienda del baile. Aparte de antes, al salir de la iglesia, no la he visto desde el año pasado, en el cumpleaños de mi tía. Lleva una tonelada de maquillaje, pero debajo se nota que sigue siendo una niña. Tiene la carita redonda y blanda y los ojos muy grandes. Me dan ganas de decirle que se quite el pintalabios y la raya y se quede un tiempo más en ese espacio seguro de la infancia.

En la pista de baile, rodeada por tantos cuerpos que se mueven y se empujan, todo empieza a darme vueltas. Es como si lo que he bebido se me subiera de golpe a la cabeza. Y entonces tropiezo con el pie de alguien, o con mis propios zapatos, con estos zapatos absurdos, altísimos, y me caigo al suelo con un crujido que oigo mucho antes de sentirlo. Creo que me he dado un golpe en la cabeza.

Entre la neblina, oigo que Beth habla con alguien, muy cerca.

—Creo que está muy borracha. Ay, Dios mío…

—Trae a Jules —dice otra persona—. O a su madre.

—No veo a Jules por ninguna parte.

—¡Mira, aquí está Will!

—Will, está muy borracha. ¿Me ayudas? No sé qué hacer…

Viene hacia mí, sonriendo.

—Olivia… ¿Qué ha pasado? —Me tiende una mano—. Ven, vamos a levantarte.

—No —digo apartándole de un manotazo—. ¡Vete a la mierda!

—Vamos —dice con esa voz tan amable, tan acariciadora. Noto que me levanta y pienso que no tiene mucho sentido que me resista—. Necesitas que te dé el aire. —Me pone las manos sobre los hombros.

—¡No me toques! —Me revuelvo, intentando que me quite las manos de encima.

Oigo murmurar a la gente. Seguro que están diciendo que no hay quien me entienda. Que estoy loca. Que qué vergüenza.

Al salir de la carpa, el viento sopla tan fuerte que casi me tumba.

—Por aquí —dice Will—. El otro lado está más protegido del viento.

De repente, me siento demasiado cansada y borracha para resistirme. Dejo que me lleve al otro lado de la carpa, donde la tierra da paso al mar. Veo a lo lejos las luces de la península como un reguero de brillantina esparcida en medio de la negrura. Se enfocan y desenfocan, primero nítidas, luego borrosas, como si las estuviera viendo a través del agua.

Por primera vez desde hace mucho tiempo, estamos los dos solos. Él y yo.

JULES

La novia

Mi flamante esposo parece haber desaparecido.

—¿Alguien ha visto a Will? —les pregunto a mis invitados.

Se encogen de hombros, menean la cabeza. Tengo la sensación de haber perdido por completo el control que tenía sobre ellos, si es que tenía alguno. Por lo visto han olvidado que están aquí porque hoy es mi gran día. Antes hacían corrillo a mi alrededor hasta casi parecerme insoportables. Venían a felicitarme y agasajarme como cortesanos a su reina. Ahora parece que les doy igual. Supongo que esta es su oportunidad de desparramar un poco, de recuperar la libertad que tenían cuando estudiaban o a los veinte años, antes de estar agobiados por los hijos o el trabajo. Esta noche pueden desquitarse, reencontrarse con sus amigos, tontear con quien no pudieron ligar en su momento. Podría enfadarme, pero me doy cuenta de que no tiene sentido. Tengo cosas más importantes de las que preocuparme. O sea, de Will.

Cuanto más lo busco, más me inquieto.

—Yo lo he visto —dice alguien. Es mi primita, Beth—. Se ha ido con Olivia, que estaba un poco borracha.

—Ah, sí. ¡Con Olivia! —dice otra prima—. Se han ido hacia la entrada. Will ha dicho que Olivia necesitaba que le diera el aire.

Olivia, montando el espectáculo otra vez. Pero, al salir, no los veo por ninguna parte. En la entrada de la carpa solo hay un grupo de gente fumando: amigos de la universidad. Se vuelven hacia mí y empiezan a decirme lo que se espera de ellos: lo guapa que estoy y lo maravillosa que ha sido la ceremonia.

—¿Habéis visto a Olivia o a Will? —los corto.

Señalan vagamente hacia el otro lado de la carpa, en dirección al mar. Pero ¿por qué han ido Olivia y Will por ahí? Está cambiando el tiempo y ha anochecido, y la luna da tan poca luz que casi no se ve.

El viento chilla en torno a la carpa y a mi alrededor cuando salgo a la intemperie. Al acordarme de la escenita de antes, en la playa, se me encoge el estómago. Olivia no habrá hecho ninguna estupidez, ¿verdad?

Por fin veo confusamente sus siluetas más allá de la luz que proyecta la carpa, hacia el mar, pero una especie de instinto me impide llamarlos a gritos. Veo que están muy cerca el uno del otro. En la semioscuridad, sus figuras parecen confundirse. Por un momento pienso horrorizada que… Pero no, tienen que estar hablando. Y sin embargo no tiene sentido. Creo que nunca los he visto hablar; se saludan educadamente y ya está, porque apenas se conocen. Se han visto solo una vez antes de hoy. Y ahora en cambio parece que tienen mucho que contarse. ¿De qué estarán hablando? ¿Y por qué han venido aquí atrás, lejos de la vista de los invitados?

Empiezo a moverme, sigilosa como un gato, avanzando poco a poco en la penumbra.

OLIVIA

La dama de honor

—Voy a decírselo —digo. Tengo que esforzarme por que me salgan las palabras, pero estoy decidida a hacerlo—. Voy a… voy a contarle lo nuestro.

Me estoy acordando de lo que ha dicho Hannah antes. «Siempre es mejor sacarlo fuera, aunque sea algo que te avergüenza y aunque creas que los demás van a pensar mal de ti».

Él me tapa la boca con la mano, tan bruscamente que me asusto. Noto el olor de su colonia y me acuerdo de cuando olía esa colonia en mi piel, después de hacerlo. Y de que pensaba que era delicioso, y de lo mayor que me sentía. Ahora me da ganas de vomitar.

—Nada de eso, Olivia —dice en un tono casi amable y tierno que solo empeora las cosas—. No creo que vayas a hacer eso. ¿Sabes por qué? Porque destrozarías la felicidad de tu hermana. Es el día de su boda, tontita. Quieres demasiado a Jules para hacerle eso. Y, total, ¿para qué? Entre nosotros ya no va a haber nada.

Se oyen voces de pronto al otro lado de la carpa y él me quita la mano de la boca como si le preocupara que alguien nos vea así.

—¡Ya lo sé! —le suelto—. Eso me da igual. No es lo que quiero.

Levanta las cejas como si no supiera si creerme.

—¿Y qué quieres entonces, Olivia?

Dejar de sentirme tan mal, creo. Librarme de este secreto horrible que llevo conmigo. Pero no contesto. Y él sigue:

—Ya entiendo. Quieres vengarte de mí. No me he portado muy bien en este asunto, lo reconozco. Debería haber roto contigo como es debido. A lo mejor debería haber sido más claro. No era mi intención hacer daño a nadie. Pero ¿puedo decirte lo que creo de verdad, Olivia?

Como parece estar esperando que le conteste, digo que sí con la cabeza.

—Creo que, si tuvieras intención de contárselo, lo habrías hecho ya.

Sacudo la cabeza, pero tiene razón. Es cierto que he tenido mucho tiempo para hacerlo, para contarle la verdad a Jules. ¡Cuántas veces, mientras estaba tumbada en la cama, de madrugada, he pensado en cómo podía arreglármelas para hablar con ella a solas…! Proponerle que quedáramos para comer o para tomar un café... Pero nunca lo he hecho. Me daba demasiado miedo. Y en vez de hacerlo he preferido evitarla, como evité ir a la tienda a probarme el vestido. Era más fácil esconderse, fingir que no pasaba nada.

He pensado en qué haría yo en esta situación si fuera Jules o mamá. Seguramente habría montado una escena al volver a encontrármelo cara a cara. Le habría avergonzado delante de todo el mundo en la fiesta de compromiso. Pero yo no soy tan fuerte, no tengo ese empuje.

Así que probé con una nota. La imprimí y se la metí a Jules en el buzón:

Will Slater no es como tú crees que es. Es un tramposo y un embustero. No te cases con él.

Pensé que así, por lo menos, Jules empezaría a hacerse preguntas. Que eso la haría reflexionar. Quería plantar una semillita de duda en su mente. Fue patético, ahora me doy cuenta. Es posible que Jules ni siquiera recibiera la nota. Puede que él la viera primero, o que acabara barrida, en la basura, entre un montón de publicidad. Y, aunque Jules la viera, debí darme cuenta de que mi hermana no es de esas personas que se dejan influir por una nota. Jules no es de las que se comen la cabeza.

—No querrás arruinarle la vida a tu hermana, ¿verdad? —dice Will ahora—. Tú no le harías eso.

Es cierto. Aunque a veces creo que la detesto, el amor pesa más que el odio. Siempre será mi hermana mayor, y esto arruinaría las cosas entre nosotras para siempre.

Él está tan seguro de su versión de la historia… La mía, en cambio, se está desmoronando. Y supongo que tiene razón cuando dice que no mintió, en realidad. Simplemente, no dijo la verdad. Creo que no soy capaz de seguir aferrándome a mi rabia, a su energía abrasadora y luminosa. Noto que se me escapa y que deja en su lugar algo mucho peor. Una especie de vacío.

Y entonces, de pronto, pienso en Jules, en su sonrisa cuando estaba al lado de Will en la capilla, sin tener ni idea de cómo es de verdad. Jules, que nunca se ha dejado engañar por nadie, salvo por él. Y siento una ira por ella, por lo que le ha hecho Will, que no he sido capaz de sentir por lo que me hizo a mí.

—He guardado tus mensajes —le digo—. Puedo enseñárselos.

Es mi último recurso, mi último as en la manga. Sostengo mi móvil delante de él para recalcar lo que digo.

Debería haberlo presentido, pero estaba hablando con tanta calma, tan suavemente, que no me he puesto en guardia. De pronto extiende el brazo y me agarra de las muñecas, primero de una y luego de la otra, y con un movimiento rápido me quita el teléfono. Antes de que me dé tiempo a reaccionar, lo lanza lejos, al agua oscura. Se oye un pequeño «¡plas!» cuando se hunde.

—Habrá copias de seguridad de esos archivos —digo, aunque no estoy segura de cómo encontrarlas.

—Ah, ¿sí? —me dice en tono burlón—. Conque quieres joderle la vida a la gente, ¿eh, Olivia? Pues, para que lo sepas, tengo grabadas unas fotos que…

—¡Cállate! —le digo.

Pensar en que Jules, en que cualquiera, pueda verme así…

Me sentí muy violenta cuando me hizo esas fotos, pero fue tan listo al pedírmelas… Me dijo que estaba muy sexi posando para él y que lo excitaba mucho. Y a mí, además, me preocupaba parecer una cría y una estrecha si no lo hacía. Él no sale en ninguna: ni su cara ni su voz. De pronto me doy cuenta de que puede decir que se las mandé yo, que me las hice yo misma. Podría negarlo todo.

Su cara está ahora muy cerca de la mía. Por un momento pienso que va a besarme. Y aunque me odie por ello, una parte muy pequeñita de mi ser quiere que lo haga. Una parte de mí todavía le desea. Y eso me asquea.

Sigue agarrándome la muñeca. Me hace daño. Gimo y trato de soltarme, pero me agarra más fuerte, clavándome los dedos en la carne. Es fuerte, mucho más fuerte que yo. Me di cuenta antes, cuando me sacó del mar haciéndose el héroe, interpretando un papel delante de la gente. Me acuerdo de mi cuchillita, pero está en el bolso, en la carpa.

Will tira de mí y yo tropiezo. Se me sale un zapato. Entonces me doy cuenta de que estamos casi al borde del precipicio. Tira de mí hacia él. Veo toda esa agua ahí, negra y brillante a la luz de la luna. Pero él no haría eso, ¿verdad que no?

AHORA

La noche de bodas

Los caballeros de honor miran la corona dorada y retorcida que Femi tiene en la mano. Estaba tan fuera de lugar donde la han encontrado, tirada en la arena negra, en medio del temporal, que han tardado unos segundos en acordarse de dónde la habían visto antes.

—Es la corona de Jules —dice Angus.

—Joder, claro —responde Femi.

Se quedan callados, pensando en la fuerza que ha tenido que hacer falta para deformar así el metal.

—¿Visteis su cara? —pregunta Angus—. ¿La de Jules, antes de cortar la tarta? Me pareció que estaba… muy enfadada. O muy asustada, quizá.

—¿Alguno la ha visto en la carpa después de que volviera la luz? —pregunta Femi.

Angus se echa a temblar.

—Pero ¿no pensaréis que…? ¿No creeréis que le ha pasado algo de verdad?

—Joder. —Duncan deja escapar el aire entre los dientes.

—No, no digo eso —contesta Femi—. Solo digo que… ¿Alguno recuerda haberla visto?

Se hace un largo silencio.

—Yo no.

—No, Dunc. Yo tampoco.

Miran a su alrededor, a oscuras, aguzando la vista y el oído, atentos a cualquier movimiento, a cualquier ruido, mientras contienen la respiración.

—¡Dios! Mirad, ahí hay otra cosa.

Angus se agacha para recogerlo. Todos ven cómo le tiembla la mano cuando acerca el objeto a la luz, pero esta vez ninguno se burla de él. Están asustados.

Es un zapato. Un zapato de tacón alto, de seda gris clara, con una hebilla de pedrería.

Un par de horas antes

HANNAH

La acompañante

Este chico, Luis, baila muy bien. La orquesta está dando caña a los invitados, que bailan como locos, y, con tanta gente girando alrededor, cada vez estamos más apretujados. Y aquí estoy yo, pensando en lo horriblemente estresada y sola que me he sentido todo el día. La culpa es de Charlie, sobre todo. Pero ahora mismo no quiero pensar en él. Estoy tan enfadada, tan triste… Además, ¿cuándo fue la última vez que me dejé llevar por la música, la última vez que pude bailar a gusto? ¿La última vez que me sentí así de deseada, así de sensual? Tengo la sensación de haber perdido una parte de mí misma por el camino, en alguna parte. Por unas pocas horas, voy a disfrutar recuperándola. Levanto los brazos, sacudo la melena y noto cómo el pelo me acaricia la piel desnuda de los hombros. Siento que Luis me está mirando. Sigo el ritmo de la música con las caderas. Siempre se me ha dado bien bailar. Practiqué mucho en Manchester, en mi adolescencia, cuando salía de discotecas y bailaba desatada los temas que hacían furor en Ibiza. Había olvidado hasta qué punto bailar me reconecta con mi cuerpo y cómo me excita. Y veo lo guapa que estoy en la cara de admiración que pone Luis. Solo aparta sus ojos de los míos para mirarme de arriba abajo mientras me muevo.

Tocan una lenta. Luis me aprieta contra sí. Me pone las manos en la cintura y noto el calor de su pecho y el latido de su corazón a través de la tela de la camisa. Huelo su piel. Sus labios están muy cerca de los míos. Y, ahora que estamos pegados, me doy cuenta de que está empalmado; noto su pene apretarse contra mí.

Me retiro un poco, intento poner unos centímetros de distancia entre los dos. Necesito despejarme.

—Oye —le digo con voz un poco temblorosa—, creo que voy a ir a por una copa.

—Vale —dice—. ¡Buena idea!

Mi intención no era que viniera conmigo. De repente siento que necesito un poco de espacio, pero al mismo tiempo no tengo energías para explicárselo. Así que nos vamos juntos hacia el bar.

—¿De qué conoces a Will? —grito para que me oiga con la música.

—¿Qué? —Se acerca un poco para oírme y su oreja me roza los labios.

Repito la pregunta.

—¿Tú también eres del Trevellyan? —pregunto.

—Ah. ¿Del colegio, dices? No, fuimos juntos a la universidad, en Edimburgo. Éramos compañeros en el equipo de *rugby*.

—¡Eh, Luis! —Un tipo que está junto a la barra levanta la mano y lo abraza cuando nos acercamos—. Vente a tomar una copa conmigo, que estoy muy solo. Iona se ha ido a bailar. Seguro que ya no le veo el pelo hasta que esto se acabe. —Entonces se fija en mí—. Ah, hola. Encantado de conocerte. ¿Le has estado haciendo compañía a mi amiguete? Se fijó en ti en la capilla, ¿sabes?

—Cállate. —Luis se pone colorado—. Pero, sí, hemos estado bailando, ¿verdad?

—Soy Hannah —digo. La voz me sale un poco ahogada. No sé qué hago aquí.

—Jethro —contesta el amigo de Luis—. Bueno, Hannah, ¿qué te apetece tomar?

—Eh… —Dudo, y me digo que debería ser sensata, que ya he bebido muchísimo hoy. Pero luego me acuerdo de Charlie y de lo que me ha dicho sobre Jules y él, y me dan ganas de recuperar esa sensación de libertad que he tenido un instante en la pista de baile. Me apetece estar mucho menos sobria de lo que estoy—. Un chupito —digo, y me vuelvo hacia el barman; es Eoin, el de antes—. De... eh... tequila.

Quiero ir a lo seguro.

Jethro levanta las cejas.

—Vaaaale. Lo mismo para mí. ¿Y tú, Luis?

Eoin nos pone tres chupitos de tequila. Nos los bebemos.

—¡Joder! —dice Luis al dejar el suyo. Se le han saltado un poco las lágrimas. A mí el mío, en cambio, me ha hecho tan poco efecto como si fuese agua.

—Otro —digo.

—Me mola —le dice Jethro a Luis—, pero no sé si mi hígado puede decir lo mismo.

—A mí me parece la hostia de excitante. —Luis me mira sonriendo.

Nos tomamos otro chupito.

—Tú no estudiaste en Edimburgo, ¿verdad? —dice Jethro achicando los ojos—. Me acordaría de ti, si no. Una tía como tú, tan marchosa.

—No, qué va —contesto. Ese sitio, otra vez. Con solo oír su nombre se me pasa un poco la borrachera—. Yo...

—Nosotros sí. —Jethro le pasa el brazo por el cuello a Luis—. Lo pasamos en grande, ¿eh, Lu? Yo todavía lo echo de menos. Eso, y jugar al *rugby,* aunque seguramente eso me ha venido bien. —Se señala el puente de la nariz, que tiene aplastado. Una rotura de hace tiempo, evidentemente.

—Yo perdí un diente —dice Luis.

—¡Me acuerdo de eso! —Jethro se ríe y me mira—. Will no se hacía ni un arañazo, claro. Jugaba de ala, el cabrón. Una posición de niño bonito. Por eso es tan asquerosamente guapo.

—¡Cómo nos cortaba el rollo cuando salíamos por ahí después de un partido! —comenta Luis—. Estabas ahí, intentando hablar con una chica, y venía Will como quien no quiere la cosa a preguntarte si querías otra ronda, y se acabó: ya solo tenían ojos para él.

—Era una locura lo que ligaba —dice Jethro asintiendo—. Por eso se apuntó a la Sociedad Reeling, por las tías. Claro que no siempre triunfaba. ¿Te acuerdas de aquella chica que le dejó plantado?

—Ah, sí —dice Luis—. Se me había olvidado. ¿La del norte, dices? ¿Esa que era tan lista?

Dios mío. De pronto, el horror cobra forma ante mis ojos. Y solo puedo quedarme aquí parada, mirándolo.

—Sí —continúa Jethro—. Igual que tú. —Me hace un guiño—. Claro que él se vengó cuando lo dejó. ¿Te acuerdas, Luis?

Luis entrecierra los ojos.

—No, la verdad. Bueno, me acuerdo de que ella dejó la carrera, ¿verdad? Recuerdo que él se quedó hecho polvo cuando le dejó. Siempre me pareció que ella era demasiado inteligente para él.

Esa sensación de espanto que noto en las tripas es cada vez más fuerte.

—¿Te acuerdas de aquel vídeo que circulaba por ahí? —pregunta Jethro.

—Jooooder —dice Luis abriendo mucho los ojos—. Sí, claro. Era… muy bestia.

—Seguro que ahora estará en PornHub —dice Jethro—. En la sección *vintage*, obviamente. Me gustaría saber qué ha sido de ella, sabiendo que eso está todavía rulando por ahí.

—Oye, ¿estás bien? —dice Luis de repente, mirándome—. Madre mía, te has puesto blanca. —Me pone una mano en el brazo y hace una mueca comprensiva—. ¿Te ha sentado mal ese último chupito?

Lo aparto de un empujón y me alejo de ellos tambaleándome. Necesito salir de aquí. Consigo llegar fuera con el tiempo justo de hincarme de rodillas y vomitar en el suelo. Me tiembla todo el cuerpo como si tuviera fiebre. Veo de refilón que hay un par de invitados junto a la entrada; murmuran algo, sorprendidos y asqueados. Oigo el tintineo de una risa. Noto confusamente que aquí fuera el viento sopla mucho más fuerte que antes: me tira del pelo como si quisiera arrancármelo de la cabeza, me aguijonea los ojos hasta hacerme llorar.

Vuelvo a vomitar. Pero este mareo no es como el del barco: vomitar no me hace ningún bien. Este mareo no hay nada que pueda aliviarlo. El veneno de lo que acabo de descubrir me ha calado muy adentro. Me ha llegado a lo más hondo.

AHORA

La noche de bodas

—¿Quién llevaba esto? —Angus levanta el zapato. Le tiembla la mano.

—Me suena haberlo visto —contesta Femi—, pero no recuerdo quién lo llevaba... Parece que fue hace muchísimo tiempo.

Ahora, el día entero les parece irreal. Todo esto —la noche, la tormenta, el miedo— se ha convertido en lo único que existe para ellos.

—¿Nos lo llevamos? —pregunta Angus—. Puede que... que dé alguna pista de lo que ha pasado.

—No. Deberíamos dejarlo donde está —dice Femi—. No tendríamos que haberlo tocado. Ni la corona tampoco, de hecho.

—¿Por qué? —pregunta Angus.

—Porque podría ser una prueba, idiota —le espeta Duncan.

—Eh, el viento ha parado —dice Angus cuando dejan el zapato y siguen adelante.

Tiene razón. La tormenta se ha disipado sin que ellos lo notaran y la quietud que ha dejado a su paso es tan estremecedora que casi desean que vuelva a levantarse el viento. Es una calma engañosa, como un aliento contenido. Y ahora oyen su propia respiración, ronca y agitada, llena de miedo.

Les ha costado mucho avanzar teniendo que mirar en todas direcciones, escudriñando la oscuridad aterciopelada, atentos a cualquier peligro, a cualquier atisbo de movimiento, pero ahora por fin el Torreón se alza ante su vista, no muy lejos. Sus ventanas relucen con un brillo negro.

—¡Ahí! —Femi se para en seco. Detrás de él, los demás se quedan inmóviles—. Creo… —dice—. Creo que hay algo ahí.

—¿No será otro puto zapato? —grita Duncan—. ¿Esto qué es, joder? ¿Cenicienta? ¿Hansel y Gretel?

Su intento de bromear no los convence. Todos oyen cómo le tiembla de miedo la voz.

—No —dice Femi—, no es un zapato.

Todos han notado el timbre afilado de su voz. Desean con todas sus fuerzas no mirar, apartarse de lo que sea que haya visto, pero se obligan a permanecer donde están y a mirar cuando Femi mueve lentamente la linterna de su móvil en semicírculo y la luz se desliza, débil, por el suelo.

Hay algo ahí, en efecto. Solo que esta vez no es algo, sino alguien. Observan cada vez más horrorizados cómo una forma alargada surge a la luz de la linterna, sobre la tierra. Echada boca arriba, pavorosa, no hay duda de que es una figura humana. Yace cerca del Torreón, en el límite donde la tierra firme da paso a la turbera. Los bordes de su ropa tiemblan y parecen reírse con nerviosismo, agitados por la brisa, y ello unido a la luz vacilante de la linterna produce una inquietante sensación de movimiento. Un truco macabro, un juego de manos.

Les parece increíble que pueda haber de verdad un ser humano dentro de esas ropas. Un ser humano que hasta hace muy poco hablaba y reía, que estaba entre ellos celebrando una boda.

Un rato antes

AOIFE

La organizadora de bodas

Con ayuda de varios camareros e infinito cuidado, hemos levantado la enorme tarta nupcial para colocarla en el centro de la carpa. Dentro de poco avisaremos a los invitados para que se reúnan en torno a ella y presencien cómo cortan los novios la primera porción. Es como un sacramento, tan importante como la ceremonia en la capilla, hace unas horas.

Freddy sale de la zona de cáterin con el cuchillo en la mano. Frunce el ceño al verme.

—¿Estás bien? —pregunta mirándome con atención.

—Sí, estoy bien —le digo. Supongo que llevo pintada en la cara la tensión de todo el día—. Solo un poco abrumada, creo.

Asiente, comprensivo.

—Bueno —dice—, ya falta poco para que acabe.

Me pasa el cuchillo para que lo ponga junto a la tarta. Es muy bonito, de factura finísima: la hoja muy larga y el elegante mango de nácar.

—Diles que tengan cuidado con el cuchillo —me dice Freddy—. Se pueden cortar a poco que lo toquen. La novia pidió que lo afiláramos expresamente. Una tontería, en realidad, porque estos cuchillos están pensados para carne. Cortará el bizcocho como si fuera mantequilla.

JULES

La novia

Olivia y Will, al borde del acantilado: lo he oído todo. O, al menos, lo suficiente como para entender lo que ocurre. Algunas partes se las llevaba el viento y he tenido que acercarme tanto que estaba segura de que me verían. Pero al parecer estaban tan pendientes el uno del otro —tan absortos en su enfrentamiento— que no se han dado cuenta. Al principio, no entendía lo que pasaba.

«Voy a contarle lo nuestro», ha gritado Olivia.

Al principio, me negaba a comprender. No podía ser, era una posibilidad demasiado horrenda para contemplarla.

Pero luego me he acordado de Olivia cuando ha salido del agua. De que por un momento ha parecido que intentaba decirme algo.

Después, he oído cómo cambiaba la voz de él. He visto que le tapaba la boca. Que la agarraba del brazo. Y eso me ha impresionado más aún que el contenido de lo que estaba diciendo. Ese de ahí era mi marido. Y también era un hombre al que apenas reconocía.

Mientras los observaba desde las sombras, he percibido entre ellos una especie de familiaridad física más relevadora que cualquier palabra. Al verlos al borde del precipicio, se ha materializado ante mí en toda su espantosa realidad.

Al principio, no ha habido tiempo para la ira. Solo para un inmenso horror existencial, como si todo perdiera de golpe su sentido. Ahora empiezo a sentir algo distinto.

Will me ha humillado. Me ha tomado por tonta. Siento una furia casi reconfortante, por lo familiar que me resulta. Brota dentro de mí arramblando con todo lo demás.

Me arranco la corona de oro, la tiro al suelo. La pisoteo hasta que queda reducida a un guiñapo de metal. Pero eso no es suficiente.

OLIVIA

La dama de honor

—¡Will!

Es la voz de Jules. Luego, una luz azulada: la linterna de su teléfono. Es como si nos apuntara un foco. Nos quedamos los dos helados. Will me suelta el brazo como si mi piel le quemara y se aparta rápidamente de mí.

No he podido deducir nada del tono en que Jules ha dicho su nombre. Era un tono completamente neutro; un poco impaciente, como mucho. Me pregunto qué ha visto y, sobre todo, qué ha oído. Pero no puede haber oído mucho, ¿verdad? Porque si no… En fin, yo sé cómo es Jules. Seguramente, si hubiera oído algo, ahora estaríamos los dos en el fondo del barranco.

—¿Se puede saber qué hacéis aquí? —pregunta—. Will, la gente se está preguntando dónde te has metido. Y Olivia… Me han dicho que te has caído.

Se acerca más. Tengo la impresión de que está distinta. Le falta la corona de oro, eso es. Pero puede que también sea otra cosa, algo que no puedo identificar del todo.

—Sí —dice Will, rebosando simpatía otra vez—. Se me ha ocurrido traerla aquí a que le diera un poco el aire.

—Qué bien. Has sido muy amable —dice Jules—, pero ahora tenemos que volver. Hay que cortar la tarta.

AHORA

La noche de bodas

Los caballeros de honor se aproximan al cuerpo con cautela.

Descansa un poco apartado del sendero de tierra seca, donde comienza la turba. El cieno ha empezado a agolparse en torno al cadáver, cercándolo con diligencia, amorosamente, de modo que, aunque el muerto volviera de pronto a la vida por obra de algún milagro, le resultaría un poco más difícil de lo esperado levantarse. Tendría que forcejear para liberar un pie, una mano. Se encontraría adherido al pecho negro y húmedo de la tierra.

El pantano se ha tragado otros cadáveres en el pasado, se los ha tragado enteros, engulléndolos de un bostezo, pero de eso hace ya mucho tiempo. Tiene un hambre de siglos.

A medida que se acercan, el barrido de la linterna va mostrando distintas partes del cuerpo: las piernas extendidas en una postura extraña, la cabeza echada hacia atrás, contra el suelo. Los ojos ciegos, inexpresivos, reflejan la luz con un centelleo suave. Vislumbran la boca medio abierta; la lengua que sobresale ligeramente, en una mueca un tanto obscena; y, en el esternón, una mancha de sangre roja oscura.

—¡Joder! —gime Femi—. ¡Joder! ¡Es Will!

Por primera vez, el novio no está guapo. Sus facciones están contraídas en un rictus agónico: los ojos velados y fijos, la lengua colgando.

—¡Dios mío! —dice alguien.

Angus hace amago de vomitar. Duncan suelta un sollozo (Duncan, al que ninguno de ellos ha visto nunca conmoverse por nada). Luego se agacha y zarandea el cadáver.

—Vamos, tío. ¡Levanta! ¡Levanta! —El vaivén produce una horrible pantomima al moverse la cabeza de un lado a otro, como animada.

—¡Para! —grita Angus agarrando a Duncan—. ¡Déjalo!

Miran el cuerpo fijamente. Femi tiene razón. Está muerto, pero eso no puede ser. Will, no; Will, el puntal del grupo, el intocable, el amado por todos.

Miran con tanta fijeza a su amigo caído, transidos por el horror y la pena, que han bajado la guardia. Ninguno de ellos advierte que, a escasos pasos de allí, algo se mueve: otra figura, llena de vida, avanza hacia ellos en la oscuridad.

Un rato antes

WILL

El novio

Jules y yo volvemos juntos a la carpa y me desentiendo de Olivia. Por un momento, al darme cuenta de lo cerca que estábamos del borde del acantilado, he estado tentado. A nadie le habría sorprendido. A fin de cuentas, ya intentó ahogarse antes, o eso parecía, desde luego, hasta que la salvé. Y con este viento, que ahora es un vendaval, todo es tan confuso…

Pero yo no soy así. No soy un asesino. Soy un buen tipo.

De todos modos, las cosas se han desmandado un poco. Tendré que poner orden.

Obviamente, no podía contarle a Jules lo de Olivia cuando descubrí que eran hermanas, aquel día en casa de su madre. Las cosas ya habían llegado demasiado lejos. ¿Y para qué iba a hacerle daño a Jules innecesariamente? Lo que pasó con Olivia no tenía ningún futuro, ¿no? No fue más que un capricho pasajero. Con ella todo se basaba en mentiras, tanto suyas como mías. De hecho, fue su fingimiento lo que más me atrajo cuando nos conocimos en aquella cita; sus esfuerzos por intentar ser lo que no era. Fingir que era mayor, que era una mujer sofisticada. Esa inseguridad. Me dieron ganas de corromperla, como a aquella novia que tuve en la universidad, que era tan buenecita. Tan inteligente, tan empollona… Venía de un instituto de mierda y estaba acomplejada por estar allí.

Cuando conocí a Jules en aquella fiesta, en cambio, fue completamente distinto. Parecía cosa del destino. Enseguida me di cuenta de que hacíamos muy buena pareja. Llamábamos la atención y no solo por el físico, sino también por lo bien que encajábamos. Yo, con una carrera a punto de despegar a lo grande, y ella moviéndose ya en las altas esferas. Yo necesitaba una igual, una mujer ambiciosa, que pisara fuerte, como yo. Juntos seríamos invencibles. Y lo somos.

No creo que Olivia vaya a decir nada. Me di cuenta desde el principio. Sabía que pensaría que nadie iba a creerla. Tiene tan poca confianza en sí misma... Lo malo es, y puede que sean solo paranoias mías, que da la impresión de que ha cambiado desde que llegamos aquí. En esta isla todo parece distinto. Es como si este lugar estuviera alterando las cosas, como si nos hubieran traído aquí por un motivo concreto. Sé que es una idiotez. Es por tener a tanta gente en un mismo sitio, mezclándose pasado y presente. Normalmente tengo mucho cuidado, pero reconozco que esta vez no lo pensé bien. No me di cuenta de lo que podía pasar si coincidían todos aquí. De las consecuencias que eso podía tener.

En fin... Olivia creo que no me dará problemas, pero, en cuanto a Johnno, voy a tener que hacer algo en cuanto vuelva a la carpa. No puedo permitir que vaya por ahí contándole esa historia a todo el mundo. Puede que le haya subestimado. Pensé que sería más seguro tenerlo aquí, a mano, pero Jules invitó a Piers sin avisarme. Sí, por eso se ha torcido todo. Si ella no hubiera invitado a Piers, Johnno no se habría enterado nunca de lo de la tele y podríamos haber seguido como siempre. De todos modos, no podía estar en el programa; era imposible que saliera bien, y seguro que lo sabe. Lo sabe, de hecho: él mismo lo ha dicho. Es un auténtico lastre. Tanto fumar porros, tanto beber, y esa puta memoria que tiene... Habría perdido los nervios delante de algún periodista y se habría ido de la lengua. La verdad es que no entiendo por qué está tan cabreado, si él mismo se da cuenta de que habría sido un desastre. El caso es que es peligroso. Lo que sabe, lo que podría contar. Estoy casi seguro de que nadie le creería. Es una historia absurda de hace veinte años, pero no voy a correr ese riesgo.

También es peligroso por otros motivos. No tengo ni idea de qué pensaba hacer en la cueva, porque tenía los ojos vendados, pero me alegro un montón de que Aoife nos encontrara, porque, si no, quién sabe lo que habría pasado.

Bueno. Esta vez no va a pillarme desprevenido.

HANNAH

La acompañante

Intento analizar racionalmente lo que me han dicho Jethro y Luis. ¿Hay alguna posibilidad, aunque sea mínima, de que se trate de una coincidencia? Intento escuchar la voz de la razón, imaginarme qué le diría yo a Charlie si estuviera en mi lugar: «Estás borracho, no piensas con claridad, consúltalo con la almohada, vuelve a pensarlo por la mañana».

Pero la verdad es que estoy segura, aunque no lo haya meditado detenidamente. Lo intuyo. Encaja todo demasiado bien para ser una coincidencia.

El vídeo de Alice lo colgaron anónimamente, claro. Y en aquel momento estábamos tan rotos de dolor que no se nos ocurrió ponernos en contacto con sus amigos, que podrían habernos ayudado a identificar al culpable. Luego, me juré a mí misma que, si algún día tenía oportunidad de vengarme del hombre que le destrozó la vida a mi hermana —que se la quitó, de hecho—, le haría sufrir todo lo posible. ¡Dios mío, y pensar que me gustaba, que anoche soñé con él…! Solo de pensarlo se me llena la boca de bilis. Es otra afrenta más, que yo haya caído presa del mismo encanto que destrozó a mi hermana.

Me acuerdo de lo que me dijo Will ayer, en la cena. «¿Nos conocimos en la fiesta de compromiso? Debo de haberte visto en las fotos de Jules. Me suena mucho tu cara». No era mi cara la que le sonaba, en realidad: era la cara de Alice.

Aunque aparente estar tranquila, cuando vuelvo a entrar en la carpa, siento una rabia tan intensa que me asusta. El responsable de la muerte de mi hermana ha prosperado, se ha labrado una carrera gracias a ese encanto tan hipócrita; gracias, básicamente, a su físico y sus privilegios. Mientras que Alice —mi hermana, tan lista, tan brillante—, que era un millón de veces más inteligente y mejor que él, no pudo seguir viviendo.

Estoy rodeada por una muchedumbre. Están todos borrachos y andan dando tumbos como idiotas. Veo a través de ellos, más allá de ellos. Me abro paso a empujones, a veces con tanta fuerza que oigo grititos. Noto que la gente se vuelve y me mira.

Parece que la electricidad está fallando otra vez. Será por el viento. Mientras atravieso el gentío, las luces parpadean y se apagan, y luego vuelven a encenderse. Se apagan otra vez. Antes, cuando se estaba poniendo el sol, todavía se veía bastante bien, pero ahora, sin luz eléctrica, esto está casi completamente a oscuras. Las velitas de las mesas no sirven de nada. Al contrario, empeoran las cosas, porque permiten ver siluetas difusas, sombras que se mueven de acá para allá. La gente chilla y se ríe, se tropieza conmigo. Me siento como en una casa encantada. Tengo ganas de gritar.

Abro y cierro los puños tan fuerte que noto cómo se me clavan las uñas en la piel de las palmas.

Esta no soy yo. Es como si estuviera poseída.

Vuelve la luz. La gente se alegra y vitorea.

La voz de Charlie, amplificada por el micrófono, resuena desde un rincón de la sala.

—¡Gente, es hora de cortar la tarta!

Por encima de las cabezas de los invitados que se agolpan a mi alrededor, veo a mi marido empuñando el micro. Nunca me he sentido tan alejada de él.

Ahí está la tarta, blanca, reluciente y perfecta, con sus flores y sus hojas de azúcar. Jules y Will están de pie, posando a su lado. De hecho, parecen las perfectas figurillas de una tarta de bodas: él, delgado y rubio, con su traje elegante; ella, morena y esbelta, con su cinturita de avispa y su vestido blanco. Creo que no he odiado tanto a nadie en toda mi vida. No así. Ni siquiera cuando me enteré de lo del novio de Alice, de lo que le había hecho, porque entonces no tenía una persona real en la que focalizar mi odio. ¡Cómo le detesto ahora, ahí parado, sonriendo mientras cientos de móviles le hacen fotos!

Avanzo, estoy cada vez más cerca.

El cortejo nupcial se ha reunido a su alrededor. Los cuatro caballeros de honor sonríen sin parar, le dan palmadas en la espalda, y yo me pregunto si alguno de ellos ha llegado a vislumbrar su verdadero carácter y si les importa. Y luego está Charlie, que da la impresión de estar sobrio y en pleno dominio de sus facultades, aunque estoy segura de que no es más que eso: pura apariencia. Cerca están también los padres de Jules y los de Will, sonriendo orgullosos. Y Olivia, con la misma cara de tristeza que ha tenido todo el día.

Me acerco un poco más. No sé qué hacer con este sentimiento, con esta energía que me recorre como si por mis venas pasara una corriente eléctrica. Al extender la mano, veo que me tiemblan los dedos. Eso me asusta y me excita al mismo tiempo. Siento que, si ahora mismo hiciera una prueba, descubriría que tengo una fuerza nueva, sobrenatural.

Aoife se adelanta. Les pasa un cuchillo a Jules y Will. Es un cuchillo grande, con la hoja larga y afilada. Tiene el mango de nácar, como para que parezca menos peligroso, como para disimular su filo, como si dijeran: este cuchillo es para cortar un pastel de bodas, solo eso, nada más.

Will pone la mano encima de la de Jules. Ella nos sonríe a todos. Le brillan los dientes.

Me acerco más aún. Estoy casi delante.

Cortan juntos la tarta. Jules aprieta tan fuerte el mango que se le ven los nudillos a través de la piel y la mano de él reposa sobre la de ella. La tarta se abre dejando ver su centro rojo oscuro. Los novios sonríen, sonríen, sonríen a las cámaras de los móviles que los rodean. El cuchillo vuelve a descansar sobre la mesa. La hoja centellea. Está justo ahí. Al alcance de la mano.

Y entonces Jules se inclina y coge un enorme pedazo de tarta. Sin dejar de sonreír a las cámaras, rápida como un rayo, se lo estampa en la cara a Will. Es un gesto tan violento como una bofetada, como un puñetazo. Will se aparta de ella tambaleándose y la mira boquiabierto, con la cara embadurnada, mientras trozos de bizcocho y nata caen sobre su traje inmaculado. Imposible saber por su expresión qué está pensando Jules.

Sigue un momento de silencio estupefacto mientras todo el mundo espera a ver qué pasa. Entonces Will se lleva una mano al pecho, hace un gesto de «Me han dado» y sonríe.

—Será mejor que vaya a limpiarme esto —dice.

Los demás se ponen a gritar y a dar vivas y hurras y se olvidan de la extrañeza de lo que acaban de ver. Forma todo parte de la ceremonia.

Pero yo me fijo en que Jules no sonríe.

Will sale de la carpa, camino del Torreón. Los invitados vuelven a charlar, a reír. Puede que sea yo la única que se gira para verlo marchar.

La orquesta comienza a tocar otra vez. Todo el mundo se dirige a la pista de baile. Yo me quedo aquí, clavada en el sitio.

Y entonces se va la luz.

OLIVIA

La dama de honor

Él tiene razón. Yo nunca se lo diré a Jules.

Pienso en cómo ha tergiversado las cosas. En cómo ha hecho que sienta que todo lo que ha pasado es, en cierto modo, culpa mía. Se ha aprovechado de la vergüenza que me ha hecho sentir, de esa vergüenza que siento desde que lo vi cruzar la puerta con Jules. Ha hecho que me sienta pequeña, despreciada, fea, estúpida, insignificante. Ha hecho que me odie a mí misma y, por culpa de este secreto horrible, me ha separado de todo, hasta de mi familia —sobre todo, de mi familia—, como si hubiera metido una cuña entre el resto del mundo y yo.

Pienso en cómo me ha agarrado el brazo hace un momento, junto al acantilado. Pienso en lo que podría haber pasado si no hubiera venido Jules. Si ella lo hubiera visto, todo sería distinto. Pero no lo ha visto y yo he perdido mi oportunidad. Si lo contara ahora, nadie me creería. O me echarían la culpa a mí. No puedo hacer eso. No tengo valor.

Pero podría hacer *algo*.

Y entonces se va la luz.

JULES

La novia

Lo de la tarta no ha sido suficiente. Ha sido mezquino, patético. Will me ha defraudado irremediablemente, como todo el mundo en esta puta familia. Con él bajé la guardia, las barreras de seguridad que había construido con tanto cuidado. Me hice vulnerable.

Cuando pienso en cómo me ha sonreído mientras cortábamos la tarta con las manos unidas, con esas mismas manos que han sobado a mi hermana, que han…, Dios, es tan asqueroso que no puedo ni pensarlo. ¿Pensaba en ella cuando nos acostábamos? ¿Creía que yo era tan tonta que jamás lo sospecharía? Supongo que sí. Y tenía razón. También por eso, en parte, es tan ofensivo.

Bueno, pues me ha subestimado.

La furia que me bulle dentro es más fuerte que el espanto y que la pena. Noto cómo me brota debajo de las costillas. Y es casi un alivio sentir cómo borra a su paso cualquier otro sentimiento.

Y entonces se va la luz.

JOHNNO

El padrino

Estoy fuera, en la oscuridad. Aquí sopla un vendaval. Es como si de la noche surgieran apariciones, continuamente. Levanto las manos para defenderme de ellas. Veo, sobre todo, esa cara otra vez, la misma cara que vi anoche en mi habitación. Las gafas grandes, esa expresión que tenía en el dormitorio la última vez, unas horas antes de que nos lo lleváramos. El niño al que matamos. Al que matamos entre los dos, aunque aquello solo le haya destrozado la vida a uno de nosotros.

Voy muy ciego. Pete Ramsay se ha puesto a repartir pastillitas como si fueran chocolatinas de menta después de la cena, y ahora por fin me está haciendo efecto.

Will, ese cabronazo, ha entrado en la carpa como si no hubiera pasado nada, como si no le hubiera afectado lo más mínimo, con una sonrisa enorme en la cara. Debería habérmelo cargado en la cueva, me digo, cuando he tenido oportunidad.

Estoy intentando volver a la carpa. Veo su luz, pero es como si apareciera cada vez en un sitio distinto, primero cerca, luego lejos. Oigo el ruido, la lona al viento, la música…

Y entonces se va la luz.

AOIFE

La organizadora de bodas

Se va la luz. Los invitados empiezan a chillar.

—¡No se preocupen! —grito—. Es el generador, que ha vuelto a fallar por el viento. La luz debería volver dentro de unos minutos. Hagan el favor de no moverse de aquí.

WILL

El novio

Me estoy quitando la tarta de la cara en el baño del Torreón. Me ha costado un montón llegar hasta aquí, aunque me guiaba por las luces del edificio, porque el viento soplaba tan fuerte que me desviaba todo el rato del camino. Pero puede que esté bien tener un poco de espacio para despejarme y pensar. Dios, tengo nata en el pelo. Hasta se me ha metido por la nariz. Jules se ha pasado un huevo. Ha sido humillante. Después, cuando he levantado la vista, he visto a mi padre mirándome con esa misma cara que ponía siempre, como cuando anunciaron la alineación del equipo titular para el gran partido y yo no estaba en la lista; o cuando no me admitieron en Oxford ni en Cambridge, o cuando me dieron los resultados de la reválida y eran tan buenos que le parecieron un pelín sospechosos. Es una especie de mueca de satisfacción, como si cada vez viera confirmado lo que ha pensado siempre de mí. Ni una sola vez he visto que se enorgullezca de su hijo, a pesar de que siempre he intentado superarme y triunfar, como él me decía que hiciera. A pesar de todo lo que he logrado.

La expresión que ha puesto Jules cuando ha cogido ese trozo de tarta… ¡Joder! ¿Se habrá enterado de algo? Pero ¿de qué? Puede que solo esté enfadada porque los chicos me han sacado de la carpa y han interrumpido el banquete. Seguro que ha sido eso, nada más. Y, si es necesario, seguro que puedo convencerla de lo que sea.

313

Las cosas no tenían que salir así. Qué frágil me parece todo de repente. Como si todo pudiera venirse abajo en cualquier momento. Tengo que volver ahí dentro y arreglar las cosas. Pero ¿por dónde empiezo?

Levanto los ojos, me veo en el espejo. Menos mal que tengo esta cara. No se me nota nada el estrés de estas últimas dos horas. Es mi pasaporte, lo que me granjea la confianza y el cariño de todos. Por eso sé que, al final, siempre llevaré las de ganar frente a un tío como Johnno. Me quito una última miguita de la comisura de la boca, me aliso el pelo. Sonrío.

Y entonces se va la luz.

AHORA

La noche de bodas

Se agachan en torno al cadáver. Femi —cirujano en la vida normal, que ahora parece tan lejana— se inclina sobre el cuerpo tendido boca arriba y acerca la cara a su boca, tratando de oír si respira. Es inútil, en realidad. Aunque pudiera oírse algo entre el estruendo del viento, está claro por los ojos abiertos y velados, por la boca desencajada y la mancha roja y oscura del pecho, que está muerto.

Están tan absortos en la forma inmóvil que tienen delante que no han notado que no están solos. No han visto la silueta que ha permanecido envuelta en oscuridad, en la periferia del círculo. Ahora sale a la luz de las antorchas, surgiendo de las sombras como una figura ancestral y terrible, un personaje del Antiguo Testamento, la venganza personificada. Al principio ni siquiera lo reconocen. Lo primero que ven es la sangre.

Parece que se hubiera bañado en ella. Le cubre la pechera de la camisa, más roja ya que blanca. Sus manos están empapadas en sangre hasta la muñeca. Tiene el cuello y la mandíbula embadurnados, como si hubiera estado bebiendo sangre.

Lo miran en silencio, horrorizados.

Él solloza débilmente. Levanta las manos hacia ellos y perciben el destello del metal. De modo que lo segundo que ven es el cuchillo. Si tuvieran tiempo de pensar, podrían reconocerlo. Es un cuchillo largo y elegante, con el mango nacarado, que se ha usado por última vez para cortar un pastel de boda.

Femi es el primero en recuperar el habla.

—Johnno —dice muy despacio, con mucho cuidado—. Johnno, ya pasó, tío. Deja el cuchillo.

Un rato antes

WILL

El novio

Joder, otro apagón. Busco el móvil en el bolsillo superior de la chaqueta y enciendo la linterna al salir. ¡Cómo sopla el viento! Tengo que agachar la cabeza e inclinarme para avanzar. Qué mierda, odio despeinarme con el viento, aunque nunca lo reconocería en voz alta: no encajaría muy bien con *Sobrevivir a la noche*.

Cuando levanto la cabeza para ver por dónde voy, me doy cuenta de que una persona viene hacia mí. Solo se la distingue por la luz de la linterna que lleva y que debe de iluminarme a mí. Yo, en cambio, no veo quién es.

—¿Quién eres? —pregunto.

Y entonces, por fin, distingo su silueta.

Veo que es ella.

—Ah —digo con cierto alivio—. Eres tú.

—Hola, Will —dice Aoife—. ¿Has podido quitarte todos los trazos de tarta?

—Sí, más o menos. ¿Qué pasa?

—Otro apagón —dice—. Lo siento. Es por el tiempo. El pronóstico no decía nada de un temporal. Nuestro generador no aguanta una tormenta así, pero ya debería haber vuelto la luz. Iba a ver qué ha pasado. Por cierto…, no podrás ayudarme, ¿verdad?

Preferiría no hacerlo. Tengo que volver, hay cosas que debo solucionar. Tengo que tranquilizar a mi mujer y... ocuparme de la dama de honor y el padrino. Pero imagino que no puedo hacerlo a oscuras. Así que, ya que estoy aquí, puedo echar una mano.

—Claro —digo cortésmente—. Como te decía esta mañana, estoy deseando ayudar.

—Gracias, eres muy amable. Es por aquí, no muy lejos.

Se aparta del camino y me lleva hacia la parte de atrás del Torreón. Aquí estamos a resguardo del viento. Y entonces, qué raro, se vuelve para mirarme de frente, aunque aquí no hay nada que se parezca a un generador. Me apunta a los ojos con la linterna. Levanto la mano.

—Me estás deslumbrando —le digo, y me río—. Me siento como en un interrogatorio.

—Ah, ¿sí? —pregunta, pero no baja la linterna.

—Por favor —insisto, cada vez más molesto, aunque intento no perder los nervios—. Aoife, me está dando la luz en los ojos. No veo nada, ¿sabes?

—No tenemos mucho tiempo —dice—, así que tendrá que ser rápido.

—¿Qué?

Por un momento, tengo una impresión de lo más extraña, como si me estuviera haciendo proposiciones. Es atractiva, desde luego. Me he fijado esta mañana, en la carpa. Y es más atractiva aún porque intenta ocultarlo y eso siempre me ha gustado, ya digo, esa inseguridad, esa falta de vanidad en una mujer. A saber por qué habrá acabado casándose con ese tarugo de Freddy. Aun así, ahora mismo no tengo tiempo.

—Solo quería decirte una cosa, supongo —dice—. Quizá debería habértelo dicho cuando lo mencionaste esta mañana, pero entonces no me pareció prudente. Lo de esas algas en la cama, anoche... Fui yo.

—¿Las algas? —Miro fijamente la luz, tratando de entender de qué narices está hablando—. No, no —digo—. Tuvo que ser alguno de los caballeros de honor, porque era lo que...

—Lo que solíais hacerles en el Trevellyan a los niños más pequeños. Sí, lo sé. Lo sé todo sobre el Trevellyan. Incluso más de lo que me gustaría, de hecho.

—¿Sobre...? No entiendo...

El corazón empieza a latirme un poco más deprisa, aunque no sé muy bien por qué.

—Te estuve buscando muchísimo tiempo en Internet —dice—, pero William Slater es un nombre muy corriente. Entonces se estrenó *Sobrevivir a la noche*. Y allí estabas. Freddy te reconoció enseguida. Y ni siquiera habías cambiado de formato, ¿no? Hemos visto todos los episodios.

—¿Qué?

—Por eso me esforcé tanto porque vinierais aquí —dice—. Por eso ofrecí una rebaja tan grande por aparecer en la revista de tu mujer. Yo creía que ella indagaría un poco más, pero imagino que por eso hacéis tan buena pareja. Es tan soberbia que cree que, sencillamente, tiene derecho a todo. Debe de haberse dado cuenta de que era imposible que sacáramos beneficios. Pero se equivoca. Yo sí voy a sacar provecho de todo esto.

—¿Qué provecho?

Empiezo a retroceder. De pronto, esto me huele un poco raro. Pero piso con el pie derecho un trozo de tierra que cede bajo mi peso y empiezo a hundirme. Estamos justo al borde del pantano. Es casi como si ella lo hubiera planeado así.

—Quería hablar contigo —dice—. Nada más. Y no se me ocurría mejor forma de hacerlo.

—¿Qué? ¿Mejor que así, en medio de una tormenta y a oscuras?

—La verdad es que creo que es perfecto. ¿Te acuerdas de un niñito que se llamaba Darcey, Will? ¿Del Trevellyan?

—¿Darcey? —La luz que me da en la cara es tan fuerte que no puedo ni pensar, joder—. No —contesto—. No me acuerdo. Darcey... ¿Eso es nombre de chico?

—Se apellidaba Malone. Creo que allí solo usabais los apellidos.

La verdad es que, pensándolo bien, sí que me suena. Pero no puede ser. Seguro que no...

—Tú lo recordarás como el Solitario, claro —dice—. Malone, el Solitario. Ese es el mote que le pusisteis, ¿no? Verás, todavía guardo sus cartas. Las tengo aquí, en la isla, conmigo. Las estuve mirando esta misma mañana. Me escribió hablándome de ti, ¿sabes? De ti y de Jonathan Briggs. Sus «amigos». Yo sabía que había algo raro en esa amistad y no hice nada al respecto. Esa es la cruz que tengo que cargar. Su tumba está aquí mismo. Donde fuimos felices.

—Yo... no entiendo.

Y entonces me acuerdo de una foto, de la foto de una chica adolescente en una playa de arena blanca. Johnno y yo solíamos meternos con él por esa foto. La hermana buenorra. Pero no puede ser...

—No tengo tiempo de explicártelo todo —continúa—. Ojalá lo tuviera. Ojalá tuviéramos tiempo de hablar. Lo único que quería era hablar, de verdad. Averiguar por qué hicisteis lo que hicisteis. Por eso me empeñé tanto en que vinierais aquí, a celebrar la boda en la isla. Había tantas cosas que quería preguntarte... ¿Estaba asustado, al final? ¿Intentasteis salvarlo? Freddy dice que cuando entrasteis en el dormitorio parecíais eufóricos, los dos. Como si os lo estuvierais pasando en grande.

—¿Freddy?

—Sí, Freddy. O Tarugo, creo que lo llamabais. Era el único niño que estaba despierto en el dormitorio esa noche. Pensó que ibais a por él, a llevarlo a su Supervivencia. Así que se escondió y se hizo el dormido, y no dijo ni pío cuando os llevasteis a Darcey. Nunca se lo ha perdonado. Yo he intentado explicarle que no es culpa suya. Fuisteis vosotros. Sobre todo, tú. Por lo menos, tu amigo Johnno se siente mal por lo que hizo.

—Aoife —digo con todo el cuidado que puedo—, no te entiendo. No sé... ¿De qué estás hablando?

—Puede... puede que ya no necesite hacerte todas esas preguntas. Ya sé las respuestas. Las oí antes, cuando fui a buscarte a la cueva.

Ahora tengo otras preguntas, claro. Por qué lo hiciste, por ejemplo. ¿Unos exámenes robados? ¿De verdad te parece motivo suficiente para quitarle la vida a un niño? ¿Solo porque te había descubierto?

—Lo siento, Aoife, pero, de verdad, tengo que volver a la carpa.

—No —contesta.

Yo me río.

—¿Cómo que no? Mira —digo, poniendo mi voz más convincente—, no tienes ninguna prueba de lo que dices. Porque no la hay. Siento muchísimo lo que te pasó. No sé qué piensas hacer, pero, sea lo que sea, no serviría de nada. Sería tu palabra contra la mía, así de sencillo. Y creo que los dos sabemos a quién creería la gente. Según todos los informes, fue un trágico accidente, nada más.

—Suponía que dirías eso. Sé que no vas a admitirlo. Sé que no te arrepientes. A fin de cuentas, te oí en la cueva. Esa noche me lo quitaste todo. Mi madre murió también esa noche, a todos los efectos. Perdimos a mi padre un par de años después. Le dio un ataque al corazón, por el estrés y la pena.

No le tengo miedo, me digo. No tiene ningún poder sobre mí. Y tengo cosas un poquitín más importantes de las que ocuparme ahora mismo, cosas que pueden tener verdaderas consecuencias. Esta tía es solo una amargada, una loca…

Y entonces veo un destello. Un brillo metálico, eso es. En su otra mano, con la que no sujeta la linterna.

Ahora

JOHNNO

El padrino

No pude salvarlo.

No debería haber sacado el cuchillo, ahora me doy cuenta. Seguramente solo conseguí que aumentara la hemorragia.

Quería hacérselo entender a ellos cuando me encontraron en la oscuridad. Femi, Angus, Duncan. Pero no quisieron escucharme. Tenían esas antorchas encendidas que empuñaban como armas, como si fuera un animal salvaje. Me gritaban, me decían a voces que soltara el cuchillo, que LO BAJARA, y había tanto ruido dentro de mi cabeza... No me salían las palabras, así que no pude hacerles ver que no había sido yo. No pude explicárselo.

Explicarles que mientras estaba ahí fuera, en medio de la tormenta, me entró el bajonazo de lo que me había dado Pete.

Que entonces se fue la luz.

Y que encontré a Will ahí tendido, en la oscuridad. Que me agaché y vi el cuchillo saliéndole del pecho como si le creciera de dentro, hundido tan profundamente que no se veía la hoja. Que entonces me di cuenta de que, a pesar de todo, seguía queriéndole. Y que me abracé a él y lloré.

Me rodearon, los otros caballeros de honor. Me sujetaron como a un animal hasta que llegó el barco de la Garda. Lo vi en sus ojos, el miedo que me tenían. Porque sabían que en realidad nunca había sido uno de ellos.

* * *

Ha llegado la Garda y me han esposado. Estoy detenido. Van a llevarme a la península. Me juzgarán en Inglaterra por el asesinato de mi mejor amigo.

Sí, es cierto que lo pensé en la cueva. Matar a Will, digo. Coger alguna piedra de las que tenía a mi alcance. Hubo un momento en que lo pensé de verdad. Me pareció que sería lo más fácil. Lo mejor.

Pero yo no lo maté. Eso lo sé, aunque todo se volviera un poco confuso después de que me tomara esa pastilla que me dio Pete y tenga un par de lagunas. Porque yo ni siquiera estaba en la carpa. ¿Cómo iba a coger el cuchillo? Pero la policía no cree que eso sea impedimento.

No me considero un asesino, en todo caso.

Aunque de hecho lo soy, ¿no? Ese chavalín, hace tantos años… Fui yo quien lo ató, a fin de cuentas. Will se aseguró de ello, pero el caso es que fui yo. Y, en realidad, no es una excusa que se sostenga, ¿no? Alegar que uno era tan tonto que no pensó bien las consecuencias de lo que hacía.

A veces me acuerdo de lo que vi la noche antes de la boda. Esa cosa, esa figura agazapada en mi cuarto. No tiene sentido contárselo a nadie, claro. Imagínate: «No fui yo, creo que a Will lo apuñaló con un cuchillo de tarta enorme el fantasma de un niño al que matamos entre los dos. Sí, me pareció verlo en mi habitación la víspera de la boda». No suena muy convincente, ¿verdad? De todas formas, es más que probable que lo que vi saliera del interior de mi cabeza. Y es lógico, porque, en cierto modo, ese niño lleva años viviendo ahí dentro.

Trato de imaginarme la celda que me espera. Aunque, pensándolo bien, llevo en prisión desde aquella mañana, cuando subió la marea. Y es posible que la justicia recaiga por fin sobre mí y me haga pagar por aquella atrocidad que cometimos. Pero yo no he matado a mi mejor amigo. Lo que significa que ha tenido que ser otra persona.

AOIFE

La organizadora de bodas

Me he llevado el cuchillo a escondidas. Le he dicho a Freddy que solo quería traer aquí a Will para hablar con él. Y era cierto, por lo menos al principio. Puede que haya sido lo que oí en la cueva lo que me ha hecho cambiar de idea: esa falta de remordimientos.

Cuatro vidas destruidas aquella noche. Una vida culpable a cambio de una vida inocente: parece un trato más que justo.

Espero que vea brillar el cuchillo a la luz de la linterna. Por un instante deseo que él, tan adorado, tan intocable, sienta un ápice de lo que tuvo que sentir mi hermano aquella noche mientras yacía en la playa, esperando a que se acercara el mar. Ese terror. Quiero que tenga más miedo que en toda su vida. Mantengo la linterna fija en él, apuntándole a los ojos desorbitados.

Y luego, por mi hermano, le clavo el cuchillo. En el corazón.

He desatado el infierno.

EPÍLOGO

Varias horas después

OLIVIA

La dama de honor

El viento ha parado por fin. Ha llegado la policía irlandesa. Estamos todos reunidos en la carpa, porque quieren tenernos localizados. Nos han explicado lo que ha ocurrido, lo que han encontrado. A quién han encontrado. Sabemos que han detenido a alguien, pero no a quién, todavía.

Es increíble qué poco ruido pueden hacer ciento cincuenta personas. La gente está sentada alrededor de las mesas, hablando en voz baja. Algunos llevan mantas isotérmicas, por el frío y el susto, y se oye más el crujido de las mantas, al moverse la gente, que sus voces.

No he hablado con nadie desde que estuve con él al borde del acantilado. Siento como si me hubieran robado las palabras.

Durante meses solo he pensado en él. Y ahora está muerto, dicen. No me alegro. Por lo menos, creo que no. Estoy en *shock*, más que nada.

No he sido yo, pero podría haber sido. Recuerdo lo que sentí la última vez que lo vi, mientras cortaba la tarta con Jules. Al ver ese cuchillo... La idea se me pasó por la cabeza. Fueron solo un par de segundos, pero lo pensé, lo sentí con tanta fuerza que en parte me pregunto si quizá lo hice yo y he bloqueado de algún modo ese recuerdo. No me atrevo a mirar a nadie a los ojos, por si acaso me lo notan en la cara.

Me sobresalto cuando alguien me pone la mano en el hombro desnudo. Levanto la cabeza. Es Jules, con una manta isotérmica echada sobre el vestido de novia. A ella le queda como si fuera parte del traje, como la capa de una reina guerrera. Tiene la boca tan apretada que no se le ven los labios, y le brillan los ojos. Me apoya la mano en el hombro, me aprieta con fuerza.

—Lo sé —susurra—. Lo tuyo… con él.

Dios mío… Así que, después de todo lo que me he rayado pensando si decírselo o no, lo ha descubierto por su cuenta. Y ahora me odia. Tiene que odiarme. Está claro. Y sé que cuando a Jules se le mete algo en la cabeza, no hay nada que yo pueda hacer o decir para que cambie de opinión.

Entonces se produce un cambio y me parece ver algo distinto en su expresión.

—Si lo hubiera sabido… —Más que oír sus palabras, veo cómo las forma su boca—. Si hubiera… —Se para y traga saliva.

Cierra los ojos un momento y, cuando vuelve a abrirlos, veo que los tiene llenos de lágrimas. Y entonces me tiende los brazos y yo me levanto, y ella me abraza. Me tenso al sentir que su cuerpo empieza a temblar. Me doy cuenta de que está llorando, llorando a lágrima viva, con rabia. No recuerdo cuándo fue la última vez que lloró Jules. No recuerdo cuándo fue la última vez que nos abrazamos así. Puede que nunca. Siempre ha habido esa distancia entre nosotras, pero por un momento desaparece. Y en medio de todo lo demás, del horror y el trauma de esta noche, estamos solas las dos. Mi hermana y yo.

Al día siguiente

HANNAH

La acompañante

Charlie y yo estamos otra vez en el barco, volviendo a la península. Casi todos los invitados se han ido antes y la familia se ha quedado en la isla. Miro hacia atrás. El cielo se ha despejado y el sol brilla en el agua, pero la isla está cubierta por la sombra de una nube. Parece agazapada, como una gran bestia negra aguardando su próxima comida. Me vuelvo para darle la espalda.

Esta vez, casi no me está molestando el movimiento del barco. Estoy un poco mareada, pero eso no es nada comparado con cómo me revolvió el alma lo que descubrí anoche, el saber que fue Will quien prácticamente mató a mi hermana.

Pienso en cómo me agarré a Charlie en el ferri cuando íbamos hacia la isla, hace menos de cuarenta y ocho horas; en cómo nos reímos, a pesar de lo mal que me encontraba. Y me duele recordarlo.

Casi no hemos hablado. Casi no nos hemos mirado. Creo que hemos estado los dos enfrascados recordando la última vez que hablamos antes de que ocurriera todo esto. Y creo que ahora mismo no tendría fuerzas para hablar, aunque quisiera. Me siento física y emocionalmente hecha trizas. Estoy tan agotada que ni siquiera puedo empezar a ordenar lo que pienso, a analizar mis sentimientos. Anoche nadie pegó ojo, evidentemente. Pero no es solo por eso.

Tendremos que afrontar las cosas cuando lleguemos a casa, claro.

Habrá que ver, cuando volvamos a la realidad, si podemos restaurar lo que se ha roto este fin de semana. Y se han roto tantas cosas…

Y aun así, de ese derrumbe ha surgido algo nuevo, redondo y completo. Ha aparecido la pieza que faltaba del puzle. Yo no lo llamaría una conclusión, porque esa herida nunca se cerrará del todo. Siento rabia por no haber tenido ocasión de enfrentarme a él, pero ahora por fin conozco la respuesta a la pregunta que no he dejado de hacerme desde que murió Alice. Y podría decirse que, al matarlo, su asesino ha vengado también a mi hermana. Lo único que lamento, en todo caso, es no haber sido yo quien le clavó el cuchillo.

Agradecimientos

A mi editora, Kim Young, y a Charlotte Brabbin: este libro ha sido una labor tan de equipo que creo de todo corazón que vuestros nombres también deberían figurar en la cubierta. Gracias por impulsarme siempre a dar lo mejor de mí misma y por vuestra confianza en mí y en mi trabajo, de libro en libro y de género en género. Es algo muy raro y especial.

A mi maravillosa agente, Cath Summerhayes: ¡menudo viaje estamos haciendo juntas! Gracias por ser la persona más trabajadora que conozco (junto a las que menciono más arriba) y por defendernos a mí y a mis libros a cada paso. Y por ser tan divertida, además.

A Kate Elton y Charlie Redmayne: gracias por vuestro apoyo constante y por creer en mí y en mi trabajo.

A Luke Speed, prodigioso agente de cine y el hombre más encantador del mundo: gracias por tu visión y tu sabiduría.

A Jen Harlow, la publicista más simpática, alegre y apasionada que pueda soñar una escritora: gracias por todo tu esfuerzo y tu sinceridad, y por ser una compañera de viaje tan estupenda.

A Abbie Salter: gracias por tus trucos de *marketing,* que son como hechizos. Tu creatividad y tu inventiva no dejan de asombrarme. Me muero de ganas de ver cómo obras esa magia con este nuevo libro.

A Izzy Coburn: ¡me ha encantado poder trabajar contigo! Dos chicas de Slindon al ataque. Gracias por ser tan absolutamente brillante.

A Patricia McVeigh: gracias por promocionar mis libros con tanto entusiasmo en Irlanda. ¡Y ojalá podamos correr muchas aventuras más en la Isla Esmeralda!

A Claire Ward: me alucina tu capacidad para destilar toda la esencia de un libro en el diseño de la cubierta, con una sencillez tan impresionante. Eres una auténtica visionaria.

A Fionnuala Barrett: gracias por saber mejor que yo misma cómo sonarían todas las voces de esta novela. ¡Y gracias a tu familia y a ti por revisar mi irlandés!

Al fantástico equipo de HarperCollins: Roger Cazalet, Grace Dent, Alice Gomer, Damon Greeney, Charlotte Cross, Laura Daley y Cliff Webb.

A Katie McGowan y Callum Mollison: ¡gracias por encontrarles casa a mis libros a lo largo y ancho del mundo!

A Sheila Crowley: muchísimas gracias por tu apoyo. Eres maravillosa.

A Silé Edwards y Anna Weguelin: gracias por todo vuestro esfuerzo y por meter en vereda a esta escritora que a veces se organiza tan mal.

A las librerías Waterstones y a sus libreros por su entusiasmo, por recomendar el libro a los lectores y por montar esas exposiciones tan bonitas en las tiendas. Y en particular a Angie Crawford, la directora de compras para Escocia y la persona más simpática con la que se puede recorrer esa región: gracias de corazón por ser tan generosa con tu tiempo y por tu apoyo constante.

A todas las librerías independientes que organizan eventos y han recomendado mi libro y que demuestran tanto amor por la palabra escrita y crean espacios tan emocionantes y acogedores en los que descubrirla.

A Ryan Tubridy, por sacar tiempo para leer la novela y por decir cosas tan bonitas de ella.

A todos los lectores que han leído el libro y me han dicho que lo han disfrutado, da igual que lo hayan descubierto a través de Netgalley, que hayan recibido un ejemplar de muestra por correo o que lo hayan comprado en una librería. Me encanta saber de vosotros: no sabéis cuánta alegría me dan vuestros mensajes.

A mis padres, por su cariño y su orgullo. Por cuidarme tan bien cuando lo he necesitado. Y por haberme animado siempre a dedicarme a lo que más me gusta, desde el principio.

A Kate y Max, Robbie y Charlotte: gracias por alegrarme tanto la vida y por todo vuestro apoyo.

A Liz, Pete, Dom, Jen, Anna, Eve, Seb y Dan: gracias por vuestro cariño y respaldo, por hacer que se corriera la voz, por difundir vuestro entusiasmo y por las tarjetas hechas a mano.

A mis primos irlandeses e ingleses, los Foley y los Allen, y en especial (sin ningún orden en concreto) a Wendy, Big O, Will, Oliver, Lizzy, Freddy, George, Martin, Jackie, Jess, Mike, Charlie, Tinky, Howard, Jane, Inez, Isabel, Paul, Ina, Liam, Phillip, Jennifer, Charles, Aileen y Eavan.

Y, por último, aunque no menos importante, a Al: siempre mi primer lector. Gracias por todo lo que haces: por tu apoyo continuo y tus ánimos, por aguantar seis horas en coche debatiendo una nueva idea para un libro, por rescatarme de las oscuras profundidades de un abismo argumental y por pasarte todo un fin de semana leyendo mi primer borrador. Sin ti no podría haber terminado este libro.

Printed in the USA
CPSIA information can be obtained
at www.ICGtesting.com
JSHW082310080124
55044JS00001B/6